W0266153

ACHILLE AU PIED LÉGER

DU MÊME AUTEUR

Terra, Julliard, 1985.
Le Bar sous la mer, Actes Sud, 1989 ; Babel n° 490.
Baol, Laffont, 1993.
La Dernière Larme, Actes Sud, 1996.
Hélianthe, Actes Sud, 1997.
Bar 2000, Actes Sud, 1999 ; Babel n° 529.
Spiriti, Actes Sud, 2002.
Saltatempo, Actes Sud, 2003 ; Babel n° 750.
Achille au pied léger, Actes Sud, 2005.
La Compagnie des Célestins, Actes Sud, 2006.
Margherita Dolcevita, Actes Sud, 2007.

Titre original :
Achille piè veloce
Editeur original :
© Giangiacomo Feltrinelli Editore, Milan, 2003

© ACTES SUD, 2005
pour la traduction française
ISBN 978-2-7427-8050-1

STEFANO BENNI

ACHILLE AU PIED LÉGER

roman traduit de l'italien
par Marguerite Pozzoli

BABEL

à la mémoire d'Aki
et de Luigi Pintor

Quel est ton nom dans l'obscurité ?

LIBER SYBILLAE.

I

Qu'arrive-t-il aux gens que l'on dit normaux lorsqu'ils rencontrent brusquement un fou qui hurle, ou qui les agresse avec ses propos délirants ? Lorsqu'ils voient un homme écroulé sur le sol, ou cloué par un spasme, sur les marches d'une église ? Après une telle rencontre, ils restent immobiles, avec une expression de malaise et de peur, abasourdis. Mais leur visage a changé : c'est comme s'ils avaient été photographiés par une lumière aveuglante : ils secouent la tête, parlent seuls ; l'espace d'un instant, leur normalité paraît entamée. Qu'ont-ils vu dans l'éclair de cette lumière, quel paysage, quel miroir, quelle vérité insoutenable qu'ils oublieront aussitôt, mais dont l'image restera à jamais dans un recoin obscur de leur cœur, dans la bibliothèque en flammes de leur vie ? (Medèn)

L'homme aux livres sous le bras sortit de chez lui, et le monde n'était plus là.

Il regarda mieux et vit qu'il y était encore, mais un épais brouillard le cachait, peut-être pour le sauver d'un danger. C'était le monde de tous les jours, et l'homme en vit quelques détails à ses pieds : une fissure sur le trottoir, un lambeau de plate-bande, une feuille, morte pour le poète, palminervée pour les botanistes, à balayer pour les employés municipaux. Puis lui apparurent le tronc d'un arbre, le squelette sans roues d'une bicyclette et une lumière jaune, de l'autre côté de la rue.

Il se dirigea vers celle-ci.

Il aspira une bouffée de brise humide matinale, inhalant azote, oxygène, argon, xénon & radon, vapeur d'eau, monoxyde de carbone, dioxyde d'azote, plomb tétraéthyle, benzène, particules de carbonates et de silicates, quelques spores de champignons, une escadrille de bactéries, un poil d'origine inconnue, un ectoparasite de pigeon, des pollens anémophiles, une goutte d'anhydride sulfureux échappée d'une lointaine usine et un grain de sable en provenance de Tevtikiye (Nord-Ouest de la Turquie) transporté par le sirocco de la nuit.

Bref, il respira l'air de la ville.

Peu de bruits à cette heure-là. Un oiseau enroué, une voix télévisuelle simulant la gaieté, lointains soupirs de motorisés.

L'homme traversa la rue avec prudence, sentit sur son crâne le chatouillis d'une petite pluie et rejoignit la lumière jaune qui tenait lieu de comète à un abri. Arrivé là, l'homme aux livres sous le bras trouva refuge parmi quelques semblables.

Un vieux avec une sacoche et un mini-parapluie qui ne s'ouvrait plus depuis un mois, mais pour lequel il avait de l'affection. Une femme avec un col en renard et un chat en cage. Un monsieur distingué avec une Samsonite qui fermait mal. Un Philippin qui, en fait, était thaïlandais. Et enfin un couple d'ados aux cheveux teints, lui Schtroumpf, elle coquelicot, portant sur leurs épaules deux sacs d'écolier gonflés comme l'estomac d'un python repu.

Tout avait l'air tranquille et l'homme aux livres sous le bras, prénommé Ulysse, mit ses livres dans un sac en plastique pour qu'ils ne se mouillent pas, et s'assit. Mais les démons de l'automne annoncèrent un bouleversement imminent. D'abord, un coup de tonnerre, puis un flash qui illumina un ciel d'apocalypse et, pour finir, le crépitement d'une pluie diluvienne qui persuada chacun de se serrer sous l'abri. Au bout de la rue, on entendit un cri rauque et, débouchant d'un virage en pente légère, apparut le dragon-chenille. Perçant de ses yeux jaunes le mur de brouillard, il se dirigea vers ses proies, balançant sa tête monstrueuse. Il mesurait plus de dix mètres de long, était rouge sang, avec six pattes ridées sur lesquelles il galopait à toute vitesse entre les files de voitures garées. Lorsqu'il fut près de l'abri, il fit clignoter un petit œil jaunâtre sur la partie droite de son mufle – un clin d'œil chargé d'un désir obscène. Puis, il s'arrêta en faisant crisser ses crocs, devant les humains incapables de fuir, paralysés de terreur.

Lentement, il ouvrit non pas une mais trois gueules. Avec deux d'entre elles, il dévora ses victimes ; par la troisième, il en recracha une, visiblement mastiquée et digérée. Il referma ses mâchoires d'un claquement sec et repartit, avec un soupir rassasié.

Une petite fille blonde, tresses au vent et sac à dos, se mit à courir derrière lui. Elle le poursuivait en hurlant et faisait preuve d'un courage incroyable, pour son âge. Elle avait sûrement vu disparaître dans la gueule du monstre un parent ou un camarade de classe et, sans la moindre peur, elle se jeta contre le flanc du dragon et le martela à coups de poing.

Le monstre s'arrêta, ouvrit toute grande sa gueule postérieure et engloutit la téméraire.

"Merci, dit la petite fille aux tresses.

— De rien", dit le chauffeur du bus.

A l'intérieur du dragon-chenille, l'homme aux livres sous le bras se tenait debout près de la vitre. C'était sa position préférée. Il n'osait pas regarder les autres passagers assis, terrorisé à l'idée qu'un jeune lui cède sa place, le jugeant suffisamment vieux. L'homme n'était pas vieux, mais il avait les cheveux un peu grisonnants et clairsemés : tôt ou tard, il le savait, il lui faudrait subir l'offense courtoise d'un "Asseyez-vous, je vous en prie", peut-être de la part de la dame au chat encagé, et il n'aurait sans doute pas le courage de répliquer : "Je vous demande pardon, mais qu'est-ce qui vous fait croire que je suis plus vieux que vous ?"

Petite précision :

L'homme qui n'était pas si vieux avait entre trente et quarante ans ; sous son bras, il ne portait pas des livres mais des manuscrits, ou plutôt des scriptodactyles, comme il les appelait, étant donné qu'aujourd'hui écrire est une activité de dinosaure. Il prenait le bus presque tous les matins et s'appelait Ulysse, Lello pour les amis ; l'autobus s'appelait Treize et il n'avait pas d'amis, tout au plus des passagers habituels. Autre précision : la dame au chat avait effectivement deux ans de plus qu'Ulysse, les scriptodactyles provenaient d'aspirants écrivains, et Ulysse était lecteur dans une maison d'édition nommée de Forge ; le chat s'appelait Paradis, était tigré, roux et entier.

"Qu'est-ce que ça peut bien foutre ?" demanda la petite fille aux tresses.

Elle ne parlait pas des précisions susmentionnées, mais répondait sans doute à une information, mise en garde ou remontrance émanant, par voie de téléphone portable, d'un géniteur communicant.

"Les jeunes, les jeunes", dit l'homme au miniparapluie qui ne s'ouvrait pas, tout en cherchant du regard l'approbation d'Ulysse. Mais il n'obtint rien.

"Tout le monde parle des jeunes, mais bordel, qui nous donne la parole, à nous ? lança une petite voix perçante, dans un coin du bus.

— Vous parlez même trop", répondit une autre petite voix.

Ulysse se dit qu'il était dangereux de se retourner pour assister à cette querelle automotrice, mais un importun lui toucha le cou, et il fut contraint de le faire. Il remarqua avec stupeur que derrière lui, ou tout au moins, dans le mètre limitrophe, il n'y avait personne. Mais juste sous son nez quelque chose se balançait, lui frôlant la tempe. Il fit un geste afin de chasser l'insecte, plume, ou intrus. Et il s'aperçut, à son grand étonnement, que près de son œil droit oscillait une chaussure de gymnastique microscopique, appartenant à la jambe miniature d'un minuscule jeune homme perché sur son épaule. Simultanément, de sa poche pointa la petite tête d'un vieux monsieur à lunettes qui protestait, brandissant vers le ciel un parapluie pas plus grand qu'un cure-dent :

"Vous, les jeunes, vous parlez même trop, et vous ne savez même pas de quoi !"

Le microjeunomme haussa les épaules sur l'épaule d'Ulysse, et rota avec une vigueur de hamster. Puis il se pencha par-dessus la clavicule, exhibant une tignasse imbibée de gel, et fit un geste significatif à l'adresse du micromonsieur de la poche. Ulysse put ainsi se rendre compte que les voix querelleuses étaient celles de deux créatures qui étaient pour ainsi dire des copropriétaires, ou des parasites, ou des symbiotes. Il se retourna, pour voir si dans l'autobus quelqu'un avait remarqué ce qui se passait. Il saisit ensuite le microjeunomme et essaya de le cacher dans sa poche.

"Doucement, bon Dieu, protesta celui-ci.

— Tenez-le à distance et ne l'approchez pas de moi, dit le petit vieux, environ quatre-vingts ans et huit centimètres. Il est déjà insultant pour nos œuvres d'être en contact dans votre sac.

— Œuvres ? laissa échapper Ulysse.

— Ne faites pas l'innocent, dit le vieux, en s'accrochant à un bouton. Je suis le professeur Virgile Colantuono, auteur du scriptodactyle le plus gros, dans l'élégante chemise bleu ciel.

— Oui, cinq cent quarante pages, il m'écrase depuis ce matin, dit le microjeunomme. Moi, je suis l'auteur du scriptodactyle dont la couverture a été réalisée sur ordinateur. Paolo Petrotto, auteur de *Perial Killer*, le polar triple X qui vous empêchera de dormir."

Ulysse s'assit, contrairement à son habitude, et vérifia le paquet de scriptodactyles. En effet, le premier était une énorme chemise bleu ciel intitulée *Mémoires d'un professeur*, de Virgile Colantuono, sous-titrée *Souvenirs d'une intégrité.* Au-dessous, illustré d'un dessin sanguinolent qui pouvait être un crâne décharné ou un saucisson à cuire avarié, il y avait la chemise contenant *Perial Killer XXX*.

"Alors, vous êtes… balbutia Ulysse.

— Ne faites pas semblant de ne pas nous connaître, protesta Petrotto. Votre maison d'édition proclame à tous les vents : «Nous vous lirons tous, et répondrons à tous.» Je vous demande donc : vous m'avez lu, oui ou non ?

— Non, d'abord il doit me lire, moi", dit le professeur en agitant son parapluie, ou plutôt son paragoutte.

Ulysse tituba, sous l'effet d'un coup de frein et de la confusion mentale.

"Je vous ai lus cette nuit, balbutia-t-il. En tout cas, j'ai commencé à vous lire, mais je ne comprends pas...

— Vous ne comprenez pas ? piaula le jeune auteur de polars, en descendant le long de sa manche. Qu'y a-t-il à comprendre ? Mon histoire est simplissime ! Un *serial killer* tue douze personnes en les droguant à l'héroïne, puis il les sectionne lentement avec une scie à découper, puis il les viole, les peint en noir et blanc et laisse auprès des cadavres un signe, une phrase cryptée. Eastman, l'enquêteur, découvre que cette phrase a un lien avec le championnat de foot de la semaine et...

— Histoire grand-guignolesque et éculée, fit le professeur Virgile. Moi, j'ai écrit une autobiographie dense mais alerte ; elle raconte cinquante années d'enseignement dans un village du Sud oublié de tous, même de la mafia. Chaque jour, avec minutie, je rapporte les événements, les anecdotes, les notes, les remarques..."

Il n'acheva pas sa phrase. D'un scriptodactyle placé dans une enveloppe matelassée sortit une femme de huit centimètres et demi de hauteur, qui bâillonna le professeur avec un timbre-poste.

"Une maison d'édition comme la vôtre devrait veiller à la qualité, dit-elle à Ulysse en agitant un doigt. Elle ne devrait pas se compromettre avec de mauvais polars à la mode ou avec des journaux intimes gâteux. Moi, j'ai écrit un livre qui fait référence aux voix les plus remarquables de la littérature ; il suffit de regarder les citations en exergue, il y en a douze… Vous avez lu *Sans poudre de riz* ?

— Je lirai tout, dit Ulysse avec un filet de voix. Je répondrai à chacun.

— Vous avez intérêt à le faire, dit un mini-Tarzan plus large que long, audacieusement assis sur la cage du chat. Moi, je suis l'auteur de *Rambaud*, poème culturel-culturiste. Assez de poèmes rachitiques ! Je me suis entraîné pendant des années dans des salles de musculation, pour écrire ce livre…

— Moi, je vous ai envoyé le recueil de poèmes *Satins ivres*, dit quelqu'un, en grimpant sur le dos d'Ulysse. Il a déjà remporté une dizaine de prix et a été apprécié par…

— Un à la fois, dit Ulysse, et il porta les mains à son pantalon, que quelqu'un essayait de déboutonner.

— Je ne sais pas quel âge, ni quelle expérience du monde vous avez, susurra une petite fée rondelette, à la chevelure blond Barbie, suspendue à un point très délicat de l'anatomie d'Ulysse. Mais je vous assure que dans mon *Journal oral* tout est vrai ! Plus de trois cents pipes à des hommes différents, parmi lesquels de nombreuses personnalités, et pour chacun une page fulgurante illustrant les techniques, les réactions, les imprévus et les anecdotes. Et les dessins, vous les avez regardés ? C'est ma fille qui les a faits.

— Et moi qui vous prenais pour une maison d'édition sérieuse ! s'écria un décimètre de colonel. Je vous ai envoyé *Il n'y a pas de place*, un livre qui explique pourquoi l'Occident doit détruire les Chinois avant 2010...

— Ça vous intéresse, l'histoire d'un homme qui, un matin, se réveille transformé en cafard ? dit une petite voix, du fond de l'enveloppe.

— Monsieur Kafka, vous au moins, ne plaisantez pas, soupira Ulysse.

— Et vous, ne mettez pas mon livre au milieu de ces scriptodactyles.

— Quand un entraîneur renonce à l'attaque, il renonce à l'essence même du foot, proféra une voix rauque venant de la gazette sportive.

— Aboule le fric, mon beau, cent vingt euros, dit la facture de gaz.

— Encore un trajet et tu me jetteras à la poubelle, hein, sale type ? Vous êtes tous les mêmes, vous les passagers." C'était le ticket de bus qui parlait avec la voix de Garbo.

Ulysse se leva ; la tête lui tournait, les voix le bombardaient de toutes parts. Il se boucha les oreilles, tituba.

"Vous voulez vous asseoir, monsieur ? dit la petite fille aux tresses, taille normale.

— J'ai l'air vieux ?

— Merde alors, dit-elle en faisant claquer un chouingomme. Si vous, vous n'êtes pas vieux...

— Noooooon", cria Ulysse.

Et il courut vers la porte de sortie, culbutant le vieux monsieur au mini-parapluie qui, sous le choc, s'ouvrit, renversant le panier à chat qui, sous le choc, pissa, faisant jurer le Thaïlandais en philippin et provoquant l'ouverture de la Samsonite avec éruption de chaussettes ainsi que d'un stock inattendu de bites en caoutchouc. Tout cela pendant que le pauvre lecteur de maison d'édition se secouait pour se débarrasser de ses petits persécuteurs, dont deux s'étaient agrippés à ses cheveux, pendant que le professeur était terré dans la poche et que la pipologue poursuivait son exploration. Jusqu'à ce qu'Ulysse voie s'ouvrir la porte du bus, plonge à l'extérieur et…

Se réveille.

II

Ulysse se retrouva au terminus du Treize, dix arrêts après le sien, les scriptodactyles sur les genoux. Il ne se rappelait ni quand il s'était assis ni quand il s'était endormi. Il souffrait de la maladie du pain frais, ou *insomnia pistoria*, qui frappe les fils de boulanger. Les crises engendrées par cette maladie provoquent une grande activité nocturne, et de brusques somnolences pendant la journée. Grâce à ses études humanistes, Ulysse s'était émancipé de ses origines céréalières, mais de temps à autre le chromosome héréditaire réapparaissait.

Il regarda autour de lui et vit que l'autobus était vide : même le chauffeur avait disparu. Il descendit et tâcha de se repérer. Il se trouvait dans la banlieue, *periferia* ou hinterland, dans la zone des grands magasins, *supermercati* ou *shopping centers*, lesquels, *i quali*, *which*, se profilaient au loin dans le brouillard, *nebbia*, *frog*, illuminés comme des transatlantiques. L'abribus était encerclé par une muraille d'immeubles disposés en fer à cheval, tous pareils, jaunâtres et parasités par une champignonnière d'antennes satellites. Au pied des immeubles s'étendait un parking et au milieu de celui-ci un square désespéré, avec des peupliers transplantés et des balançoires tristes comme des gibets. Du haut d'une gigantesque affiche, une méga-pin-up en guêpière contemplait le tout. Ulysse évita quelques flaques, un échantillonnage de crottes de chien récentes et assyriennes, et quelques seringues abandonnées. Il trouva refuge sur un banc, sous un abri en bois orné de graffitis rockoko. Il y fit une pause.

"Quels rêves terribles, pensa-t-il. Je ne passerai plus jamais une nuit blanche à lire des scriptodactyles. Je ne cesse de le répéter : écrire est, dans le meilleur des cas, un acte noble, au pire, un acte naïf. Si l'on excepte quelques graphomanes arrogants non édités qui imitent les graphomanes arrogants édités, écrire ne rend pas le monde plus mauvais. Les livres sont signés mot par mot. Leurs qualités et leurs trahisons sont visibles, leur liberté, leur corruption ou leur inutilité apparaîtront clairement, sur la page infinie des siècles. Certains braveront le temps, d'autres disparaîtront. Chaque trace qu'ils portent est une noble ride, signe d'une lecture attentive et réitérée, usure du vent léger d'une page à l'autre, jaunissement des couvertures entre amour et rejet, poussière d'abandon. Et entre-temps, inaltérables, jamais choisis ni repoussés, jamais réellement nôtres, les écrans tyranniques nous entourent d'un bonheur inhabité, nous atteignent sournoisement, avec une fausse neutralité et une indifférence vénéneuse, créant des parodies de sentiments qui s'évanouissent, le temps d'un jingle. Ils ont l'argent, le pouvoir, mais moins d'idées qu'une seule page. Ecrire naît du plaisir de lire, c'est un acte de gratitude, l'une des rares activités irremplaçables et personnelles, de la signature au roman, du premier thème latin au testament.

— Très juste, dit, de la poche de poitrine, le professeur Virgile Colantuono, passé du grade de vision onirique à celui de voix de la conscience – même si votre exposé est parfois emphatique. Si vous étiez un de mes élèves, je vous mettrais douze sur vingt.

— Silence. Je déteste les écrivains et les éditeurs qui se lamentent parce que le monde est plein de gens qui ont un livre dans leur tiroir, et qui, lorsqu'ils reçoivent un scriptodactyle, réagissent comme s'ils recevaient une bombe. Vous imaginez un charcutier qui se plaindrait d'être envahi de jambons ? Comprenez-moi bien : je ne soutiens pas cyniquement la thèse selon laquelle les livres seraient des jambons – malgré tout le respect que j'ai pour le sacrifice des porcins et pour l'art de faire sécher les charcuteries. Nous pourrions, tout au plus, comparer les livres à du pain, nourriture humble et nécessaire, sans laquelle tout le reste du savoir n'est qu'accompagnement ou farcissure. Les livres se lisent et se relisent, et chaque fois leur saveur est différente. Si tu décides d'être du côté de l'écriture et d'en assumer la passion, ce qui te guidera sera plus mystérieux que tout ce qui t'inspire d'autres actes et désirs quotidiens.

— Même si nous pouvons, par exemple, lire à table, ou écrire en mangeant un sandwich, dit le professeur Colantuono. Vous voyez ce que je veux dire ?

— Pas du tout, taisez-vous. Il faut du temps pour comprendre à quel point il est important de choisir attentivement, sans se laisser guider par le hasard, de prolonger nos visions, d'abord pour nous-mêmes, puis pour quelque voisin, et enfin pour une foule d'amis lointains et invisibles. Mais ce n'est pas si simple. Parfois, tout cela devient privilège, routine, survie. Ecrire, ce n'est pas nécessairement publier, je ne cesse de le répéter. Mais j'ai écrit un seul livre, et je souffre déjà, parce que je n'arrive pas en publier un deuxième. Et je m'irrite souvent contre ceux qui veulent entrer dans mon univers, je méprise mes compagnons de désir, je suis effrayé par cette horde de livres, par ce flot d'immigratteurs de papier. Pourquoi voulez-vous entrer dans ce monde de prix littéraires farcesques, de parasites académiques, de crétins télévisuels élevés au rang d'essayistes et d'essayistes qui aspirent à devenir des crétins télévisuels ? Pourquoi, puisque chaque écrivain sait très bien qu'un jour, ou toute sa vie, il se sentira sous-estimé et incompris ? Puisqu'un jour il décidera de brûler ses livres, et le lendemain il aura envie de marquer d'une croix de sang chaque livre qui n'est pas de lui, afin que l'Ange Pilonneur descende et efface ses rivaux, de l'histoire et des listes des meilleures ventes ?

— Et vous, pourquoi voulez-vous vivre dans ce monde si difficile ? demanda le professeur Virgile.

— Bonne question. Je pourrais faire autre chose. Mais je ne connais rien d'aussi compliqué, d'aussi inextricable, et cependant d'aussi aventureux. Depuis mon enfance, ce rêve ne m'a jamais quitté. La musique est la même, que ce soit un harmonica ou un orchestre qui joue. C'est pourquoi je continuerai à écrire et à lire des chefs-d'œuvre et de la bouillie, et des scriptodactyles pour gagner ma croûte. Parfois avec compréhension et passion, parfois avec mépris et sadisme. Bien des nuits me verront penché sur une page...

— Et vous nous lirez tous ?

— Ceux que je pourrai.
— Moi aussi ?
— Peut-être."

Ainsi songeait Odysseus, des songes rythmés par le bruit de la pluie sur l'abri. Et alors que cette solitude commençait à l'attrister, il vit brusquement devant lui un petit chien qui remuait la queue. Il appartenait à la race, très commune, des Foxfirst : maman loulou et papa, le premier qui la saute. Il était blanc, avec un petit masque noir, et sur la médaille de son collier était écrit : Fantômas. Il ferma les yeux à demi et se mit à déféquer devant Ulysse. Mais il n'y arrivait pas, il ne trouvait pas l'inspiration. Il restait là, pattes écartées, l'air à la fois souffrant et ahuri. Puis il invoqua la muse Scatonie et réussit à déposer sur le sol une petite lentille, un demi-hendécasyllabe de merde. Enfin, il gratta le sol comme s'il devait déterrer un os de brontosaure, ou cacher ses traces à une horde de lycaons.

"Quelquefois, c'est ça, la création artistique, soupira Fantômas. Beaucoup d'efforts pour rien…"

Ulysse secoua la tête et se réveilla. Il s'était rendormi, assis de travers, sur le banc.

"Jamais plus je ne lirai toute la nuit", répéta-t-il, comme un commandement.

Le chien masqué lui renifla les pieds, et Ulysse lui gratta la nuque, dérangeant les puces qui y avaient élu domicile. La propriétaire du chien survint, une vieille aux cheveux argentés et aux lunettes noires, assortie au chien. Peut-être souffrait-elle de constipation, elle aussi.

"Fantômas sait reconnaître les gens comme il faut, dit-elle. Il ne se laisse pas caresser par n'importe qui.

— C'est bien, Fantômas, dit Ulysse.

— Vous savez ce qu'il y a de bien avec les chiens ? dit la douce dame, en s'asseyant elle aussi sur le banc. Ils sont désintéressés. Ils ne restent pas avec vous parce qu'ils veulent quelque chose, mais parce qu'ils vous aiment.

— Très juste, dit Ulysse.

— Fantômas est un chien très particulier. Il ne lui manque que la parole."

Et un purgatif, pensa Ulysse, voyant le malheureux en proie à un nouveau blocage créatif.

"Si vous saviez, dit la petite vieille. A la maison, il ne mange rien sans autorisation. Il peut y avoir toutes sortes de bonnes choses dans la cuisine ou dans la salle à manger ; nous l'avons éduqué, il n'y touche pas. Mon mari Aldo le faisait monter sur une chaise et l'installait à table à côté de lui, puis il lui présentait un steak dans une assiette et lui ordonnait : bouge pas, gare à toi ! Et Fantômas bavait partout, mais restait immobile, jusqu'à ce que mon mari ait fini de manger sa viande. Eh bien, savez-vous qu'un jour, j'avais préparé une côtelette, et je dis à mon mari : «Aldo, à table, c'est prêt !» Il restait là, devant la télé, et ne bougeait pas. «Aldo, viens manger, ça refroidit», je lui répète, et pendant que je dis ça, je vois Fantômas qui prend la côtelette dans sa gueule, et qui la mange. Je lui dis : sale bête ! Mais vous savez ce qui s'était passé ? Je vais dans le salon, et je trouve mon mari, la bouche tordue, devant la télé, raide mort. Une attaque cérébrale. Vous avez saisi l'intelligence de Fantômas ? Il avait compris que mon mari ne mangerait pas sa côtelette.

— Génial, dit Ulysse.

— J'aurais encore toutes sortes d'histoires sur mon toutou, ajouta la vieille en fouillant dans un cabas, entre les cardes et les gressins. Je vais même vous les soumettre : je les ai réunies dans un manuscrit – je ne sais pas taper à la machine, c'est un texte court, peut-être trois cents pages, intitulé *Ma vie avec Fantômas.*

— Je vous préviens, je ne suis pas du métier, mentit Ulysse. Je me suis endormi dans le bus et…"

La vieille tira de son sac une aiguille à tricoter et la lui mit sous la gorge.

"Tu ne m'auras pas comme ça, mon beau. Je sais très bien que tu es lecteur dans une maison d'édition, tu écris dans une revue et tu as même publié un bouquin de merde.

— Attends un moment, dit Fantômas, n'écoute pas cette vieille bique ; j'ai ici le best-seller de Noël, il s'appelle *Je n'ai pas le droit d'entrer*, sous-titre : *Les tourments d'un jeune Foxfirst*, dix nouvelles racontées en adoptant le point de vue quadrupède. Tu dois le lire, il y a même l'explication de la différence entre amour et chaleurs."

Fantômas remuait la queue, une disquette entre les dents.

Alors, Ulysse comprit que son réveil avait été un rêve, il tenta de se réveiller de son faux réveil et y parvint, juste au moment où Fantômas mordait la vieille à la gorge.

Lorsqu'il ouvrit les yeux, un loulou blanc au petit masque noir se tenait à ses pieds, non loin d'une vieille dame, cheveux blancs et lunettes rondes. A la différence du loulou onirique, celui-ci avait chié comme trois maçons et reniflait sa création, l'air satisfait. Mais cette fois Ulysse était éveillé, il en était sûr. Il tendit la main vers le chien.

Le roquet recula en grondant.

“Vous avez peur des chiens ? demanda la vieille. C’est bizarre, Mascherina ne gronde jamais. C’est un chien très doux. Vous êtes maghrébin ?

— Non, pourquoi ?

— Je demandais ça comme ça. Ne bougez pas, vous verrez qu’il ne vous arrivera rien.”

Mascherina grondait et montrait les dents ; il était petit, mais il avait des dents de squale. Ulysse commençait à se sentir nerveux, quand le salut arriva sous la forme d’un agent vélocipédiste, bandeau sur l’œil.

“Madame, votre chien doit être tenu en laisse.

— Mais il est petit… protesta la vieille.

— Grand ou petit, la loi est la même pour tous, dit l’agent, impartial.

— Va te faire mettre, répondit la vieille, qui prit Mascherina dans ses bras et disparut dans le brouillard.

— Incroyable, dit l’agent en descendant de sa bicyclette et en réajustant son scrotum chiffonné par le pédalage. Tu fais ton devoir, et on te traite comme ça.

— Personne n’est jamais content, dit Ulysse.

— Vous n’imaginez pas tout ce qui m’arrive. Je ne parle pas des Noirs et des Maghrébins – venant d’eux, on peut s’attendre au pire ; une vraie racaille, toujours prêts à sortir un flingue. Mais il y a des hommes distingués, et des vieilles dames qui… Là, on ne s’y attend vraiment pas !

— Je comprends, dit Ulysse. Et votre œil ?

— J’ai été blessé dans l’exercice de mes fonctions. Une grosse mouche, ou un putain d’insecte volant, pendant que je faisais ma ronde à moto. Vous permettez ? Agent Paul Fémi, dit Polyphème.

— Ravi de vous connaître. Ulysse. Lello pour les amis.

— C'est une vraie guerre, monsieur Lello, croyez-moi, une vraie guerre. Tenez, le mois dernier, j'arrête un Noir sur un scooter blanc et je lui dis : Ohé, noiraud, où est le casque ? Et lui : T'as pas à m'appeler noiraud. Alors, je l'attrape par le col et… mais c'est quoi, ce truc que vous avez sur les genoux ?

— Des scriptodactyles, dit Ulysse.

— Et vous les lisez ?

— C'est mon travail.

— Mais c'est fantastique, dit l'agent, en sautant d'enthousiasme. Vous êtes la personne qu'il me faut. Vous devez savoir que ces histoires, qui me sont arrivées pendant mon service, je les ai rassemblées dans un livre intitulé *L'Orgueil de la loi.* Rien que des épisodes vécus, sur la lutte contre la petite délinquance, les dégradations, les voyous, et même quelques moments poétiques, comme quand j'ai sauvé un chat égaré sur un toit. Ma femme l'a lu – d'accord, elle est pas objective et elle est du Sud – mais elle m'a dit : Paul, je n'ai jamais rien lu de pareil de toute ma vie. Il faut que vous me donniez votre avis. Vous restez assis ici combien de temps ?

— Je m'en vais", dit Lello. Il vit se profiler, dans les yeux de l'agent, une arrestation possible ou une garde à vue, avec remise forcée du manuscrit. "Mais demain, je reviens à la même heure, je viens souvent lire ici.

— Je peux vous l'apporter à la maison d'édition, dit le cyclope scriptodactyle. Vous vous appelez comment ?

— Euh… Nemo. Editions Nemo. Vous pouvez trouver le numéro de téléphone dans l'annuaire.

— Demain, à cette heure-ci, je passe et je vous apporte le livre. Ou alors, je l'apporte à Nemo.

— D'accord", dit Lello pendant que l'autre prenait congé de lui, avec un salut militaire.

Et de nouveau, il se sentit coupable. Avait-il eu raison d'utiliser ce subterfuge cynique ? Devait-il suivre sa généreuse vocation et défendre le moindre journal intime, épanchement, sonnet ou pantoum, encourageant ainsi tous les guerriers de l'écriture, nobles ou décadents, ou prendre les armes contre une légion de barbouilleurs et écouter son moi critique et censurant, celui qui, parfois, le poussait à dire : "Je ne veux plus rien lire, à part les gazettes sportives" ? Et si cet agent était un nouveau James Joyce ? *A priori*, ce n'était pas le cas, mais sait-on jamais ?

"Le nouveau Joyce, c'est moi", dit le professeur Virgile Colantuono, en agitant les bras.

Le brouillard s'était dissipé, et un rayon de soleil chauffait un côté du banc. Ulysse s'y installa. Le rayon éclairait les scriptodactyles comme pour dire : Allons, un peu de chaleur pour ces gens, pour eux c'est important. Tu te souviens de tes débuts ? Tu n'étais pas aussi impatient, peut-être, aussi insistant et emmerdant qu'eux ? Qu'est-ce que tu aurais donné pour un avis, une parole d'encouragement, un peu d'intérêt ! Et comme tu es reconnaissant, aujourd'hui encore, envers ceux qui t'ont aidé !

"Tout à fait d'accord, dit Virgile. Lisez-moi.

— C'est moi qui décide du moment", dit Ulysse. Il tira de sa serviette le polar *Perial Killer XXX*, et commença à lire.

Du sang, du sang partout. Et du sperme sur le corps de la fille, ou tout au moins sur le morceau de corps que le tueur avait scié, puis violé. Un chien décapité et éventré était pendu au portemanteau de l'entrée. Un chat avait été enfoncé dans le grille-pain, la tête la première. Un bulbe oculaire de la fille flottait dans le bocal de poissons rouges, qui se le disputaient. Quelque chose de sanguinolent, putride et visqueux coulait du plafond, telle une pluie visqueuse et putride, sur la tête d'Eastman, qui cracha par terre et dit :

"Bordel de merde, qui est-ce qui a bien pu faire ça ?

— Eh, chef, dit le sergent Grimwell, regardez cette inscription sur le mur. On dirait qu'elle est écrite avec du sang je dirai même que ça ne fait aucun doute et ce z *semble tracé avec un morceau de cervelle et regardez les dimensions de la lettre* b *elles révèlent un individu perturbé, putain j'en ai vu des inscriptions celle-ci c'est la plus bizarre de toutes sur le mur on dirait une phrase ou quelque chose comme des mots ou peut-être un message à mon avis je vais vous dire ça doit être les trois ensemble j'ai vu un truc semblable à Seattle en 1996 sauf que là c'était écrit avec de la merde une phrase à déchiffrer je tuerai encore l'avocat qu'est-ce que t'en penses ?"*

"Je pense, dit Ulysse, que sans ponctuation ce n'est pas facile à comprendre : la phrase «je tuerai encore», c'est celle qui a été écrite à Seattle ou maintenant ? Et «l'avocat», c'est la signature ou la prochaine victime ? Et où est le *z* écrit avec un «morceau de cervelle» ?"

"Putain, Eastman, qu'est-ce que tu peux pinailler", dit Grimwell."

"Je me suis encore endormi, pensa Ulysse. Assez lu comme ça." Il remit les scriptodactyles dans le sac en plastique, mais celui-ci céda et toutes les œuvres s'étalèrent par terre. Il les ramassa une à une, en pestant. Et il vit qu'au milieu il y avait une lettre, adressée à son nom, à la maison d'édition. Il se rappela qu'il ne l'avait pas encore ouverte. Il se mit en devoir de le faire, tout en traversant le jardin public en direction du dragon-chenille qui le ramènerait vers des terres plus familières.

La lettre avait été écrite sur un ordinateur, avec de curieux caractères gothiques, et elle disait ceci :

Monsieur Ulysse,

Je vous écris pour trois raisons.

La première, c'est que vous portez, comme moi, un prénom homérique.

La deuxième, c'est que j'ai lu votre livre. Vous n'êtes pas Beckett, mais vous m'avez fait rire, chose qui ne m'arrive pas très souvent.

La troisième, c'est que j'ai une idée à vous soumettre.

J'imagine qu'aucune de ces raisons n'est convaincante, et le fait que je m'en rende compte est pour vous une garantie.

J'ajouterai donc trois autres raisons.

Si vous arriviez à concevoir dans votre tête une définition de la normalité, je n'entrerais en aucune manière dans votre définition.

Je sais que vous répondez à tous ceux qui vous envoient un texte. Ce n'est pas un acte d'héroïsme, mais c'est tout de même une chose rare.

Je ne peux pas écrire beaucoup, et je le fais difficilement ; bientôt, je ne pourrai plus écrire, et j'en mourrai...

Si vous voulez me contacter, téléphonez-moi à ce numéro... jeudi, à dix-neuf heures pile. Une voix de femme vous répondra. Ma mère. Elle parlera pour moi. L'homme est un parasite du monde créatif, mais celle qui change la vie, qui la perd et la reconquiert, c'est la femme. Peut-être ma mère ne vous permettra-t-elle pas de me contacter. Insistez, je vous en prie. Il me suffirait de vous parler une seule fois. Il est probable que je n'arriverai pas à vous envoyer une seconde lettre.

Quelle que soit votre décision, je vous prie vivement de ne parler à personne de mon initiative. Pour le moment, je vous souhaite bonne chance, dans tous les domaines. J'espère que vous lirez ces lignes en foulant l'herbe d'un pré, ou au bord d'une rivière. Lorsque vous me connaîtrez, vous comprendrez pourquoi. Je vous en prie, appelez-moi à l'heure indiquée : c'est le seul moyen que j'ai d'entendre votre coup de fil. Soyez ponctuel. Moi, malheureusement, je le suis.

La vie d'un ponctuel est un enfer de solitudes imméritées.

Vous ne croyez pas ?

Bien à vous,

ACHILLE

III

Ulysse avait peu et mal dormi, en proie à l'*insomnia pistoria.* Il était pris de bouffées de chaleur, comme s'il enfournait des pizzas. Il s'était réveillé à quatre heures du matin et avait navigué sur la Toile. Il était parti des îles www.omniculture.com pour mettre ensuite le cap sur www.footinfos.org, et se retrouver ensuite, presque à son insu, dans la baie de www.baisemoi.it. Il cherchait un site dont on lui avait parlé, un site porno pour scriptodactyles, où l'on se faisait fesser avec des livres anciens, et où des humanistes masos épiaient des femmes masquées qui pissaient sur des classiques. En cliquant çà et là, entre des bites et des culs, il parvint à l'image d'une Calypso blonde et provocante, avec la légende : *Si tu veux voir à quel point je suis nymphomane, clique ici.* Etourdiment, il cliqua et fut envahi par une cinquantaine d'offres payantes et annonces variées, entre autres un mari qui voulait échanger sa femme contre une fourgonnette. Il tenta de sortir de la pornotempête et finit par attraper un virus lotophage qui effaça la moitié de son courrier.

"Bien fait pour moi", dit Ulysse, en se rasant trop vite et en s'écorchant.

Désormais, l'aurore aux doigts de rose entrait par la fenêtre et, sous l'immanquable bruine, il prit le dragon-chenille pour se rendre à son travail. Après un long voyage bousculé, il entra dans un sarcophage métallique qui le fit accéder au quatrième étage, où les éditions Forge avaient leur siège. Il pensait toujours à cette drôle de lettre. Ces caractères gothiques, choisis dans un ordinateur moderne, cette douleur exhibée et impudique, ces allusions à l'anormalité, aux difficultés rencontrées pour envoyer une lettre, pour téléphoner, la phrase sur le pouvoir de la mère… Un exhibitionniste qui veut susciter la curiosité, ou un fou authentique ? Dans tous les cas, il s'agit d'être prudent, face à ce genre de situations. Elles peuvent s'avérer dangereuses. Un jour, quelqu'un lui avait adressé un roman, et il avait répondu par une lettre de critiques extrêmement polie. Le critiqué, déçu, lui avait envoyé tous les jours, pendant un an, une enveloppe contenant un timbre et un billet avec cette phrase :

Redites-moi que mon livre est excellent, sinon je viens chez vous et je vous tue.

Au bout d'un an, Ulysse lui avait répondu, en alignant une foule d'éloges pleins de banalité, qui s'achevaient sur la phrase : *Votre livre est probablement le chef-d'œuvre du XXe siècle.* Il n'avait plus reçu de lettre, et avait dû se remettre à acheter des timbres.

Le fou de la lettre gothique, quant à lui, était certainement cultivé et intelligent. Et cette référence à la marche, comme s'il le voyait en train de lire ? Et cette belle phrase finale, sur la solitude… Il entra dans les bureaux de Forge. Circé, secrétaire à tout faire, et à l'occasion videuse de créanciers, l'accueillit avec un sourire à temps partiel.

"J'ai rendez-vous à onze heures avec Valerio, dit Ulysse.

— Il a prévenu qu'il aurait une demi-heure de retard."

La vie d'un ponctuel est un enfer de solitudes imméritées.

O mélancolie des bureaux, tôt le matin, quand la lumière du jour confère aux documents et aux papiers une douloureuse patine... Ceux-ci pourront-ils jamais expliquer l'éternel réveil du monde, se remettre à parler alors que la nuit a ralenti les paroles et fait vaciller les vérités ? O douleur des corbeilles pleines de feuillets violés et déchirés, de dépliants inutiles, de copies ratées et torturées... Et que dire de l'espoir du crayon et de l'attente de la gomme, l'une nécessitant la mort de l'autre ? Et de la féroce vocation unificatrice de l'agrafeuse ? De la ferveur entremetteuse des trombones, de la courte étreinte du ruban adhésif ? Quelle est cette vibration qui accompagne le redémarrage froid et précis de l'ordinateur, ce halètement de machine fatiguée, ce frisson qui crie : "Toute ma complexité cybernétique ne sert à rien, face à une seule vraie question sur le monde" ?

Démarrage Windows en cours
Application des installations de l'ordinateur en cours
Préparation de la barre d'outils
Déplacer vers la corbeille
S'il te plaît, Ulysse, tue-moi.

Encore une maudite attaque de sommeil du boulanger ! Ulysse se réveilla, se secoua et s'assit devant le bureau du boss absent. Une jungle de stylos bille morts, de notes embrochées, de taches de café, de sachets de sucre et de numéros de téléphone griffonnés aux endroits les plus inimaginables.

Le bureau était l'âme déployée de Valerio, appelé Vulcain à cause de ses activités en constante éruption. Il était le très élégant, rond et fauché directeur de Forge, maison d'édition fondée grâce à la vente d'un trois-pièces paternel et à la séduction d'une avocate. La maison publiait une dizaine de romans par an, plus un guide gay et *Gargantua*, almanach politico-culinaire du gourmand subversif. Elle éditait aussi la revue de littérature, philosophie et sociologie *Jamais plus*. Sur ce titre, les hypothèses abondaient : jamais plus je ne te paierai tes articles ; je sors en février, et peut-être jamais plus ; je croyais que je ne lirais jamais plus certaines choses, et les revoilà. Mais, en dépit de ses détracteurs, Ulysse considérait *Jamais plus* comme une revue honnête et digne. Outre des articles branchés, essentiellement consacrés au cinéma et aux spectacles, elle proposait des textes sur de vieux écrivains et des articles de jeunes auteurs qui montaient, des polémiques pas trop rances, et surtout le billet d'humeur d'Ulysse, foudroyant stylet fiché dans le cœur de l'*establishment* littéraire du pays, douleur lancinante dans le gros corps, mou et tranquille, de cette époque de maquereautage et de satiété culturelle.

Bref, quarante lignes dans lesquelles il s'en donnait à cœur joie.

Ulysse avait également écrit un livre, *Récits grotesques*, entre Poe et Queneau selon ses amis, entre le bêtisier de la télé et Landru, selon ses ennemis. Ce livre avait eu un certain succès. Mais après Ulysse avait été incapable d'aller au-delà de cent lignes. Il n'était plus sûr de rien, ni de savoir écrire, ni de pouvoir y renoncer. Il lisait donc des scriptodactyles et traduisait des bandes dessinées.

Mais c'était dur, surtout quand ça devenait une routine.

"C'est à moi que vous dites ça, lui dit Virgile, moi qui me coltine tous les jours trente élèves complètement bouchés, depuis des années et des siècles…

— Taisez-vous."

En attendant Vulcain, il relut la lettre gothique. Il demanda à un numéro vert à qui appartenait ce numéro non vert, mais le numéro vert lui répondit que ce numéro non vert était sur liste rouge. Il entendit Circé se disputer avec un collaborateur qui se plaignait de n'avoir pas été payé depuis deux ans. Il est dans la moyenne, se dit Ulysse. Puis il entendit un grand bruit dans la petite pièce qui servait de débarras. C'était Vulcain qui entrait par la porte de service, escaladant des piles de manuscrits refusés, de scriptodactyles archivés et la carcasse d'une vieille photocopieuse. Depuis longtemps, il avait découvert l'utilité d'un bureau aménagé comme la tanière d'un renard, avec double accès afin d'éviter les créanciers.

Il fit irruption dans la pièce, cyclopique et bossu, un quintal de contamination culturelle, vêtu d'un complet caramel, nœud papillon violet, chaussures anglaises. Cette élégance au-dessus de ses moyens était le mystère de Vulcain. Certains disaient que s'il avait eu, en affaires, la même habileté qu'il déployait pour rouler les couturiers, il aurait été le Duce du pays.

"Salut, Lello, excuse-moi d'être en retard, mais je n'ai pas fermé l'œil de la nuit. Je me suis perdu dans un labyrinthe de squelettes armés et d'ectoplasmes vénéneux, puis j'ai dû me battre contre un monstre à dix têtes, qu'il m'a fallu couper une à une, mais il m'a dévoré sept fois avant que je réussisse à le démembrer et à le tuer, et quand je l'ai tué son sang s'est transformé en un roi vampire et celui-là aussi, j'ai dû le tuer.

— Bon sang, Vulcain, qu'est-ce que tu as mangé pour faire de tels cauchemars ?

— Des cauchemars ? J'ai joué à la Playstadion.

— J'ai compris, dit Ulysse. Moi, par contre, je n'ai pas dormi, parce que j'ai lu des scriptodactyles pour toi.

— C'est tout à ton honneur, dit Vulcain, en s'agitant et en fouillant dans ses poches. Excuse-moi, tu pourrais m'appeler sur mon portable et laisser sonner ? Je ne le trouve plus.

— Donne-moi le numéro.

— Impossible. Il est dans l'agenda du portable.

— Demande à Circé.

— Circé ! cria-t-il. Appelle-moi sur mon portable."

Il s'arrêta au milieu de la pièce, jambes écartées. Faiblement, les notes de *Bonanza* résonnèrent à la hauteur de son nombril. Il enleva sa veste, retourna les poches de son pantalon, fouilla ses parties honteuses. Rien.

"Putain de bordel ! cria-t-il. J'ai trop de choses à faire ! Qu'il aille se faire foutre, ce portable ! C'est une source d'emmerdements, et rien d'autre. Je jure que si je le perds je n'en rachèterai plus.

— De toute façon, dit calmement Ulysse, tu en as quatre.

— Des voleurs, tous des voleurs, Tim, Omnitel, Wind, *L'Auberge toscane*... Je sais, ça n'a rien à voir, mais hier soir j'y ai dîné, c'est cher et on bouffe mal. Comment vas-tu, Lello ? Ne me dis rien, ça se voit, tu vas bien, tu as vraiment de la chance de ne rien foutre."

Il prit son paquet de cigarettes et il en gicla un briquet, une cigarette et le téléphone portable, qui s'écrasa au sol.

"Bordel, pourquoi ils les font si petits ? Fais voir mon agenda, j'avais un rendez-vous à onze heures.

— Avec moi.

— Tu es sûr ? Eh bien, je suis en retard parce que j'ai discuté avec cette merde de Pietrobelli. C'est lui qui a les droits du bouquin de Kirkland, *Dogface*. Tu en as entendu parler ?

— Un peu.

— Un peu ? Mais bordel, tu vis où, dans une bibliothèque ? Blanc, rappeur, six cent mille exemplaires en trois mois aux Etats-Unis. Un écrivain extraordinaire.

— Et Marco, ce gars de Milan qui a écrit *Briques* ? Lui aussi est blanc, tagueur, et il écrit bien."

Vulcain fit un geste de découragement universel et alluma une cigarette.

"Lello, bon Dieu de merde, lis le début de *Dogface* ! Ecoute ça : *Hier, cette ordure de Chavez, le videur du* Red Hot*, m'a cogné si fort que j'ai vomi les tacos au beau milieu de la 42*e... Ton Marco, qu'est-ce qu'il peut écrire ? *Hier, cette andouille de Gaëtan, le pizzaiolo, m'a fichu une rouste et j'ai vomi une pizza quatre-saisons place Gramsci ?*

— Vulcain, tu parles sérieusement ou tu plaisantes ?

— Moitié-moitié, répondit Vulcain, en sortant de son sac un café et un gobelet en carton, ou plutôt un gobelet à demi vide, vu que le café s'était répandu dans son sac. Nos derniers titres ne marchent pas, Lello, soupira-t-il. Regarde ça, *Crime sur le mont Athos*, même pas mille exemplaires. La poésie ? Une catastrophe. L'essai de Mimi Ronaldo, à peine plus de mille...

— Mais c'est un beau livre, profond, stimulant, on en a parlé dans le *Manifesto*.

— Ça nous fait une belle jambe, dit Vulcain. Nous avons besoin d'un succès, d'un vrai succès. Quelque chose que personne ne lit et que tout le monde achète. Que l'on réimprime toutes les nuits. Tu n'écris plus rien. Cet ingrat d'Arturo, nous l'avons lancé et il nous a lâchés pour aller chez Mondial.

— Ils lui ont offert vingt fois ton à-valoir.

— C'est toi qui me dis ça ? Toi, tu irais chez Mondial ?

— Non, mais chacun est libre de choisir le chemin qui lui plaît. Et à la fin, on voit où ça nous mène."

Vulcain fit "oui" de la tête, mais en fait il pensait "non". Il éteignit sa cigarette dans le gobelet, le transformant en un Dalí.

"Bah, de toute façon, cette fois, Mondial l'a dans le cul, ricana-t-il. *Dogface*, c'est nous qui le prenons. J'ai fait une offre supérieure à la leur. Ils ont offert deux cent mille euros, nous, deux millions... de lires, évidemment."

Et il éclata de rire, si fort qu'il avala de travers le café rescapé. Ulysse tapa longuement sur sa bosse, tout en sachant que ça ne lui porterait pas chance.

"Je n'ai pas préparé mon article pour la revue, soupira-t-il, mais cette nuit j'ai lu presque tous les scriptodactyles. Avant lundi, je te fais un compte rendu.

— Alors, prends aussi ceux-là, ami insomniaque", dit Vulcain.

Il prit trois ou quatre enveloppes sur son bureau et les lui jeta sur les genoux. Elles exhalèrent un nuage de poussière et de cendre de cigarette. La première était intitulée *Journal d'un proviseur*.

"Escroquerie et plagiat ! cria le professeur Colantuono.

— Avant lundi, je veux aussi ta chronique, haleta Vulcain. On imprime mercredi, Graphoprint n'attend plus.

— On ne faisait pas imprimer chez Sis ?

— J'aimais pas leur façon de bosser.

— Tu veux dire qu'ils voulaient être payés ?

— C'est à peu près ça. Oh, bon sang, ces coopératives typographiques... Tous des camarades, mais il suffit de ne pas les payer pendant un an, et ils deviennent tous des petits patrons.

— Ecoute, moi aussi je travaille, dit Ulysse, moi aussi de temps en temps je fais des trucs de droite, comme avoir de l'appétit ou m'acheter des chaussettes. Tu ne pourrais pas me payer ?

— Fais chier, Ulysse, l'interrompit Vulcain en se levant et en rajustant son nœud papillon devant la glace. On est presque associés, non ? Sois patient. J'ai de grandes choses en vue. Un livre-jeu vidéo tiré de *Moby Dick*, avec la baleine boss, à la fin. Et un best-seller potentiel sûr : des écrivains *over* cent.

— De plus de cent ans ?

— Non, plus de cent kilos. Une anthologie de jeunes auteurs obèses ; leur relation au corps et à l'écriture, une approche fantastique. J'en ai déjà trois, plus une nana de quatre-vingt-dix kilos, mais nous gonflerons légèrement le chiffre, comme sur les bandeaux des livres. Pourquoi tu me regardes comme ça ? Ce n'est pas une bonne idée ?

— Je ne sais pas quoi dire, Vulcain...

— Je sais ce que tu penses. Il se démène dans tous les sens, tous les moyens sont bons.

Eh bien oui, tôt ou tard nous ferons exploser le marécage puant de l'édition. En attendant, j'essaie de trouver de nouveaux financements, de nouveaux associés pour rebondir. Panopticon…

— Tu es fou, Vulcain ? Panopticon a été vendu à Aletheia, qui appartient à Mondial

— Que veux-tu que j'y fasse, bordel, s'ils raflent tout, ces gens-là ? Tu ne vas pas me resservir ton petit sermon politique ? (Il préparait sa fameuse *«Fausse crise de colère avec apaisement final»*, un classique du théâtre éditorial du XXe siècle.) Allez vous faire mettre, toi et tes écrivains tagueurs, vous n'êtes bons qu'à réclamer de l'argent, mais qui est-ce qui fait marcher la boutique ?

— Tu me paies ce que tu me dois, oui ou non ? demanda calmement Ulysse.

— Ecris ton nouveau bouquin, au lieu de te lamenter. Tu es là, à attendre je ne sais quoi, tu as presque quarante ans et tu n'as encore rien fabriqué. Tu habitais dans une maison avec des Grecs…

— Je ne trouve pas que ce soit une donnée existentielle très significative.

— Tu as une fiancée adorable et tu es en train de la perdre, espèce de polygame polythrope…"

Ulysse baissa la tête. Pilar n'était pas un sujet sur lequel il avait la force de répliquer.

Vulcain s'aperçut qu'il était allé trop loin, et décida de faire la paix au plus vite. Il s'approcha d'Ulysse, et, avec une haleine qui empestait le Fernet-Branca, il le consola :

"Ça va, Ulysse, excuse-moi de t'avoir dit ça. Tu verras, tout s'arrangera, avec Pilar. Moi aussi j'ai eu des moments de crise avec Vénusine. On les a surmontés.

— Elle ne vit plus avec son fleuriste sarde ?

— Oui, mais on ne s'est jamais autant aimés. De toute façon, je peux te signer un chèque postdaté si tu téléphones à Velcro et si tu lui demandes de préfacer *Over 100.*

— Jamais de la vie ! Ce type n'est pas un écrivain, ses présentations ressemblent à des comptes rendus de conseil des ministres ; il ne rédigera jamais une préface pour un de nos livres…

— Un petit effort, mon chou. Si tu te donnes un peu de mal, tu deviendras peut-être comme lui, un jour. Alors, tu lui téléphones, oui ou non ?

— Fais-moi ce chèque", soupira Ulysse.

Il s'empara de celui-ci et sortit, au moment où entrait la propriétaire des locaux très énervée, sous prétexte – quelle absurdité ! – qu'on lui devait six mois de loyers. Vulcain se colla au téléphone, faisant mine de parler en anglais.

"Circé, dit Ulysse, essaie d'appeler Velcro.

— Pas question. C'est une anguille.

— Donne-moi son numéro. Je vais essayer, moi.

— OK."

"Allô, je pourrais parler à M. Bruno Velcro ? C'est Virgile Colanton, de la télévision française.

— Attendez, je vais voir s'il est là. Vous avez dit ?

— Virgile Colanton, de la télévision française. La chaîne Dondon Deux. Nous voudrions le contacter pour une interview, une longue interview à propos de son dernier livre Règlement de comptes, *et aussi sur le problème de l'obésité, les gros lards, vous comprenez ?*

— Je suis M. Velcro. Votre proposition m'intéresse, mais donnez-moi quelques précisions.

— Un Américain sur trois est obèse, alors que seulement un Chinois sur cent mille l'est. Vous le saviez ?

— Attendez... J'espère que votre émission n'est pas sournoisement anti-américaine.

— Nous, les obèses, nous ne faisons rien sournoisement. Accepteriez-vous de présenter un de nos livres dans un centre social ? Ou dans un centre diététique ?

— Je ne comprends pas...

— Vous accepteriez, oui ou non ?

— Mais ce n'était pas pour une interview ?

— Alors, si votre réponse est non, je suis désolé. Nous aurions pu vous payer grassement, quinze mille euros. Au black. Mais je comprends, vous êtes très engagé, sur plusieurs fronts...

— Vous avez déjà parlé avec mon agent français ?

— Nous avons essayé, mais M. Chirac ne répond pas. Malheureusement, il nous faut une réponse très rapide.

— Si le livre est sérieux, je veux dire s'il n'attaque pas le président par parti pris, et si on en parle dans trois journaux télévisés au moins, alors...

— Dommage. Il aurait plu à notre maison d'éd... au directeur de notre chaîne Dondon Deux. Il faudra que je leur signifie votre refus. Portez-vous bien."

Fin de la communication.

"Tu as réussi à lui parler ?

— Oui, dit Ulysse. Il a refusé.

— Vous êtes vraiment un menteur diabolique, dit Virgile. Vous savez que ça sonne bien, Colanton ? Ça ne me déplairait pas d'être français.

— *Tais-toi**."

* En français dans le texte. *(Toutes les notes sont de la traductrice.)*

IV

Ulysse sortit, avec les nouveaux scriptodactyles dans un sac de toile, volé dans les bureaux de Forge. Le tout pesait comme une enclume et le faisait pencher à droite. Il prit un dragon-chenille pour rentrer chez lui. Il mangea du thon à même la boîte, but de la bière au goulot et alla se coucher en chaussettes. Il dormit tout l'après-midi. Il rêva qu'il se trouvait sur un banc en compagnie de Vulcain, en plein brouillard. Vulcain lisait *Libernation*. Putain, dit-il tout à coup, devine qui a eu le Nobel de littérature ? Qui ? demanda Ulysse. Eh bien, c'est incroyable, c'est Foxfirst Fantômas, avec *Je n'ai pas le droit d'entrer*. Nous l'avions sous contrat, et nous l'avons laissé filer. Je t'avais pourtant dit qu'il ne fallait pas le sortir sans laisse ! Puis, le rêve se transforma en un combat contre un monstre à dix têtes, chacune coiffée d'une casquette avec l'inscription “Mondial éditions”, suivi de quelques vagues scènes érotiques dans un bus. La sonnerie du téléphone les interrompit. Il était six heures du soir et il faisait déjà sombre. C'était Pilar.

“Merci de m'avoir appelée aujourd'hui, dit-elle sèchement.

— Excuse-moi, j'ai travaillé toute la nuit et cet après-midi je me suis écroulé.

— Tu as bien de la chance de travailler. Aujourd'hui, à l'*Eden Shop*, on nous a confirmé nos licenciements. Nous, les dix-huit filles, et quatre employés.

— Je suis désolé.

— Tu es désolé ?

— Oui, je suis désolé…"

(Pause, silence, soupir.)

"Je comprends que lorsque tu n'écris pas, tu as du mal à exprimer des sentiments, mais je m'attendais à plus de sympathie.

— Je suis désolé, je pense que nous devrions nous voir et en parler, chercher peut-être une solution ensemble, envisager un nouveau travail, je ne sais pas… pourquoi pas chez nous, aux éditions Forge.

— Demain matin, on distribue des tracts devant l'*Eden Shop*.

— Je peux venir ?

— Ce n'est pas un truc très intello, mais si ça t'intéresse…

— Je viendrai. Ecoute, pour ce soir…

— Je n'ai pas la tête à sortir. Salut."

"Elle rigole pas, votre nana, dit Virgile.

— Mais monsieur le professeur, comment parlez-vous ?

— C'est la proximité de cet auteur de polars punk. Parlez-moi de vous, de Pilar, quoi.

— J'ai un problème : je n'arrive pas à parler d'elle, et parfois même pas avec elle. Quand je la vois je me sens déborder, c'est un raz-de-marée, un cataclysme, je voudrais dire des millions de choses, mais je bloque. Et je suis incapable d'écrire une seule ligne sur les émotions qu'elle éveille en moi. Un jour, elle m'a demandé de lui écrire un poème, je lui en ai apporté un de Maïakovski. J'ai délégué. Je pourrais dire qu'elle est… en Italie depuis quelques années, créole, combative, belle, très belle, sensuelle, qu'elle a des jambes…

— Des jambes ? insista le professeur, tout excité.

— Des jambes, un point c'est tout. Je n'y arrive pas. Nous sommes jeudi ?

— Oui.

— Et il est dix-huit heures cinquante ?

— Exactement."

Ulysse décida qu'à dix-neuf heures, heure fatidique, il téléphonerait au mystérieux Achille. Il attendit en regardant par la fenêtre. Il s'était remis à pleuvoir ; c'était un automne pleurnichard et hystérique, avec des averses rageuses et imprévisibles. Il remplissait les cœurs de spleen et les vallées de boue. Demain matin, devant la grille de l'*Eden Shop*, Pilar se mouillera. Pilar, Pilar, fleur latino que les brouillards padans, au point du jour, arrosent. Un jour, j'écrirai un livre dans lequel tu seras présente, de la première à la dernière page. Téléphonons au mystérieux Achille. Espérons qu'il ne parle pas gothique.

"Allô ?

— Qui est à l'appareil ?"

C'était une voix de femme, basse et dolente.

"Je m'appelle Ulysse. Ulysse Insulaire, des éditions Forge. Votre fils, je crois, m'a envoyé une lettre."

Il y eut un long silence.

"Une lettre, dites-vous ? Comment, par la poste ?

— Oui, répondit Ulysse. Par la poste.

— Ecrite comment ?

— Sur ordinateur. La lettre contenait ce numéro de téléphone, et me demandait de l'appeler."

Nouveau silence. Etait-ce seulement une impression ou entendait-il, en bruit de fond, un halètement léger, comme si quelqu'un était en train d'écouter ?

"Monsieur, à votre voix, je devine que vous êtes assez jeune, et donc, en tant que mère d'Achille, je serai franche avec vous. Mon fils est cloué dans un fauteuil roulant. Il est né avec une grave maladie, compliquée par une opération ratée. Il y a quelques années, il a dû subir une nouvelle intervention, et son état a empiré. Il ne bouge que les mains et la tête. Je ne sais pas comment il a pu vous envoyer cette lettre, mais oubliez-la.

— Mais c'est une lettre... belle... intelligente.

— Mon fils est intelligent, dit la mère d'une voix altérée. Il est très lucide et intelligent, mais il doit être protégé. Ici, à la maison, il est bien, il a ses livres, il est soigné. Mais ces dernières années, chaque fois qu'il est entré en contact avec le monde... je veux dire avec le monde extérieur, il a beaucoup souffert. Je ne veux pas que cela se reproduise.

— Mais peut-être...

— Je vous en prie, monsieur, n'insistez pas. Ne vous laissez pas entraîner par la curiosité ; la curiosité et la pitié, mon fils n'en a nul besoin. Et je vais vous dire une dernière chose. Achille a un visage... effrayant, voilà ce que je voulais vous dire. Pour moi, c'est le visage de mon fils, mais je crains que si vous le voyiez vous n'arriviez pas à cacher votre embarras ou votre peur. Le destin a été cruel avec lui. Il y a quelques années, il était encore un peu sociable, il étudiait, il riait.

Aujourd'hui, il est totalement imprévisible, parfois éteint, parfois irascible et dangereux. Nous avons lutté contre ceux qui voulaient l'enfermer dans une clinique, nous avons réussi à lui laisser sa chambre, sa maison. Le prix à payer, c'est cette solitude."

Une voix s'éleva, du fond de la pièce. C'était celle d'un homme en colère. "Avec qui parles-tu de ces choses-là ?" disait-elle.

"C'est Achille ? demanda Ulysse.

— Non, c'est son frère aîné. A présent, je dois vous quitter. Je regrette ce qui est arrivé. Je ne ferai pas de reproches à mon fils, mais je vous en prie, oubliez cette lettre. Laissez-nous tranquilles.

— Ulysse", dit une autre voix, au loin, un cri rauque et animal. Puis, de nouveau, on entendit des voix surexcitées, et la conversation s'interrompit.

Cette voix poursuivit Ulysse toute la nuit. C'était un appel au secours, elle lui rappelait le jour où il était passé près d'un abattoir : il avait entendu le cri d'un animal, sans pouvoir l'identifier. Et puis, la voix douloureuse de la mère, la voix dure du frère aîné. L'allusion à la monstruosité d'Achille. Pour arrêter le flux de ses pensées, il avala un somnifère avec du vin blanc. Il s'endormit d'un sommeil de plomb. Il fit un seul rêve, très court, un lambeau de rêve : il se trouvait dans une vieille maison, sombre et poussiéreuse, et se tenait debout au milieu d'une pièce ; quelque part, une fenêtre ouverte laissait entrer un vent glacial. Dans le noir, quelque chose bougea. C'était une ombre, une ombre très légère, semblable au papier qui enveloppe les oranges et qui aurait brûlé dans l'air, une forme ni humaine, ni animale, un fantôme noir et indistinct. L'ombre se divisa. Une moitié se dirigea vers la fenêtre, comme si elle voulait sortir, mais le vent la réexpédia en arrière. L'autre moitié rampa jusqu'aux pieds d'Ulysse, monta le long de son corps, examina les traits de son visage, le frôlant très légèrement. Ulysse était paralysé ; il ne ressentait pas de la peur, mais une inquiétude épuisante. Puis, l'ombre recula et, avant de disparaître, elle parla d'une voix rauque, douloureuse.

"Tu es mon frère", dit-elle.

V

Ulysse conduisait son scooter, petit dragon Tanaka, sur le périphérique noyé dans le brouillars, vers la zone industrielle. Le petit samouraï sondait les abîmes asphaltés, de son phare téméraire. Des monstres énormes et vrombissants le traquaient. Il dépassa un gigantesque poids lourd transportant vers un élevage du Sud une maternelle de dix mille poussins piaillants. L'appel d'air poussa le petit dragon, qui frôla le rail de sécurité. Puis, il fut surplombé par un Magirus-Deutz teuton à seize vitesses, qui exhibait au-dessus de la cabine du chauffeur une madone fluorescente, en bakélite. Il emmenait des vaches à l'abattoir. Pendant que le titan le doublait, Ulysse croisa le regard des bêtes à travers les interstices de la remorque. L'une d'elles, en particulier, lui parut triste, consciente de son destin de protéine. Tout de suite après, ils furent engloutis par l'ombre d'un camion long comme une caravane de chameaux, portant une gigantesque poutre sur le dos. Le diplodocus traversa une énorme flaque, provoquant un geyser d'eau boueuse qui arrosa Ulysse et sa monture. Mais le duo ne renonça pas. Une série de bosses leur signala qu'ils étaient près des ruines de Ninive, séculaires travaux en cours où, depuis la nuit des temps, l'asphalte se tord, victime de crevasses et de blessures, mordu par les crocs du gel, fondu par la canicule, écrasé par le poids des camions et par la mollesse des appels d'offres. Ils dépassèrent l'échangeur de la Foire, dit Fourche du Diable, où trente personnes, cette année, avaient perdu la vie. A droite, ils virent l'esplanade du Grand Supermarché Abandonné, le premier à fermer pour cause de crise économique. On raconte, dit Ulysse à son preux petit dragon, que le fantôme de la Ménagère à la Hache hante toujours ce lieu : devenue folle à la suite des augmentations de prix, elle avait tué deux caissières avant d'être abattue par un policier. Toutes les nuits, la fantômesse prépare des soupes avec des conserves périmées et des légumes moisis, et la puanteur envahit les rayons désolés, infestés de rats et de blattes, empoisonnant l'espace environnant, jusqu'à la place des Péchés. Dans ce lieu de perdition stationnent les gigantesques camions-remorques internationaux : poids lourds sarrasins ornés de lampes multicolores, énormes Scania suédois avec corne d'élan, Zastava slaves bourrés de clandestins, Leyland anglais avec des bouteilles de bière en guise de pistons, Renault français chargés de baguettes de pain. Comme attirés par un aimant, tous se réunissent dans l'endroit le plus sombre du pornoéchangeur. C'est là que les chauffeurs s'accouplent avec toutes sortes de créatures munies d'ouvertures, goulots et méats : putains obèses, travestis trisexuels, *drag-queens* étincelantes comme des arbres de Noël, lolitas sibériennes, pouffiasses, suceuses, défonceurs de cul, fragiles éphèbes et même, dit-on, quadrupèdes tels que vaches et ovins provenant des cargaisons. Ici, les maquereaux deviennent financiers et viceversa, ici naissent des amours accélérées, ici, essence et sperme célèbrent leur union aromatique. Et pendant que vous avancez lentement dans la bacchanale, entre les mugissements de plaisir en diverses langues et les alcôves des cabines, vous verrez le parking devenir une ruelle, un boyau recouvert de gravier, bordé de peupliers droits comme des gendarmes. C'est le chemin qui mène à l'*Eden Shop*. On y pénètre par le Léthé, un mur de brouillard encore plus épais, lac laiteux et spermatique, où même les phares les plus puissants sont inutiles. Rares sont ceux qui s'y aventurent, et l'on parle de camions gisant dans les fossés, avec des squelettes cramponnés au volant.

Mais petit dragon Tanaka n'est pas un scooter quelconque et il avance, impavide. Une lune en faucille ouvre des soupiraux dans le ciel de cendre et brille là-haut, pour indiquer la direction. A votre gauche, vous sentirez une odeur de cadavres, et un strident essaim de fantômes passera devant votre pare-brise. Ce ne sont pas des âmes damnées, mais les mouettes de l'incinérateur, créatures marines qu'un appétit sordide a transformées en vautours terrestres. A votre droite, vous verrez de petites fabriques d'armes, des motels adultérins et des champs de légumes monstrueux – navets blancs comme des boîtes crâniennes et choux cannibales, qui se déplacent en broutant de l'herbe. Derrière les haies de buis apparaîtront de charmantes villas protégées par des barreaux, des ponts-levis, des caméras de surveillance et des molosses aux crocs d'alligator. Vous franchirez de petits ponts sur des canaux charriant des mélanges de colorants et d'acides, aux moires mystérieusement irisées. Mais si vous ne vous découragez pas, si vous avancez vaillamment, vous pourrez voir, après le cimetière de caravanes, l'enseigne de l'*Eden Shop* et les premiers néons. Sur les bas-côtés apparaîtront des arbres et des panneaux lumineux, des carrosseries de voitures, des portraits du Duce, des pin-up en guêpière. Dominant le halètement de votre moteur, vous entendrez des chants d'oiseaux. Ce ne sera pas le cri avide des mouettes, ni le gloussement nauséeux des pigeons ni le braillement des corbeaux ni même le faible toussotement des passereaux urbains. Véritable musique ailée, sopranos de rossignols, contraltos de merles, hautbois de huppes et harpes d'alouettes. Mais tout cela est factice, c'est un enregistrement qui tient lieu de bande-son sur l'avenue conduisant au château féerique de l'*Eden Shop*, cent mille mètres carrés de magasins, de marchandises et de désirs. L'herbe que vous foulerez est synthétique, le gravier en polymère expansé et la mare aux canards artificielle. Les canards sont authentiques, mais étant donné la vie qu'ils mènent ils préféreraient être en plastique et égayer quelque baignoire.

Puis il y a le parking. Pendant l'âge d'or, il accueillait six mille voitures, on y accédait après des heures de queue, c'étaient les Limbes précédant l'entrée dans l'Eden. Il n'en reste plus qu'un tiers, la crise économique mord les portefeuilles, plusieurs magasins sont fermés et des piles de chariots vides rouillent tristement dans les magasins. En entrant dans les vastes salles, surtout dans le cœur de l'*Eden Shop*, vous ne remarquerez peut-être pas que quelque chose a changé. Le paradis du consommateur semble intact. Sur les rayons, on trouve encore assez de nourriture pour rassasier la moitié du Malawi, rendre diabétique le Botswana, enivrer le Bénin, vêtir la moitié du Groenland, faire jouer tous les enfants du Yémen, parfumer les îles de guano des Galápagos, faire danser tous les Massaïs, illuminer les nuits lapones, remplir de superflu, d'inutile, d'excédentaire, une grande partie du globe. Mais si vous regardez plus attentivement, vous saisirez les signes de la maladie sournoise qui ronge l'économie mondiale et contamine notre pays, ses maisons et ses tirelires. Quelques panneaux en plus annonçant des promotions et des soldes, un peu de poussière sur des boîtes de conserve, des vêtements démodés. Ecoutez bien, et vous entendrez la complainte des Invendus : la pomme qui moisit, cachée au fond du panier, le yaourt périmé qui tente de dissimuler la date de sa fin ignominieuse, le fromage qui exhale une légère puanteur, la lessive qui célèbre un chanteur mort depuis longtemps, le gadget du dessin animé déjà oublié par une jeunesse ingrate, les sacs d'écolier exhibant des idoles du rock disparues dans le néant, le fer à repasser qui parle, boudé par les ménagères…

Et surtout, bien qu'elles soient masquées par des festons et des panneaux, vous remarquerez que douze caisses sur trente sont fermées. Car la maladie n'a pas seulement frappé les honnêtes financiers et l'innocent marché, elle a aussi touché les employés avides de l'*Eden Shop* qui, se jugeant menacés dans les privilèges liés à leur travail, se sont mis à brailler, à faire la grève et à monter des piquets, au lieu d'accepter sereinement un licenciement synonyme de loisir et de nouveau départ dans la vie. Les voilà, devant l'entrée Un, la plus noble, occupés à distribuer un tract ignoble contenant des accusations à l'endroit de la propriété et du gouvernement, ainsi que des clichés bolcheviques culminant dans ce slogan éculé :

NOUS VOULONS JUSTE TRAVAILLER.

"Et le reste ? Ecrire des poèmes, contempler la nature, barboter dans des ruisseaux comme des canards, jouer de la flûte dans les bois, rien de tout ça, espèce de brutes ? dit Virgile Colantuono.

— Mais alors, professeur, vous êtes avec cette foutue majorité ? dit Ulysse, en stoppant son petit dragon Tanaka.

— Je suis un centriste modéré, je m'étais mépris sur le sens de «juste», rectifia le professeur, flairant des représailles. Le travail est un droit inaliénable."

La situation, devant l'entrée Un, était la suivante :

Sur la droite, une table recueillait les signatures de soutien pour les employées de l'*Eden Shop* et d'autres sociétés en crise ; la table était tenue par Minerve, très blonde syndicaliste forte de dix années de militantisme et d'un soutien-gorge pigeonnant, chargée de vendre des cartes par tous les moyens de séduction démocratiques. A ses côtés, deux légendaires sweat-shirts bleus (les vieux bleus de travail des usines avaient été remplacés par des vêtements modernes). C'étaient les métallos Stanzani et Olivetti, dits Stan et Oliver, l'un maigre et moustachu, l'autre chauve et colossal, présents partout où il fallait casser les couilles d'un patron, depuis les grèves nationales jusqu'aux piquets des banlieues les plus reculées. Une de leurs manifestations, à trois, était restée célèbre : celle en faveur du concierge licencié de la crèche de Santa Chiara, marquée par des bagarres avec des parents fascistes, à coups de petits pots pour bébés.

Au centre, sous la gigantesque vache en caoutchouc gonflable vantant une marque de beurre bien connue s'écoulait le flot des clients ; en sortant, certains s'arrêtaient pour signer, étant à la fois consommateurs et consommés, acheteurs et licenciés, en une contradiction inhérente au marché, à l'idéologie et au budget familial.

A gauche (vous remarquerez le paradoxe), deux vigiles armés, un M. Muscle et un type à Ray-Ban, ainsi que quelques faux acheteurs envoyés par le directeur Majordo, afin d'espionner et de cafarder. Avec eux, un vieux monsieur, fier et titubant, invoquait l'intervention de la milice royale, contre cette manifestation sordide.

Eparpillées çà et là, les employées en cours de licenciement distribuaient des tracts à tour de bras. Pilar n'était pas là.

“Elle est avec la délégation, en train de parler avec le directeur, dit Stanzani. Il vient juste de les recevoir, elles attendaient depuis huit heures du matin.

— La vie d'un ponctuel… soupira Olivetti.

— Oui, finissez votre phrase, dit Ulysse, stupéfait.

— … Est une vie de merde. Vous avez signé la pétition ?

— Evidemment. A votre avis, elles sortiront à quelle heure ?

— Votre amie, dit Stanzani, sortira bientôt, car le directeur ne veut, ni ne peut, revenir sur les licenciements. D'ailleurs, vous savez très bien que cette entreprise fait partie des nombreuses propriétés du Duce, même si une minorité des parts appartient à une coopérative, autrefois proche de nous, aujourd'hui criblée de dettes.

— Mon vieux, dit Olivetti, ta chérie va bientôt arriver sans avoir rien obtenu, ce foutu larbin ne peut pas tenir tête au Duce, et le Duce est en train de secouer le cocotier dans son royaume qui, si ce putain de bon Dieu le veut, va bientôt s'écrouler et emportera tout avec lui, y compris les traîtres soi-disant amis qui lui dictent son jeu."

Stanzani et Olivetti n'étaient pas toujours d'accord. Dans la fameuse crèche, Stanzani voulait écrire sur un panneau : "Honte !" alors qu'Olivetti voulait balancer une bonne sœur par la fenêtre.

Le vigile adepte des salles de musculation se présenta devant la table, très provocateur, et se planta, jambes écartées, face à Minerve.

"Vous voulez signer ? lui demanda la blonde, sans se démonter.

— Dans ma vie, je n'ai jamais rien fait avec les communistes, dit le vigile.

— Moi, par contre, j'ai fait une fois une pipe à un connard", dit tranquillement Minerve.

M. Muscle pâlit, avala virilement sa salive, et gronda :

"Votre table gêne les clients qui veulent entrer."

Olivetti arriva en se déhanchant car Stanzani, cramponné à sa manche, essayait de le freiner.

"Vous savez qu'en Italie il y a un truc appelé Constitution, qui protège le droit de grève et de manifestation ?

— Si vous ne vous calmez pas, vous allez avoir des pépins", dit le vigile.

Olivetti, bodybuildé par l'aciérie, le dominait de dix centimètres en hauteur et de cinquante centimètres en largeur ; il recula donc, proférant d'obscures menaces. Au même moment sortit la délégation des employées, Pilar fermant la marche. Belle, écarlate, furibonde, fendant la foule des clients.

“Ça n’a pas marché, soupira Stanzani.

— Mais quel canon, cette mulâtresse ! dit Oliver.

— Olivetti ! gronda Minerve.

— Quelle beauté typiquement latino”, rectifia Olivetti.

La beauté typiquement latino s’approcha d’Ulysse et l’embrassa sur la joue, suscitant l’envie collective. Sa cuisse droite appuya sur la poche, où le professeur Colantuono eut une minuscule érection. Ulysse essaya de la prendre par la taille, mais Pilar se déroba, alluma une cigarette et se mit à regarder les fenêtres de l’*Eden Shop*.

“Quand je pense que je dois me décarcasser pour rester dans un endroit pareil”, dit-elle, d’une voix rauque de colère.

Comme d’habitude, Ulysse réussit à ne rien dire. Ils marchèrent côte à côte jusqu’à la mare aux canards. Reconnaissant en Pilar-Pénélope leur sœur bien-aimée, ils accoururent, tout joyeux. Ils furent rassasiés avec des biscuits. L’un d’eux insistait pour avoir d’autres friandises, et Ulysse lui lança un bonbon à la menthe forte. Le malheureux l’engloutit, puis battit des ailes en jacassant.

“Ils en font des histoires, dit le professeur Virgile, jaloux, car il adorait les sucreries.

— Ce qui plaît aux hommes ne plaît pas nécessairement aux canards, répondit, piqué, le chef des canards, appelé Enée.

— Par exemple ?

— Le canard à l’orange.”

Ulysse rêvassait, attendant que Pilar ait envie de parler ; mais voyant qu’elle ne se décidait pas et qu’elle avait les yeux luisants, il prit la parole…

“Ça n’a pas marché, c’est ça ?

— Ecœurant, dit Pilar. Il s’est fichu de nous et a sorti des plaisanteries fines sur les minijupes. A la fin, il a dit que ce n’est plus l’époque de *Bella ciao**, c’est lui qui nous dira *bella ciao* et non seulement il confirmera les licenciements, mais en plus… bof, ce n’est même pas la peine d’en parler.

— Mais en plus ? insista Ulysse.

— Rien, dit Pilar, un tas de conneries.

— Ce n’est pas vrai, intervint Minerve, qui s’était approchée et qui avait pris Pilar par la main. Les autres m’ont tout raconté. Il lui a dit que son permis de séjour n’était pas en règle, et que si elle n’arrêtait pas de lui casser les pieds, il la renverrait en Amérique du Sud. Mais elle peut être tranquille, il ne peut pas faire ça.

— Ils peuvent tout essayer, dit Pilar. Ils sont en train de couler, ils n’ont plus rien à perdre.

— Moi… moi, dit Ulysse en tremblant de colère, je fonce dans son putain de bureau…

— Et tu casses un de ses crayons, dit Olivetti. Reste tranquille, espèce d’intello, ces choses-là, c’est notre affaire.

— Ma mère était pâtissière et mon père boulanger, répliqua fièrement Ulysse.

— Et toi, tu n’as pas bien cuit, dit Olivetti en riant, avec un grand tremblement de tripes.

— Ne fais pas le malin, Oliver, dit Stanzani, on est tous dans le même bateau.

— Je vous demande pardon, monsieur Ulysse, dit Oliver. Pour moi, une pâtissière, c’est comme un peintre du Louvre.”

* Chant populaire des repiqueuses de riz, devenu ensuite chant des partisans italiens.

Ulysse rassembla tout son courage, sa fureur déborda et les paroles jaillirent.

"Les travailleurs ne comptent plus ? clama-t-il brusquement, lançant un coup de pied dans une boîte de conserve et envoyant promener une file entière de chariots. Qu'est-ce que c'est que ce chantage au permis de séjour ? On est devenus quoi, dans ce foutu pays ? Regarde-moi ça, ils sont tous là en train d'acheter, de dépenser et de subir, mais, bon Dieu, ils ne s'en tireront pas à si bon compte…"

Une petite vieille, qui cachait sous son manteau deux mortadelles volées, passa près de lui et accéléra le pas, effrayée.

"Calme-toi, dit Pilar. Tu t'en prends à qui ? Aux gens qui font leurs courses ?

— Tout est concomitant, dit Ulysse.

— Tout est quoi ? demanda Olivetti.

— Tout est lié", dit Stanzani.

VI

Ulysse lança un autre coup de pied dans une boîte de conserve vide et atteignit un canard, libérant ainsi une partie de son indignation. Il chercha ensuite Pilar, mais elle était allée rejoindre ses collègues. Au milieu du groupe des espions, il vit quelqu'un sortir un appareil photo et le braquer sur les filles.

"Ah, non ! cria Ulysse. C'est quoi, ça ? Pour les fichiers de police ?

— Moi, je photographie ce qui me plaît", dit le *paparazzo*.

La main d'Olivetti se tendit lentement, comme les petites grues dans les jeux des fêtes foraines, et remporta un Nikon presque neuf.

"Rends-le-moi, espèce d'animal !" hurla le *paparazzo*.

La tension monta. Olivetti et le photographe se faisaient face, Stanzani s'interposa, un attroupement se forma. Pilar apostropha une cliente couverte de bijoux, qui avait marmonné quelque chose sur les problèmes d'immigration. Un canard se mit à hurler des slogans combatifs. Un monsieur, qui poussait un chariot archiplein, heurta Minerve qui, par représailles, fit voltiger d'un coup de sein deux paquets de biscuits. Olivetti opéra l'appareil photo et en fit sortir des boyaux de pellicule. Le *paparazzo* poussa un cri d'horreur. Les deux vigiles arrivèrent dare-dare, Ulysse s'interposa.

“Maintenant, on appelle la police, dit M. Muscle.

— Pourquoi ?

— Vous perturbez les clients et l'ordre public”, dit le jusque-là silencieux aux Ray-Ban, en enlevant ses lunettes. L'un de ses yeux était fermé et enflé, de l'autre il regarda Ulysse et… “C'est vous ? demanda-t-il à voix basse.

— C'est moi, répondit Ulysse.

— C'est bien ce qui me semblait”, répondit l'autre.

C'était l'agent cyclope scriptodactyle. Il chuchota :

“Il n'y a pas de Nemo dans l'annuaire, et personne n'en a entendu parler.

— Nous venons juste d'ouvrir.

— De toute façon, j'ai un manuscrit dans ma voiture.

— Laissez-le sur le porte-bagages de ce scooter rouge, chuchota à son tour Ulysse.

— Circulez, circulez, il ne s'est rien passé”, dit l'agent, en entraînant son collègue ébahi.

Ulysse resta immobile, sous le regard interrogateur de tous. Stanzani le fixait comme s'il venait d'abattre Trotski avec un piolet. Minerve tapait nerveusement du pied. Olivetti s'approcha. Ulysse se vit déjà étranglé sous prétexte d'espionnage, et donné en pâture aux canards.

“Camarades, nous pouvons tout vous expliquer ! cria le professeur Colantuono, mais sa petite voix était trop faible.

— Tu le connais, celui-là ? demanda Pilar.

— C'est le frère d'un camarade typographe”, mentit Ulysse.

Olivetti parut satisfait, et les canards n'eurent pas leur cruel festin.

Le flot des clients s'était presque tari. Il commençait à faire nuit et, naturellement, il se remit à pleuvoir et à tonner, le ciel se transforma en marécage. Pilar alluma une cigarette et, fatiguée, s'appuya au coffre d'une voiture. A l'intérieur de celle-ci, un enfant, revêtu du même tissu que les sièges, se mit à klaxonner en hurlant.

"N'abîme pas la voiture de mon papa, espèce de pouffiasse !

— Ce n'est pas mon jour, soupira Pilar.

— C'est vrai, cette histoire de permis de séjour ?

— Mais non, il a peut-être essayé de tâter le terrain, dit Pilar. Quand je suis arrivée ici, des amis colombiens m'ont aidée. Tu te souviens de Pablo ? Il a peut-être falsifié une carte d'étudiant, rien de grave. J'ai un permis. Qui aurait l'idée de se lancer dans une enquête sur mon compte ?

— Putain, par les temps qui courent ! Tu aurais quand même pu me le dire !

— Tu ne me l'as jamais demandé", répliqua sèchement Pilar.

Ulysse se tut. La phrase la plus originale qui lui venait à l'esprit était : Comme tu es belle quand tu es en colère. Mieux valait se taire, comme d'habitude.

"Une des filles est go-go danseuse dans une boîte, dit Pilar en lui lançant un regard de défi. Elle a dit que si je suis vraiment désespérée, je peux toujours travailler avec elle.

— Mais Pilar…

— Je sais, j'ai déjà essayé une fois et je n'ai pas tenu le coup. Mais on vieillit, même à vingt-six ans.

— Pilar, dit Ulysse. Moi, euh… je crois que tu vaux mieux que ça. Et puis, il faut d'abord éclaircir cette histoire de permis de séjour.

— Il y aurait bien une solution, dit Pilar, en éclatant brusquement de rire.

— Laquelle ?

— Tu pourrais m'épouser, *mi querido*, et j'obtiendrais la nationalité…"

Ulysse commença trois phrases différentes, chacune avec un bruit différent : un "hum" pensif, un toussotement dilatoire et une sorte de petit pet labial à la française comme pour dire "voyons, voyons"…

"Ne te force pas, tu vas vomir, dit Pilar. Je plaisantais, évidemment."

La beauté typiquement latino s'éloigna. Au bout de ses jambes splendides et bien tournées claquaient les petites mules qu'elle portait pour travailler.

C'était l'heure de la fermeture, le ciel annonçait une nouvelle averse, les gens se hâtaient. De l'entrée Un sortit une famille de bunkeristes, de ceux qui font des provisions comme s'ils devaient tenir des années barricadés chez eux. Le fils poussait un chariot débordant de boissons, la mère deux chariots de nourriture, le père un méga-chariot surmonté d'un totem de deux cents rouleaux de papier hygiénique. Le totem oscillait et le père jurait, de temps à autre un rouleau tombait sur le sol et se déployait, telle une blanche étoile filante ou la queue d'une comète. Ils perdirent plusieurs pièces en route avant d'atteindre leur véhicule, une énorme jeep noire à l'allure militaire. Papa bunker ouvrit le coffre pendant que maman bunker approchait les chariots et que bunker junior avait déjà les bras chargés de boissons. Ils se mirent à remplir le coffre, rapides et fébriles, comme si d'un instant à l'autre des avions ennemis ou un astronef venu de Saturne devaient descendre du ciel et bombarder leurs provisions. Mais lorsqu'ils eurent vidé la moitié des chariots, il fut évident que le coffre était déjà plein et qu'il était hors de question d'y ajouter quoi que ce soit, fût-ce une pomme. Le père hurla alors sa rage à l'adresse du ciel et renversa le chariot d'un coup de pied, pendant que la mère essayait de fourrer un rouleau de papier hygiénique sous un siège et que le fils buvait une boisson sur place, prêt à mourir de rots s'il le fallait, mais décidé à ne rien lâcher. Ils restèrent là, pendant que le moteur de la voiture tournait, parmi leurs chariots pleins et inutiles, la mine désespérée. Ulysse eut pitié d'eux, mais que faire ? Il aurait fallu deux wagons de train de marchandises pour résoudre le problème.

La pluie redoubla d'intensité et le coup de tonnerre annonciateur gronda. Minerve et Olivetti déplacèrent la table, les clients se hâtèrent vers leurs voitures. Tout le monde s'enfuyait, la normalité de la journée volait en éclats. Lestés de leurs achats, haletants, mouillés, les gens se ruaient vers un nouvel embouteillage qui les ramènerait chez eux. Ce n'était pas la pluie, pensa Ulysse. C'était un présage collectif, la peur de quelque chose d'encore plus froid, de plus inouï, de plus cruel que les tracas quotidiens. C'était la douleur tapie derrière la porte et encore invisible, annoncée par un coup de tonnerre, un coup de klaxon, un crissement de freins.

Il vit une vieille femme qui courait, la tête recouverte d'un sac-poubelle. Elle traînait un sac en plastique rempli de marchandises. Il céda, tout son contenu se déversa sur le sol.

"Je vais vous aider, madame", dit Ulysse.

Il remit dans le sac le pain, les bouteilles de lait, la lessive, une boîte de fromage en portions. A côté de lui, la vieille ramassait elle aussi, en silence, ses cheveux blancs déjà trempés, très vite, comme si quelqu'un allait arriver et tout lui voler. Peut-être se méfiait-elle aussi, un peu, de cet homme grand et maigre, qui l'aidait.

Ils se relevèrent en même temps ; la vieille ferma péniblement le sac avec une ficelle et le mit dans le panier de sa bicyclette, sans un mot.

"Merci, au moins", pensa Ulysse.

La vieille enfourcha sa bicyclette et enfila un drôle de mini-imperméable de Chaperon rouge. Puis elle posa un doigt sur sa bouche et émit une petite note gutturale. En passant, elle serra affectueusement le bras de son sauveur.

"Elle est muette", pensa Ulysse. Et il resta sous la pluie, jusqu'à ce qu'elle disparaisse au bout du parking.

VII

L'avantage, quand on appartient à la tribu des scriptodactyles, c'est que l'on a des amis partout. Au commissariat, Ulysse connaissait Barbieri, policier syndiqué auteur de polars tels que *Ronde de nuit* et *Pas de blondes pour le brigadier*. Il enquêta sur le permis de séjour de Pilar et trouva l'adresse à laquelle correspondait le numéro de téléphone d'Achille. C'était une rue en plein centre-ville. Ulysse avait décidé de s'y rendre, malgré la conversation téléphonique avec la mère. Une voix, ou plutôt un silence, l'appelait. Il marcha entre des magasins aux vitrines illuminées, avec quelques rares clients, des chausseries désertes et des taïgas de pulls. Des vendeurs mélancoliques époussetaient des mannequins cadavériques. Devant un café, au milieu d'une armada de motos, quelques jeunes souriaient à une caméra imaginaire. On entendait, provenant d'une rue latérale, l'alarme d'une voiture ; un clochard dormait sous un distributeur de billets. Ulysse arriva devant l'immeuble où vivait la mystérieuse famille ; un instant, il eut peur et faillit faire demi-tour.

L'immeuble était presque entièrement occupé par le Crévé, c'est-à-dire le Crédit Véritable, banque franc-maçonne qui gérait une grande partie du pouvoir citadin. A cette heure, la banque était fermée, mais on pouvait voir les nombreux étages éclairés, la grande porte blindée et une voiture de police en surveillance perpétuelle. C'était une construction de la fin du XIXe siècle, sinistre et noirâtre, modernisée avec des marbres funéraires et d'affreux éclairages halogènes. Deux écrans exhibaient, à l'intention des passants, les battements du cœur économique. Un cœur atypique, dans les veines duquel coulait un sang noir et huileux. Chacun pouvait s'arrêter devant ces chiffres oraculaires. Chacun, y compris les pauvres et les chômeurs, pouvait s'enthousiasmer devant les hausses soudaines du Mediocrédit ou se consoler avec la chute de l'Interfund. On trouve toujours plus malheureux que soi.

Ulysse s'approcha. Sur le côté droit de l'immeuble s'ouvrait un grand passage voûté conduisant à une cour recouverte d'une pelouse, presque entièrement utilisée comme parking. Au centre s'élevait la statue d'un Laocoon avec enfants et serpents, le tout si maladroitement emmêlé qu'il était impossible de comprendre qui étranglait qui. Le visage de Laocoon, par ailleurs, laissait transparaître un certain plaisir masochiste. "Appelle-moi, je serai ton python." Dans la partie gauche de la cour, on retrouvait les bureaux du Crévé, à droite on entrevoyait un grand escalier. Si la banque abondait en néons, l'escalier, lui, était sombre. Ulysse gravit les marches en faisant de grands pas dont il écouta l'écho. Sur le premier palier, entre des ficus jaunis, se trouvait un grand tableau mal éclairé. Il représentait saint Georges tuant le dragon. Ce n'était pas l'œuvre d'une main experte, mais il attirait le regard. Le mufle du dragon, pourvu d'une barbe blanchâtre, semblait plus humain que bestial, alors que le visage de saint Georges, déformé par l'effort accompli pour abattre l'épée, avait quelque chose de monstrueux, un excès de violence et de peur. Le tableau était parsemé de coups de pinceau rouges, de taches et de flots de sang, même si la mise à mort n'avait pas encore eu lieu. L'inscription en latin disait :

Monstrum absconditum atrocius quam manifestum
*Defensor fidei non timet**.

La signature du peintre était presque illisible, mais semblait correspondre au nom de famille d'Achille. Un ancêtre peintre ?

Il monta encore. Une porte d'entrée noire, avec rinceau de raisins et de pampres, et une boîte aux lettres rassurante. Mais le heurtoir en fer représentait, lui aussi, la tête d'un dragon au visage humain. La porte était protégée par une grille gigantesque, disproportionnée. Il attendit un instant, guettant un bruit venu de l'intérieur. On n'entendait rien, à part l'écho de la circulation dans la rue. Il sonna. Des pas éloignés, qui se rapprochèrent. Un petit œilleton s'ouvrit ; deux yeux bleus, des yeux de femme, le scrutèrent.

"Qui êtes-vous ?" dirent ces yeux. Il reconnut aussitôt la voix de la mère.

"Je suis Ulysse Insulaire, l'homme qui a téléphoné hier. Je m'excuse d'être venu sans prévenir. Mais j'ai repensé à notre conversation. Je crois que si nous nous rencontrions, cela ne ferait pas de mal à votre fils.

— Et si cela vous faisait du mal, à vous ? dit la voix, avec dureté.

— Je suis adulte et responsable, madame. Si je suis ici, ce n'est ni par curiosité, ni par caprice.

* Le défenseur de la foi ne craint pas le monstre caché, plus dangereux que le monstre visible.

— Pour quelle raison, alors ?”

Ulysse sentit de nouveau, comme cela lui arrivait souvent, qu’il ne trouvait pas les mots, et que tout dépendait de sa réponse. Puis, brusquement, quelque chose brûla à l’intérieur de lui et fit jaillir une phrase :

“Parce que votre fils m’a appelé”, dit-il.

La porte s’ouvrit. Très vite, la mère lui fit signe d’entrer et le précéda dans un couloir encore plus sombre que l’escalier ; tout ce que put entrevoir Ulysse, ce fut un parquet foncé, et de grands tableaux accrochés aux murs. Des fissures très minces parcouraient les parois, comme pour indiquer une direction. Ils pénétrèrent dans un petit salon.

La mère lui tendit la main, après une légère hésitation. Elle se présenta :

“Marina Pelagi.”

Puis elle ferma la porte et resta un instant aux aguets, comme si elle craignait que quelqu’un ne les ait suivis. Enfin, elle alluma une petite lampe.

C’était une pièce biscornue et pentagonale, avec des meubles anciens, des napperons et de petits bibelots en argent ; il y flottait une vague odeur de camphre. Mais surtout, il y avait des coquillages partout : des plus petits, que l’on peut ramasser sur nos plages, aux grands coquillages tropicaux ourlés de rose, des rangées de tellines nacrées, des madrépores et des moules bleues. La mère l’invita à s’asseoir sur un petit canapé de velours fané, devant une table basse en verre sur laquelle étaient posés un tricot inachevé, la photo d’un homme moustachu, d’autres coquillages en forme d’escargot, et une étoile de mer. Au fond de la pièce, un autre tableau, énorme, représentait un bateau pris dans une tempête, qu'un cétacé monstrueux semblait poursuivre. L'éclairage provenait d'un globe poussiéreux fixé au plafond, tel un gros œil abyssal.

La mère était une femme d'une soixantaine d'années, très maigre, aux yeux bleus, aux cheveux courts et argentés. Elle portait une robe démodée, grise et à col montant, fermée par un camée. Son visage et sa voix étaient continuellement parcourus par un léger tremblement. Une peur qui avait pénétré ses os. Elle regarda Ulysse.

“Vous êtes un bel homme, dit-elle, sans coquetterie ni chaleur, comme si elle le cataloguait scientifiquement.

— Merci... C'est une belle maison ancienne.

— Elle était peut-être belle, autrefois. Aujourd'hui, il faudrait faire beaucoup de travaux. Le plafond s'effrite, le chauffage est toujours en panne. Mais Achille l'aime bien, il ne pourrait pas vivre ailleurs.

— Il a toujours vécu ici ?

— Il y a plusieurs années, nous habitions au bord de la mer, dit la femme, en fixant un point au loin. Lorsqu'il allait mieux et que son père était encore en vie.

— C'est le monsieur de la photo ?

— Oui, et c'est aussi l'auteur de ces vilains tableaux, celui de l'escalier et ceux des couloirs et celui que vous voyez devant vous.

— Ils ne sont pas vilains.

— Ils ne me plaisent pas, mais je n'ai jamais pensé à m'en débarrasser. Il peignait en s'inspirant de vieux livres.”

Ils restèrent un moment silencieux, le canapé craquait au moindre mouvement d'Ulysse.

“Je regrette de ne rien pouvoir vous offrir, reprit la mère. Les liqueurs sont de l'autre côté de la maison, où vit Phébus, mon autre fils. Je vous préviens tout de suite, monsieur : Phébus n'aime pas les visiteurs. Je ne dirai pas qu'il a honte d'Achille, mais il préfère que notre douleur reste cachée. En ce moment, il est à son travail. S'il avait été ici, je ne vous aurais pas fait entrer.

— Je comprends.

— Non, vous ne comprenez pas. Lui aussi est mon fils, mais c'est comme s'il était… d'un sang différent. Il est en bonne santé, il a un excellent travail et veut entrer en politique. Je comprends que cette maison triste ne soit pas un lieu qui lui convienne. Il voudrait la vendre à la banque d'à côté, depuis des années ils nous font des offres…"

Le regard de la mère brilla un instant, comme si elle voulait souligner que ces paroles étaient dangereuses et précieuses : je vous dis des choses importantes, je vous en prie, il faut que vous compreniez vite.

"Et si vous vendez, où Achille ira-t-il vivre ?

— Achille restera ici, dit fermement la mère. Dans son testament, son père a stipulé que tant qu'Achille sera vivant, c'est lui qui décidera du sort de cette maison. C'est son univers. Il a besoin de beaucoup de choses qui, pour vous et moi, sont inutiles. Par exemple le silence, un silence absolu. Et l'obscurité. Sa maladie ne lui permet pas les excès de lumière, cela aggraverait ses crises. Autrefois, il sortait un peu, il voyait des gens, mais depuis la dernière opération, c'est fini. Il vit dans deux pièces seulement, mais c'est comme si… s'il nous regardait à chaque instant, vous comprenez ? Ce n'est pas un regard méchant. C'est un regard qui demande le respect. Vous vous sentez capable de le respecter ?

— Je crois que oui", dit Ulysse.

La mère se leva. Elle serra ses mains l'une contre l'autre, peut-être afin de cacher un tremblement croissant. Vue de profil, elle paraissait plus âgée, creusée comme un récif, et pourtant debout, prête à accepter le défi de cet intrus, cet hôte inattendu qui venait troubler la tranquillité de son fils. De son fils bien-aimé et trop aimé, comme on le sentait dans chacune de ses paroles. Elle soupira et dit, à voix basse :

"Lorsque vous verrez mon fils, vous serez peut-être bouleversé. Dans ce cas, quittez la pièce sans rien dire, personne ne vous en voudra. Sinon, ne vous approchez pas outre mesure, tout au moins tant qu'il ne sera pas habitué à vous. Il ne vous parlera sans doute pas, il a beaucoup de difficultés à s'exprimer. Peut-être communiquera-t-il avec vous à travers l'écran de son ordinateur. Ne vous mettez jamais derrière lui, il ne le supporte pas, asseyez-vous à côté de lui et, je le répète, pas trop près. S'il a une crise, agitez une clochette, il y en a partout.

— Une crise, dans quel sens ?

— Si cela arrive, vous vous en apercevrez. Et préparez-vous à être insulté, à entendre des cris et des gros mots, à recevoir des crachats. Achille n'est pas toujours très doux. Restez une demi-heure, pas plus. Si j'entre et si je vous fais signe, vous devez sortir tout de suite. Excusez-moi de vous donner toutes ces instructions, mais c'est important.

— Je comprends très bien, madame.

— Suivez-moi."

Elle le précéda ; ses pas étaient silencieux et invisibles, elle avait appris à voler pour ne pas déranger son fils, alors qu'Ulysse entendait le crissement lourd de ses propres chaussures. Ils s'arrêtèrent devant une porte à laquelle était encore suspendue une vieille guirlande de Noël. La femme frappa.

"Achille, M. Ulysse, des éditions Forge, est là. Tu veux le voir ?"

A l'intérieur de la pièce, une clochette tinta deux fois.

"Il veut vous voir, dit la mère, mais je le savais déjà. Il s'est aperçu de votre présence dès que vous avez monté l'escalier ; ne me demandez pas comment. S'il avait refusé de vous rencontrer, il aurait déjà agité l'autre clochette, celle… de la solitude, je ne sais pas comment dire.

— J'y vais…

— Faites bien attention", dit-elle, en agrippant un instant le bras d'Ulysse.

VIII

La pièce était grande et presque totalement obscure. Ulysse distingua quelque chose qui pouvait être un lit à baldaquin, et une grande fenêtre entrouverte, par laquelle filtrait un rai de lumière éclairant des bibliothèques en acajou, qui montaient jusqu'au plafond. Les livres étaient très bien rangés, presque tous avaient de vieilles reliures en carton, sans titre au dos. Il ne reconnut que deux atlas entomologiques. Aucun tableau, semblait-il, sur les parois recouvertes d'une tapisserie rouge foncé. Puis, le regard d'Ulysse s'habitua à l'obscurité et il vit, au centre de la pièce, un bureau au-dessus duquel se détachait une sorte de tabernacle en bois qui diffusait une lumière bleuâtre. Dans cette lumière lui apparurent quelques clochettes en bronze, des feuillets en désordre, une pile de ce qui semblait être des médicaments et une paire de bougies éteintes, mouchées. Près du bureau, dans un cône d'ombre, se tenait le mystérieux Achille, dans un fauteuil roulant. Le fauteuil était moderne, de métal blanc, pourvu de petites roues et de larges accoudoirs. L'un d'eux comportait un *joystick*, avec des lumières vertes et rouges. Immobile dans le fauteuil, une silhouette indistincte, peut-être enveloppée dans une robe de chambre. Une tête de forme certainement anormale, inclinée sur le côté, agitée par un léger spasme. Même si Ulysse était mal à l'aise, il décida de ne pas rompre le silence et l'immobilité de son hôte. Il resta silencieux pendant une minute qui lui parut une éternité. Durant cette minute, il commença à percevoir de nouveaux éléments dans cette pièce. Avant tout, l'odeur, un mélange d'urine et d'ammoniaque. Et deux bruits. L'un était la respiration d'Achille, rapide et irrégulière – on entendait l'inspiration beaucoup plus distinctement que l'expiration. L'autre était un bruit aigu, une vibration de violoncelle, une musique que, de toute évidence, Achille écoutait à un volume très faible pour n'importe qui, mais pas pour lui. Soudain, la musique cessa. Ulysse interpréta cela comme un signal.

"Monsieur Achille ?" dit-il.

Il vit sursauter la forme, comme s'il avait crié.

"Monsieur Achille, je suis là", répéta-t-il, plus doucement cette fois.

Le fauteuil grinça, avança. Ulysse aussi avança de deux pas, et vit Achille.

Il avait imaginé ce moment, mais il fut incapable de se dire s'il était mieux, ou pire qu'il ne l'avait craint. La lumière bleue éclairait un visage que le sculpteur divin avait laissé inachevé, ou rageusement jeté sur le sol. Le front était énorme et proéminent, un lobe pariétal plus large que l'autre. Le nez et les pommettes étaient comme écrasés latéralement, les narines dilatées. La mâchoire semblait brisée au milieu, et la bouche ouverte laissait voir une denture gâtée et pointue, évoquant celle d'un vieux chien. La seule touche de normalité, dans cette anatomie dévastée, était les yeux, petits et sombres, tournés vers le haut, et un petit casque de cheveux noirs, incroyablement coquet et bien coiffé. Achille était enveloppé dans une robe de chambre rouge, d'où dépassaient ses pieds nus. Ses mains étaient dans son giron. Il les leva et les posa sur les accoudoirs, très lentement et péniblement. C'étaient des mains aux doigts longs et soignés, comme s'il exhibait son unique dotation en beauté, et pendant que d'une main il actionnait la commande et que le fauteuil tournait sur lui-même, de l'autre il fit signe à Ulysse de s'asseoir près du bureau, dans un petit fauteuil de cuir. Ulysse vit que le tabernacle contenait un écran d'ordinateur. Un cadre en bois historié, pour le logo de Linux. Un ordinateur moderne aurait profané ce décor sombre, préhistorique.

Les mains d'Achille se posèrent sur le clavier. Elles étaient très blanches et marquées de petites cicatrices. Le clavier était recouvert d'une sorte de bouclier à trous, pour éviter que de faux mouvements n'actionnent plusieurs touches à la fois. Dès qu'il se mit à écrire, les spasmes diminuèrent. Les doigts d'Achille se glissaient dans les touches avec précision et rapidité.

La conversation commença

“*Vous me trouvez beau ?*

— Je vous trouve conforme aux descriptions que l'on m'avait faites de vous.

Et vous pourriez me décrire avec sincérité ?

— Je peux essayer”, dit-il, et sa voix résonna à ses propres oreilles, aiguë et factice. Il écrit, et moi je parle, se dit-il. Les artifices des intonations, du volume sonore, des gestes, étaient engloutis par l'obscurité, et Ulysse comprit qu'ils auraient été pesants, inutilisables. Les paroles écrites par Achille lui semblèrent provenir d'une transparence à laquelle il ne parviendrait jamais.

Mais il fit un effort, un peu tendu face à ce premier imprévu.

“Vous êtes… dit-il, atteint d’une malformation. Vous avez l’air… inachevé. Ou plutôt, vous êtes une créature jamais vue, voilà. Un homme au sourire de chien, ou un gros chien auquel on aurait joué un mauvais tour, en le mettant dans un fauteuil roulant.

Pas mal. Vous, en revanche, vous avez l’air d’un homme présomptueux, mal habillé, efflanqué, et qui essaie de cacher une calvitie naissante en rabattant quelques cheveux, d’une manière ridicule.

— C’est possible, dit Ulysse, dont la voix ne put cacher une certaine irritation.

Ne vous fâchez pas. Nous devrons nous dire la vérité, c’est le seul moyen de nous supporter. Quel âge avez-vous ?

— Trente-cinq.

Moi, presque trente. Je m’excuse de vous avoir contacté de manière aussi théâtrale. Je pensais que ça marcherait.

— Pourquoi dites-vous que vous avez du mal à écrire des lettres ?

Cette fois, j’ai réussi à corrompre Ajax, un infirmier obtus et sadique, qui s’occupe de mes misères. Pour de l’argent, il l’a imprimée et envoyée. Mais il ne le refera pas.

— Et le téléphone ?

Lorsque vous avez téléphoné, je me suis approché de la porte et j’ai écouté ce que disait ma mère. Et j’ai imaginé ce que vous répondiez, vous, cet Ulysse inconnu qui a désormais un visage. Mais je n’ai plus le secours de cette invention moderne, depuis que j’ai téléphoné à la banque voisine pour leur dire qu’il y avait une bombe dans leurs locaux. Je l’avais déjà fait d’autres fois, mais à cette occasion-là j'ai eu envie de rire, et mon rire est reconnaissable entre tous – imaginez une hyène asthmatique. Ils m'ont reconnu et châtié, avec le plus grand plaisir.

— Votre frère Phébus ?

Je vois que vous connaissez déjà les bons et les méchants, dans cette maison. Ma mère et mon frère. Mon frère me hait et veut me tuer. Ma mère m'a fait ainsi, donc, elle m'aime."

Il alluma une lampe sur la table. Sa difformité était clairement visible. La tête, énorme, se balançait, comme détachée du corps, la bouche s'ouvrait par moments, comme sous l'effet d'un élancement douloureux. Ulysse détourna les yeux. La respiration d'Achille se fit haletante, des spasmes commencèrent à contracter ses épaules et ses jambes. Le regard d'Ulysse courut vers les clochettes.

"*Soyez tranquille, ce n'est pas une crise. Mes crises sont toujours accompagnées d'une bande-son bruyante et d'une bave chorégraphique. N'ayez pas peur, tout au moins pour l'instant. J'étais en train de lire Joyce, ses nouvelles sur Dublin. Vous les connaissez ?*

— Oui. Evidemment, elles ne valent pas *Ulysse*, mais…"

Dans la main d'Achille, l'index se leva lentement. C'était sa manière d'interrompre son interlocuteur.

"*Je comprends très bien que vous aimiez un livre qui porte votre prénom. Mais l'avez-vous vraiment lu ?*

— Presque entièrement, répondit Ulysse.

Vous faites tout «presque» ? Moi aussi. Mais dans mon «presque» il y a une impossibilité ; dans le vôtre, il y a un choix, une lassitude, une insuffisance. Etes-vous parfois «presque» seul ?

— C'est tout à fait cela.

Pas moi. Moi, je suis seul, mais d'une autre manière que vous. Vous, vous errez dans une grande pièce au fond de laquelle il y a une porte, la sortie de votre solitude. Parfois vous voyez la porte, mais vous faites comme si de rien n'était, vous continuez à errer et à vous plaindre et à vous dire en vous-même : je serai toujours seul. Moi, par contre, j'erre dans une pièce dépourvue de porte. Je peux, tout au plus, rêver d'une porte.

— Vous ne sortez jamais d'ici ?

Lorsque j'allais moins mal, comme vous dites, et que la maladie me courtisait avec plus d'élégance, il m'arrivait, très rarement, de sortir. Je fréquentais une piscine pour sirénoïdes, ou j'allais rendre visite à des amis, immobiles comme moi. J'ai subi plusieurs interventions, j'ai une sonde qui relie mon cerveau à mon cœur – on vous l'a peut-être dit, je souffre du syndrome SDC. Lors de la dernière opération, il y a quelques années, l'ignorance des hommes a perfectionné la cruauté divine. La maladie a découvert de nouvelles tortures, et les médecins de nouveaux traitements. Depuis, je ne sors plus. Si je n'étais pas dans un tel état, j'aimerais aller dans de vieilles bibliothèques. Ou me promener et regarder le cul des femmes, ou des hommes."

Ulysse essaya de rire, sans y parvenir. S'il avait eu son ordinateur, il aurait pu écrire "ah ah ah".

"*Surpris ? Vous trouverez cela étrange, mais je ne lis pas que Joyce, et je ne passe pas tout mon temps noblement. Vous voyez, en ce moment j'essaie, avec difficulté, de prendre ce volume de Mallarmé. Et au moment même où je pose la main sur ces vers immortels, je me pisse dessus. J'ai beau être équipé comme un astronaute, je ne m'y suis jamais habitué. Avant votre arrivée, je me suis masturbé, sans fantasmes, pour atténuer ma nervosité. Je le fais souvent. J'ai des désirs, tout comme vous, violents et impossibles à différer. J'ai une vie érotique dont vous ne rêvez même pas, ou dont vous rêvez avec effroi. Je ne vous dis pas cela pour exhiber ma maladie, entièrement et immédiatement. Je vous le dis parce que après cela il y aura encore de la souffrance, et de la douleur, et de la haine, de moi pour vous et de vous pour moi, et de la poésie, et de la merde, et les deux mêlés.*

— Vous voulez que je vous réponde avec dureté ? dit Ulysse. Ce que vous voulez, c'est une égalité dans le bien et dans le mal ?"

Achille souffla comme s'il se gonflait, d'une manière à la fois comique et terrible. C'était le signal de sa colère. Puis il écrivit très vite, en faisant une faute, pour la première fois.

"*Ce n'est pas ce que je veux, c'est ce qui est ! Nous sommes pareeils, dans le bien et dans le mal.*

— D'accord, dit Ulysse, nous sommes paaareeeeils..."

Achille se mit à rire, d'un rire pénible qui lui brisait le souffle. Un rire enfantin, inattendu, contagieux. Il ferma les yeux et, pour la première fois, Ulysse parvint à réunir les traits de son visage, il eut le courage de regarder les oreilles collées aux tempes, les lèvres tordues. Le monstre fit place à un visage, un visage jamais vu auparavant.

"*Nous ne sommes pas pareils pour beaucoup de choses, mais nous le sommes pour d'autres. Par exemple, nous aimons rire. Souveraine liberté du rire. J'ai lu vos nouvelles. Des mécanismes élémentaires, parfois, mais beaucoup d'imagination. Demandez-moi qui est mon auteur comique préféré, pour voir.*

— Aristophane ? Swift ? Queneau ?

Dardani. Le professeur Pâris Dardani, mon médecin traitant, ou plutôt payé pour faire croire qu'il me traite. Ses diagnostics, tragicomiques, d'amélioration ou d'aggravation. Sa rage devant son incapacité à cataloguer mes symptômes. Ses ordonnances chimiques, ses doses précises de poison. Ses acrobaties syntaxiques, lorsqu'il décrit ma maladie. Le voile hypocrite de la belle langue grecque. Macrocéphale avec lésions médullaires, hydrocéphale photophobe priapique. Pâris, médecin avec flèches chimiques autorisées. Que Zeus l'encule avec sa foudre, le salaud. Assez. Je suis fatigué.

— Vous voulez que je parte ?

Dans un moment, pas encore. Je ne vous ai même pas dit pourquoi je vous ai fait venir jusqu'ici. C'est parce que (ici, imaginez une pause et un de mes regards faussement humble et rusé)... j'ai commencé à écrire un livre. Est-ce que vous vous attendiez, de ma part, à une chose aussi normale ?

— Oui et non, dit Ulysse en riant.

En réalité, je vous ai fait venir pour vous tuer."

Achille le regarda. Involontairement, Ulysse recula un peu sa chaise. La bouche de l'autre s'ouvrit toute grande, en une grimace moqueuse.

"*Je plaisantais. Que serait la littérature sans les méchants et les monstres, sans coups de théâtre et sans assassins ? Je suis en train d'écrire un livre, peut-être sans grande valeur, mais j'ai besoin de vous, parce que je possède les mots, mais pas le monde. C'est une histoire d'amour, et je n'ai jamais connu de fille. Emma Bovary, Molly Bloom, Hélène et Chryséis, bien sûr, et beaucoup d'autres, mais celles-là couchent avec tout le monde. Moi, j'en veux une qui ne soit qu'à moi, ou à moitié à moi. Vous, vous en avez une. Dans votre livre, il y a une nouvelle qui s'intitule «La jeune fille et la mer» ; elle parle d'une femme particulière, une danseuse, pas italienne, peut-être créole...*

— Oui, c'est Pilar. Comment avez-vous fait pour comprendre que c'est un personnage inspiré de la réalité ?

Vous vivez dans le temps des paroles dites, moi dans celui, infiniment lent, des paroles écrites. J'en connais les secrets : certains mots, dans votre récit, révèlent votre source d'inspiration, votre trouble. Vous n'arrivez pas à dire ce que vous ressentez vraiment pour elle, mais vous vous trahissez. Eh bien, vous devez me parler de cette fille. Visage, voix, chatte, cul, parfum, tout. Et moi, j'en nourrirai mon histoire.

— Et après, vous me donnerez le livre pour que je le publie ?

Vous êtes bête, monstrueusement bête. Ce qui m'intéresse, c'est d'écrire, un point c'est tout. En échange, je peux vous payer correctement. Comme vous le voyez, nous ne sommes plus une famille riche, mais j'ai un peu d'argent de côté. Combien voulez-vous ?

— Rien, dit Ulysse, qu'est-ce que vous croyez ? Je ne veux rien.

Vous voyez ? Je vous ai permis de jouer un beau rôle. Vous ne gagnerez pas une fortune, mais vous apprendrez peut-être quelque chose sur l'écriture. Ainsi fila le Fatum. Vous et moi, nous avons des prénoms homériques. Le destin d'Achille, c'est la tragédie. Ma mère m'a trempé dans une mauvaise baignoire : je ne suis invulnérable qu'au talon. Votre destin à vous, Ulysse, c'est l'aventure, et la rencontre avec des monstres. Mais dites-moi que vous reviendrez, après-demain à onze heures. Mon frère ne sera pas là. Et je vous en prie, ne parlez à personne de ce qui se passera dans cette pièce.

— Promis. Je garderai le secret et je reviendrai.

Je n'en suis pas sûr. Vous ne pourrez le dire que lorsque vous serez sorti d'ici et que vous vous rappellerez ces moments. Je peux vous tuer, déformer ce beau visage, creuser à l'intérieur de votre âme et vous faire comprendre que vous êtes sur une chaise, paralysé, guetté par la douleur tout autant que moi. Je peux vous voler Pilar, la baiser, la violer, la tuer. Je peux convoquer ici tous les écrivains qui ont souffert et les faire témoigner sur ce que vous n'avez pas totalement compris, la terrible responsabilité que représente le fait d'écrire, et la manière dont vous jouez avec des mots qui pourraient vous réduire en cendres. Je peux vous montrer que le privilège de rire et de faire rire est un don inestimable, pour lequel aucun remerciement ou aucune prière ne suffira. Je peux faire cela. Mais je ne peux pas me lever, vous tendre la main et vous dire : mon ami, revenez donc bavarder avec moi. Je ne peux pas vous raccompagner jusqu'à la porte. Je ne peux pas vous cacher que je suis entre les mains de ma mère, d'un infirmier sadique, d'un frère aîné qui me hait. Vous remarquerez que j'ai écrit plus que vous n'avez parlé. C'est dans ce temps que je vous demande d'entrer. Pas pour devenir mon ami – ma solitude est sans issue. Ni pour partager mes fantaisies et mon infinie méchanceté. Et mon éros scandaleux, sûrement inconvenant pour un chien en robe de chambre…

— Alors, pourquoi ?

Si vous étiez intelligent, vous auriez déjà compris… Bientôt, vous partirez ; pour moi, c'est l'heure de mes remèdes, la prolongation de mon agonie. Ne prenez pas cette mine contrite. Vous aussi vous êtes en train de mourir, au bout de vos jours il y a une dernière heure qui sera pareille à la mienne. Si vous revenez me voir, très bien, sinon restez dans votre monde qui masque sous des parfums la puanteur des selles et des médicaments. Retournez à vos petits stratagèmes, à vos conversations mensongères. Oui, je serais triste si vous ne reveniez pas, mais si je sentais un seul instant que vous revenez par pitié ou poussé par la culpabilité, je bondirais de ce fauteuil roulant et vous planterais mes crocs dans la gorge. Vous êtes dispensé de pitié, sachez-le. Moi, je ne me nourris pas de pitié comme vous. Je l'ai souvent refusée, alors que, vous, vous vous êtes vautré dedans…

— Vous n'avez pas besoin de m'insulter, dit Ulysse, je déciderai par moi-même.

Regardez ma colère en face, et je regarderai la vôtre. Prenez cette feuille sur la table : c'est la description du syndrome SDC. Prenez connaissance de ces horreurs, si vous décidez de revenir. Mais si vous le faites, vous devrez me parler de Pilar. C'est la condition requise. Depuis un moment, vous regardez l'écran, et pas mon visage. Regardez-le bien encore une fois, ne l'oubliez pas. Il ne peut pas changer, je mourrai avec ce visage comme vous mourrez avec le vôtre. Mon crâne sera étudié, pas le vôtre. Un autre avantage que la vie m'a donné. A présent, répétez la question que vous m'avez posée tout à l'heure."

Ulysse essaya de parler, mais il eut un rire embarrassé.

"C'est difficile de répéter la même question après un temps d'attente. Ça fait théâtral.

Alors écrivez-la."

Ulysse s'approcha. Pour écrire, il dut frôler l'épaule d'Achille ; il sentit son odeur, sa respiration haletante, vit ses os saillants, le spasme qui montait le long de son cou. Il tapa sur le clavier.

"Pourquoi devrais-je revenir et vous parler de Pilar ?

Pour faire naître…"

Achille laissa glisser ses mains des deux côtés du clavier, éteignit la lampe de bureau et, tout de suite après, l'ordinateur. La pièce fut brusquement plongée dans le noir. Ulysse eut un instant d'inquiétude et se leva, déconcerté. Achille fit pivoter son fauteuil et, le pouce levé, le congédia. Ulysse quitta la pièce ; la faible lumière du couloir lui parut éblouissante. La mère n'était pas là. Il y avait un homme petit et trapu, vêtu d'une blouse blanche. Sans même regarder Ulysse, il ouvrit la porte d'entrée. Ulysse descendit l'escalier et se retrouva dans la rue. Il prit la feuille et lut.

Le syndrome SDC, ou syndrome de De Curtis, est très rare chez les patients macrocéphales hydrocéphales ; on ne connaît que deux cas, celui de l'auteur de ces lignes et un autre, dans les îles Samoa. Dans ce syndrome, le patient, pourtant affecté d'une série de pépins tels qu'il y aurait de quoi se flinguer illico, est saisi de crises de gaieté aussi brusques qu'inattendues, accompagnées de rictus labial, cascades d'obscénités et flatulences perceptibles même sans stéthoscope. Ces crises sont appelées par les médecins "paroxysme euphorique" mais il pourrait s'agir, en fait, de simples débordements d'énergie, provenant de la zone du cœur ou du cerveau, régions non atteintes par la maladie. Tout cela inquiète beaucoup les savants et ridiculise tous les tableaux cliniques sérieux. C'est pour cette raison que l'on tente, depuis longtemps, d'achever le patient à l'aide d'attaques chirurgicales et biochimiques, afin de passer à la phase nécropsique du traitement. Venons-en à la question essentielle : qu'est-ce qui peut bien faire rire un type dans cet état ? Pourquoi le syndrome de De Curtis est-il souvent associé au syndrome de Lovecraft ? Ce sont là des questions auxquelles la médecine doit trouver une réponse, afin de rétablir les certitudes scientifiques et l'usage, funéraire et déculpabilisant, de la compassion.

Bibliographie succincte.

Ouvrage collectif : Le Syndrome de De Curtis chez les patients macrocéphales hydrocéphales des Samoa.

Dardani, Les Cinquante Meilleurs Cocktails médicamenteux pour patients atteints de SDC.

Roversi, Diagnostic et thérapie.

Hugo, Notre-Dame de Paris.

"Très bien, pensa Ulysse. Il n'est pas seulement laid et agressif. Il est complètement cinglé."

IX

Cette nuit-là, il tomba un vrai déluge. De sa fenêtre, Ulysse vit l'eau monter dans la rue et un fleuve boueux se répandre, charriant des feuilles de papier et des dépliants publicitaires. Un Achéron furieux s'acharnait contre les bouches d'égout engorgées. Zeus punissait ce pays et ses misérables tyrans. Dans le crépitement de la pluie, Odysseus s'aventura dans la lecture d'*Il n'y a pas de place*, essai sur les ennemis de l'Occident écrit par un certain Maragnani, colonel à la retraite. Un ramassis délirant de lieux communs stupides, racistes et haineux, qui mettait dans le même sac islamistes et pédés, pacifistes et méridionaux, pour conclure sur la nécessité absolue d'exterminer les Chinois d'ici quelques années, avant qu'ils aient bu toute notre eau. L'auteur calculait aussi combien de litres consommeraient les Asiatiques s'ils prenaient l'habitude de se doucher tous les jours, et il soutenait que le sida et la grippe du poulet se propageaient lors des élections, à travers les isoloirs.

"C'est un livre tellement abominable, pensa Ulysse, que si quelqu'un décide de le financer, il deviendra peut-être un best-seller. Mais ce n'est pas moi qui le ferai." Il s'aventura donc dans les cinq cents pages de *Mémoires d'un professeur*, une prose aussi agile qu'un bradype arthritique, qui alignait les triplettes d'adjectifs et faisait un usage immodéré des "cependant", "quand bien même", "jadis" et "naguère" ; mais au moins elle n'était pas pétrie de haine envers le genre humain. Au bout d'une vingtaine de pages, plus exactement dans la page et demie où l'auteur comparait audacieusement Leopardi à un figuier de Barbarie, la petite tête du professeur Colantuono sortit de la poche d'Ulysse.

"Qu'en pensez-vous ?

— Monsieur le professeur, promettez-moi une chose. Tant que je n'aurai pas fini votre œuvre, ne posez pas de questions.

— Ce n'est pas juste de me faire souffrir ainsi…

— Vous avez tourmenté et angoissé des milliers d'élèves dans l'attente d'une note, d'une interrogation, d'un résultat final. Aujourd'hui, au nom de la loi du talion, c'est à vous d'attendre pour savoir si vous êtes recalé ou admis.

— Je serai muet.

— Et puis, où étiez-vous hier, quand je suis allé voir Achille ?

— J'ai eu peur."

Ulysse reprit sa lecture, mais ses yeux brûlaient. Il tenta vainement de s'endormir. Il essaya les trois positions fœtales, les seize pirouettes du chat, la promenade du somnambule, une douche chaude, un match du championnat portugais à la télévision. Rien à faire, l'*insomnia pistoria* ne pardonnait pas. Un torrent, une cascade, une fournée de pensées… Il resta éveillé jusqu'à cinq heures du matin, puis s'endormit et rêva qu'il dormait une heure ; à sept heures, il sortit dans la ville envahie par l'eau.

C'était l'enfer. Files de voitures sous la pluie, rues barrées, embouteillages d'où s'élevait une clameur de klaxons. Des monstres macrocéphales, au crâne rond et historié, avançaient sur des motosaures à deux roues, zigzaguant à travers des rues à sens unique et sur des trottoirs. A l'arrêt du dragon-chenille en retard, il y avait au moins cinquante personnes, trempées et furibondes. Le bus arriva, plein comme un œuf. Beaucoup de gens, oubliant toute loi physique et éthique solidaire, essayèrent de monter, pendant que les emboîtés, avec force exhortations, coups de coude et coups de parapluie, les repoussaient. A la fin, certains réussirent à pénétrer à l'intérieur, augmentant la cohue anthropoïde. La porte se referma, coupant net le manteau d'un homme et tranchant une fesse de femme. Quelques minutes plus tard, un autre dragon-chenille arriva, plein mais avec encore un mètre carré disponible : vingt personnes s'y entassèrent. Résistant aux puanteurs respectives, tout le monde se serra dans cette saumure. Odysseus ferma les yeux, se souvenant du jour où ses amis et lui étaient à l'intérieur du cheval de Troie, silencieux, prêts à vivre leur audacieux projet. Il avait presque atteint son but sans dommage, quand, à l'avant-dernier arrêt, il vit, aux aguets, un gorille en loden, un œil mi-clos, l'air féroce et retardataire. Le gros singe prit son élan et se projeta à l'intérieur. On entendit craquer des os et des parapluies. Ulysse adhéra à une jeune femme brune en manteau de fourrure, délicieusement parfumée. Cela n'avait rien pour lui déplaire, et la jeune femme brune ne protesta pas. A l'arrêt, Ulysse se dit : Pour un peu, je resterais. Mais désormais, il était près de la sortie, et lorsque les portes s'ouvrirent il fut littéralement éjecté à l'extérieur. Il se retourna juste à temps pour voir une paire d'yeux rieurs sous un colback.

Pilar était passée du salon de ses pensées à une chambrette, et sa cervelle de polygame polythrope élaborait déjà des stratégies pour le lendemain, prenant acte de l'heure où la jeune femme était montée, et imaginant de possibles avances. Il traîna dans des librairies, puis monta dans le sarcophage ascensorial et entra dans les bureaux de Forge. Circé arborait une nouvelle coiffure frisée et une minijupe zébrée. De nouveau, ses pensées vagabondèrent.

"Tu as l'air en forme, dit-il, avec un effort d'originalité. Vulcain est là ?

— Non. Il participe à la rencontre des éditeurs gastronomes, en Toscane. Il t'a laissé un mot."

O mon docte collaborateur. C'est fait. J'ai peut-être trouvé un nouvel associé, et Mondial n'y est pour rien. Prépare-toi à devenir un écrivain riche, ou un riche tout simplement, vu que tu n'écris plus une ligne. Hier, j'ai fait la connaissance d'un jeune et sympathique cuisinier qui m'a promis un scriptodactyle plein de sang et d'épices. Il est grassouillet : avec son récit et celui d'un maigre à pseudonyme, nous pouvons boucler l'anthologie Over 100. *Le quintalisme sera le mouvement littéraire de l'été ! Rends-moi service : téléphone à Nembi, demande-lui s'il veut rédiger la préface du livre. Il est réservé mais militant, et sensible au chantage avec sentiments de culpabilité annexes. Je t'embrasse, plein d'espoir. Valerio.*

Odysseus réfléchit. A sa connaissance, le réservé Nembi répondait plus volontiers aux voix féminines ; ou plutôt, sa réserve s'évanouissait en présence d'une minijupe. Mais Circé aux belles boucles était en train d'écrire sur son ordinateur et de plus, au téléphone, elle avait une voix de gallinacé peu en harmonie avec ses charmes. Il se décida donc à téléphoner lui-même. Il tomba sur une secrétaire zozotante, et dont le ton n'avait rien d'encourageant. Mais quelque chose lui disait que Nembi était posté près du téléphone.

"Je travaille pour une petite maison d'édition de gauche, dit Ulysse, sur le ton le plus plaintif possible.

(Bruits, intervention d'une voix non enregistrée.)

— Je vous écoute.

— Je suis Ulysse Insulaire, des éditions Forge. Je sais que vous êtes quelqu'un de réservé et je suis désolé de vous déranger chez vous. Mais nous avons en chantier une anthologie de jeunes écrivains et nous pensons que vous pourriez, vous qui êtes tant apprécié des jeunes, en écrire la présentation.

— Ça tombe mal. J'aurais combien de temps ?

— Vingt jours, un mois.

— Ecoutez, cette semaine je fais des lectures dans deux théâtres. Après, je suis invité dans un centre social pour un débat. Ensuite, j'assiste aux répétitions d'une pièce de théâtre et je dois présenter un livre dans le Tyrol.

— Et le mois prochain ?

— Je suis à une foire du livre en Allemagne, puis à un festival de jazz, après je dois participer à une performance avec un peintre et un plombier, dans une galerie d'art. Après quoi, je devrais être un peu tranquille…

— Je comprends. Comme vous êtes réservé…

— Je ne suis pas réservé, tout simplement je ne vais pas dans les endroits qui ne me plaisent pas. Je suis sélectif.

— Mais notre petite maison d'édition vous plairait, et votre signature serait importante pour nous. Je ne dis pas cela pour vous convaincre, mais j'ai lu cinq ou six de vos livres.

— Et les autres ?

— Je les ai achetés et je vais les lire. Alors ?

— Téléphonez dans un mois. Mais je ne vous promets rien."

Fin de la communication.

Rien à faire, pensa Ulysse. Il est trop réservé, ou plutôt trop sélectif : ce n'est pas un écrivain, c'est un filtre de messagerie. Il entra dans le bureau de Circé aux belles boucles, s'allongea langoureusement sur sa table de travail et lui demanda des nouvelles de son fiancé. Face à la déclaration "Qu'il crève, ce connard", il comprit que quelque chose s'était gâté dans les relations du couple. Il joua les sigisbées pendant quelques minutes, jusqu'à ce qu'il sente qu'on tirait sur sa veste.

"Vous n'aviez pas rendez-vous avec Pilar à midi ? lui rappela le professeur Colantuono.

— Silence", dit Uysse. Il regarda par la fenêtre et vit que l'embouteillage était plus infernal que jamais, et la pluie torrentielle.

"Je vais faire comment, pour aller à l'*Eden Shop* ? pensa-t-il tout haut.

— Si tu veux, chuchota Circé, je te dépose, moi."

Circé avait une Microbe rouge qui embaumait le chien et l'arbre magique. Elle était en rogne et conduisait vite, dans le trafic et les flaques d'eau. Sa minijupe était remontée à des niveaux omphalesques, et elle fumait nerveusement. Elle avait une belle bouche charnue et sa cigarette pendait délicieusement sur son menton. Ulysse était très excité. Et plus il essayait de se réfréner, de réfléchir, de se condamner, plus son chromosome de polygame polythrope le rendait ridiculement téméraire.

"Allez Circé, pour te remercier de m'avoir conduit, je t'invite au resto, un de ces soirs…

— Lello, tu es incorrigible. Et ta fiancée, cette belle fille qui venait au bureau ?

— Tu sais… on se voit de temps en temps… C'est un moment difficile.

— Je vais y réfléchir, dit la gracieuse nochère" ; et elle s'arrêta devant le parking de l'*Eden Shop*. En prenant congé d'elle, le rusé Ulysse tenta de l'embrasser entre la joue et le cou, mais dès qu'il fut descendu un concert de klaxons s'éleva derrière la Microbe.

"Ça va, ça va !" dit Ulysse.

Et il s'enfonça dans une flaque boueuse de profondeur moyenne. Tout en jurant, il arriva devant l'entrée de l'*Eden Shop*. Une beauté typiquement latino l'attendait devant l'entrée numéro Quatre, en blouse de travail, un petit gilet sur les épaules. Elle tremblait de froid. Pilar, fleur exotique dans la serre empoisonnée de mon pays, pardon, pardon, je n'aime que toi et je ne te mentirai plus, pensa Ulysse.

"Salut, dit-elle, je pensais que tu ne pourrais pas venir.

— Un ami m'a dépanné", dit Ulysse.

Ils déjeunèrent au *Mac Pork* de l'*Eden Shop* : les autres restaurants étaient trop chers ou trop fermés. Il prit un Big Pork avec des frites dégueulasses, et elle un Timmy and Tommy avec sperme de moutarde. Autour d'eux, les gens circulaient, les chariots grinçaient, le haut-parleur diffusait les offres exceptionnelles habituelles. Elle était triste, il lui prit la main.

"C'est un mauvais moment, hein ?

— Pour ça, oui. Mais je m'en sortirai, dit Pilar. Je n'ai plus que deux examens à passer et ma foutue thèse, je ne peux pas m'arrêter maintenant. Je trouverai l'argent pour les impôts de cette année. Je vendrai des fleurs dans les restaurants, je trafiquerai de la coke, je ne sais pas…

— Je peux te prêter un peu d'argent…

— Je ne veux pas d'argent de toi. Je me disais que je pourrais… je sais que ça ne te plaît pas, mais je pourrais danser dans une boîte, deux ou trois fois. Je trémousse un peu mes fesses, ça me paie mes impôts.

— Mais Pilar, la dignité…

— La dignité, dit Pilar, on peut la conserver en faisant le trottoir, et ne pas en avoir une miette si on est propriétaire de ce supermarché de merde, et de tous les jambons et de tous les bouquins qui s'y trouvent. Moi, j'irai danser, et qui vivra verra.

— Et moi je suis jaloux, beugla Ulysse, je suis jaloux, que veux-tu que j'y fasse ?"

A une table voisine, quelques mâles ruminants approuvèrent du regard.

"Tu es un polygame polythrope, non ? dit Pilar. Alors tu n'as qu'à venir toi aussi, peut-être qu'une autre danseuse te plaira."

Ce n'est pas exclu, pensa Ulysse, mais il n'extrapola pas. Il se contenta de dire :

"Cherchons une autre solution. Si nous ne la trouvons pas, va pour la boîte de nuit."

Pilar sourit.

“J’aime mieux ça. Tu t’es renseigné, pour mon permis de séjour ?

— J’en ai parlé à un ami, à la préfecture de police. Il va faire des recherches.

— Merci”, dit Pilar. Elle le frôla avec sa jambe, sous la table, puis elle l’embrassa sur les lèvres devant tout le monde, avec une impudeur typiquement latino. Sa bouche sentait les Caraïbes et le chou.

“On se voit ce soir ? demanda langoureusement Ulysse. Ça fait longtemps que tu n’es pas venue chez moi, et…

— Ce soir, j’ai rendez-vous avec les filles du *Shop*, on doit discuter des initiatives à prendre, grèves, manifs, etc. Ils essaient de nous diviser, ils ont offert à certaines d’entre nous une petite somme supplémentaire pour qu’elles partent sans faire d’histoires. Mais nous, on tient bon.

— Les filles du *Shop*, grommela Ulysse. Mais enfin, qu’est-ce que vous pensez obtenir ? Vous ne voyez pas qu’ils sont en train de tout fermer ?

— Ici, ils ferment, mais ils rouvrent à l’autre bout de la ville, avec des salaires de misère et sans contrat, dit Pilar. Allez, *cabezón*, on se verra la semaine prochaine, ne fais pas cette tête.

— Tu n’aurais pas dû m’embrasser, dit-il d’un air buté. A présent je suis excité, qu’est-ce que je fais ?”

A l’entrée du *Mac Pork*, il y avait un énorme porcelet en peluche, les fesses en l’air. Pilar se dit qu’Ulysse pourrait en faire bon usage. Mais elle n’avait pas envie de plaisanter, et elle se leva avec un soupir.

“Tu sais, Ulysse, quelquefois je me dis que le seul moyen de continuer, pour nous, ce serait de ne pas nous connaître. Tout recommencer à partir de ce fameux jour, dans la librairie. Tu vois ce que je veux dire ?

— Non, dit Ulysse.

— Eh bien alors, «désolée», comme tu dis toujours", conclut Pilar.

Et elle disparut pour la énième fois, ses belles jambes dans ses petites mules de travail, ses cheveux noirs ondulant sur son cul, son âme indomptable et son caractère de merde, lui laissant de surcroît l'addition à payer, pas trop salée, mais quand même.

Il prit deux dragons-chenilles bondés sans femmes brunes auxquelles adhérer. Il rentra chez lui, exhuma un petit mégot d'herbe médicinale jamaïcaine sur laquelle l'opinion publique est divisée, et essaya de travailler. Il tenta d'écrire quelque chose sur Pilar, quelque chose de perfide et d'emporté, contre elle, contre leurs bouffées d'amour et leurs querelles, mais il ne put sortir que quelques phrases sans passion. Il essaya de raconter leur première rencontre dans une librairie. Il en fut incapable. Brusquement, il se sentit vide et décida qu'il ne retournerait plus voir Achille. Oui, Achille était un héros malheureux frappé par le destin, mais Ulysse aussi était boudé par le destin, et lorsqu'on est triste les classifications ne servent à rien, il n'existe pas de tristomètre, pas la peine de dire "je vais moyennement moins bien que toi ou franchement mieux que toi" : on devient tous obtus et égoïstes et la tristesse ressemble à une grosse cloche dans laquelle on s'enferme, pour ne pas écouter celle des autres.

"J'ai le choix entre plusieurs possibilités, se dit-il. Je reste dans ma chambre à lire Goethe, ou je me masturbe *via* Internet sur le site www.germanhard.de, ou je téléphone à Circé, ou je sors et je vais dans un café pour parler du ménisque de Mironi, mon footballeur préféré." Il opta pour la dernière solution. Il prit son parapluie et allait éteindre son ordinateur, lorsqu'il eut l'idée de regarder son courrier. Il y avait un seul message, transféré depuis son bureau. Il venait d'Achille. Il disait : "S'il te plaît, lis-moi" et comportait une pièce jointe.

La pièce jointe disait ceci :

J'entrai péniblement dans la librairie en bas de chez moi. Quinze jours plus tôt, j'étais tombé de mon scooter et m'étais cassé le tibia. Je devais donc circuler en fauteuil roulant, ma jambe plâtrée tendue devant moi, tel le canon d'un char d'assaut. J'avais loué un fauteuil modèle Xanthe, doté de roues pivotantes, moteur dix chevaux à bascule, avec *joystick*. Il pouvait danser comme une ballerine, se cabrer comme un destrier et même faire marche arrière. Mais il n'escaladait pas les marches, et à l'entrée de la librairie il y en avait trois. J'hésitai donc, me demandant si je devais solliciter de l'aide ou faire demi-tour, lorsqu'une voix derrière moi me dit : "Tu veux entrer ?" Et je vis deux mains magnifiques, olivâtres, sur mes épaules. Elles soulevèrent vigoureusement le fauteuil, en appuyant sur les roues postérieures, et me poussèrent dans le royaume éditorial, si ardemment désiré. Je vis ruisseler au-dessus de moi une pluie de cheveux noirs, qui sentaient la cannelle. Puis, ce fut la vision, enchanteresse, d'un profil de jeune fille, yeux noirs et pommettes incas. Je parvins tout juste à exhaler un merci, pendant qu'avec un sourire elle s'éloignait vers le rayon des livres de poche.

Mon cœur battait très fort, et pendant une minute entière je m'arrêtai dans le secteur des livres sur les animaux, parcourant les aventures des phoques et des ratons laveurs, sans savoir ce que je faisais. Puis je pris mon courage à deux mains et poussai les roues vers l'endroit de la librairie où j'avais vu disparaître ma bienfaitrice. Je ne la trouvai pas et, en manœuvrant mon fauteuil, je m'aventurai maladroitement entre les piles de livres, faisant dégringoler sur le sol plusieurs poètes, dont certains déjà durement éprouvés par le sort. Pendant que je me penchais pour récupérer Sylvia Plath, je sentis de nouveau le parfum de ses cheveux, elle se pencha elle aussi, s'agenouilla devant moi et ramassa le livre. Nous restâmes là à nous regarder, rajeunis et timides, à la hauteur d'un enfant, moi dans mon fauteuil, elle agenouillée, gamins qui se reniflent sans savoir quel sortilège a fait disparaître tout le paysage environnant comme à l'école, lorsque l'on efface rapidement un dessin pour en faire un autre plus beau, le seul qui soit digne de nous et d'être montré. J'eus tout de suite envie de la prendre dans mes bras, de l'embarquer dans mon fauteuil et de nous envoler, elle, moi et Xanthe, Pégase ailé, jusqu'à quelque paradis lointain. Un malotru, qui passa devant nous et me bouscula, interrompit notre rêve. Elle lui lança un regard de défi et de colère et allait dire quelque chose, mais je l'en empêchai.

“Laisse tomber. Un jour, ça lui arrivera peut-être.

— Tu en as pour longtemps à rester comme ça ?

— Je ne sais pas.

— Ça m'est arrivé à moi aussi quand j'étais petite. Un plongeon raté dans la mer ; j'ai été plâtrée jusqu'au cou, je ne savais pas si je pourrais encore marcher. Une année entière.

— Après, ça s'est arrangé, et maintenant tu peux marcher et danser divinement.

— Oui, j'aime danser. Comment le sais-tu ?

— Je le sais parce que tu danses, même maintenant. Quand tu t'es penchée pour ramasser le livre, et en ce moment tu te tiens devant moi, la pointe du pied légèrement soulevée, comme si tu attendais que l'orchestre attaque. Pour danser avec moi.

— Dis donc, tu ne perds pas de temps…

— C'est normal, quand on est dans un fauteuil roulant."

Nous restâmes silencieux un moment, mais sans le moindre embarras, entre le tintement de la caisse et le bruit des pages feuilletées par les bibliophiles.

"Je peux t'offrir ce livre ?

— Sylvia Plath ? Ça te vexe si je te dis que je l'ai déjà ?

— Alors, Apollinaire.

— Merci. J'accepte.

— Et tu pourrais écrire ton numéro de téléphone sur ce livre ?

— *Mon amie l'otarie ?*

— Je l'ai ramassé par hasard. Je suis troublé, devine pourquoi.

— Si je te donne mon numéro de téléphone, tu me promets de ne pas m'appeler avant un an ?

— Pourquoi ?

— Parce que comme ça je serai tranquille, je saurai que tu n'es pas du genre à oublier. Un *olvidador* professionnel.

— Je te téléphone dès que je quitte cet engin, et nous irons fêter ma verticalité retrouvée.

— D'accord", dit-elle.

Et elle écrivit sept chiffres.

Les chiffres sont les mêmes dans le monde entier, ils l'ordonnent, le limitent, le décrivent. Et pourtant cette suite de chiffres, cette suite unique, séparait mon univers et ma vie en deux. Avec ces sept chiffres, j'étais l'unique, et heureux gagnant, d'une possible histoire d'amour ; sans ces chiffres, tout équilibre et théorie, toute loi physique, et même l'orbite et la gravité terrestre, seraient réduits à néant, et le cosmos se réduirait à une poignée de poussière et à l'obscurité originelle de ma solitude. Mais j'avais ces chiffres. Elle devina sans doute une partie de mes pensées.

"Je peux avoir tes chiffres magiques, moi aussi ?" demanda-t-elle.

Pilar mi vida. Tous les chiffres depuis le commencement du monde, depuis le zéro qui nous a engendrés.

X

Ulysse arriva à l'heure pile. La mère lui ouvrit sans un mot, mais avec un léger sourire. Elle ne l'accompagna pas. Il se rendit seul jusqu'à la porte d'Achille et frappa. La clochette retentit deux fois, et il entra. Achille vint à sa rencontre, sur son fauteuil dont le moteur bourdonnait ; il tourna autour de lui en décrivant une sorte de huit, et lui indiqua le petit fauteuil habituel. Puis il s'installa devant son ordinateur, et tira le clavier devant lui. Il était enveloppé dans la même robe de chambre que l'autre jour, mais cette fois il portait des babouches des *Mille et Une Nuits*, en velours jaune. Un léger arôme d'eucalyptus atténuait les odeurs lourdes de la pièce. Les mains d'Achille entamèrent leur danse.

"*Reçu mon message ? Je me débrouille assez bien avec l'ordinateur, mon imagination préhistorique peut jouir d'un clavier spécial avec bouclier et souris* trackball, *ce truc qui ressemble à un nez rouge de clown. Je sais naviguer sur l'océan de la Toile, mais j'envoie très peu de messages. Et je ne réponds pas au courrier. Ou plutôt, personne ne m'écrit.*

— Je voulais te parler des pages que tu m'as envoyées, dit Ulysse, tout excité. Elles sont… elles sont très belles, je ne peux pas dire mieux, elles contiennent quelque chose que j'ai toujours éprouvé et que je ne suis jamais arrivé à…"

Le doigt d'Achille se leva.

"*Nous causerons du livre à la fin. Pour l'instant, parle-moi d'elle.*

— Et le syndrome de De Curtis ?

Comme tous les syndromes malins, il arrive quand on ne s'y attend pas. Parle-moi de Pilar, bon sang.

— Oui, mais d'abord, je veux savoir deux ou trois choses, moi aussi. Comment as-tu trouvé l'adresse e-mail de ma maison d'édition ?

Si tu étais plus attentif, tu saurais qu'elle figure dans tous les livres que vous publiez.

— Alors, tu communiques avec le monde entier, en quelque sorte ?

Je te l'ai déjà dit. Parfois je navigue sur la Toile, pour dénicher des textes rares. Je ne lis pas les journaux, et je n'ai visité le territoire télévisuel que très peu de temps, quand j'ai été hospitalisé. C'est un lieu de maladie dans lequel tout le monde parle en même temps, ou alors ils parlent et font semblant de ne plus se souvenir de ce qu'ils ont dit. Comme dans les asiles d'aliénés. Mais là, aucun risque d'électrochoc, et en plus on te paie. Locus miser ! *Clinique de luxe, où le conformisme peut joyeusement passer pour de la transgression, en toute impunité. Caserne d'embusqués, cul et chemise avec les supérieurs, sadiques avec les faibles. Lieu de monstres goitreux, condamnés à copuler éternellement entre eux. On y respire une odeur de mort, bien plus que dans ma chambre… Tu regardes la télé ?*

— Ça m'arrive. Quelquefois, elle sert.

C'est vrai. Sublime vengeance des mots, elle sert, mais pas à toi. Mais comment renoncer à cette commodité ? Une flaque qui reflète toute la douleur du monde, et que tu peux assécher en un instant. Une grille de confessionnal à domicile, et à l'intérieur un prêtre en paillettes."

Ulysse haussa les épaules. Le regard d'Achille le fixait, ironique et cruel. Pendant un instant, il le détesta.

"Et quand tu navigues, dit-il d'une voix faussement indifférente, tu ne vas jamais... bref, il y a des sites avec de jolies filles, des enfers intéressants.

Je l'ai fait une fois. Mais c'était une triste pâture pour ma faim démesurée, petits rêves payants, hommes et femmes paralysés dans des poses toujours semblables, chair immobile. Moi, il me suffit de voir l'image d'une odalisque dans un vieux livre, un regard sur une photo, un bas résille dans une bande dessinée, les paroles d'un récit. Le reste, c'est les rêves qui le font. Serais-tu un branleur du Net ? Dommage pour toi.

— Non, mentit Ulysse. Je n'aime pas ces choses-là. Et dis-moi, quand tu n'habitais pas dans cette maison, où vivais-tu ?

Enfant, je vivais dans une ville sur la côte, mais j'ai peu de souvenirs. Beaucoup de vent, des fenêtres qui claquaient et des promenades stupides en fauteuil roulant, au bord de la mer. Un docteur sympathique et humain, avec une tête chevaline. A l'époque, je bougeais les bras un peu plus, et surtout, je n'avais pas besoin d'autant de médicaments. Puis nous sommes venus ici, en ville. Mes mains et ma tête sont devenus de plus en plus lourds. Personne n'a vraiment réussi à comprendre ce qui se passait, j'étais monstrueux à l'intérieur même de ma monstruosité. Trois opérations à la tête, la dernière désastreuse, une erreur, une infection ou une vengeance de Zeus. Je suis resté six mois à demi inconscient. Mais, contre l'avis de tous les pontes de la médecine, je me suis remis, si ce mot a encore un sens. Mon père et ma mère étaient rongés par le chagrin. Un matin, mon père a laissé inachevé son dernier tableau, il est monté sur la terrasse et s'est jeté dans le vide. Depuis, ma mère est seule pour me protéger de Phébus, des médecins, de tous. Tôt ou tard, nous vendrons la maison et on m'enfermera dans une clinique où l'on pourra étudier mes dernières convulsions. Mais moi, Achille au pied léger, je m'envolerai. Et maintenant, cela suffit. Parle-moi de Pilar.

— D'accord. Donc, c'est une beauté typiquement latino, elle s'appelle Pilar María Pénélope. Surnommée Patinha, petit canard. Père chilien, mère colombienne. Son père était un enseignant, *desparecido* après le coup d'Etat ; elle a vécu en Colombie, puis au Canada, puis elle est venue en Italie. Elle étudie aux Beaux-Arts, elle peint et dessine des étoffes. Elle a vingt-six ans et prépare son diplôme, avec une thèse sur les *murales.* Depuis trois ans, elle la fait et la défait. Pour payer ses impôts, elle travaille à l'*Eden Shop*, le grand magasin près de l'aéroport. Mais ils l'ont licenciée, et à partir du mois prochain elle sera au chômage...

Très intéressant. Je ne peux pas bâiller, je risque de me décrocher la mâchoire. Son cul. Il est comment, son cul ?

— Il est très beau. Haut et fier.

Noir près du trou ?

— Oui, presque violet. Et quand elle danse, les hommes deviennent fous et les femmes encore plus, par envie et jalousie. Elle ferme les yeux et ondule des hanches...

Quel genre de musique aime-t-elle ?

— Tout : samba, salsa, tango et jazz, mais aussi la musique des gringos. Dylan, Jeff Buckley, Dave Matthews. Et la musique classique. Chopin, Satie.

Et si tu imagines que tu es en train de la baiser, quelle est la musique qui te vient à l'esprit ?

— Laisse-moi réfléchir, dit Ulysse. Je ne sais pas, quelquefois Caetano Veloso, ou *Creuza de mä* de De André, ou du rock à plein volume. En ce moment, je pense à un vieux morceau sur lequel on a fait l'amour, la première fois. Je ne crois pas que tu le connaisses, ce n'est pas de la musique pour toi.

Dis-moi le titre, pour voir.

— *I'm Only Human*, des Human League.

I'm only human, of flesh and blood I'm made.

— Tu connais même les paroles par cœur ?"

Dans la lumière bleutée, la bouche d'Achille sourit – le sourire d'un chat.

"*J'ai passé des heures à «charger» de la musique – quel verbe horrible. La musique est la seule chose dont mes livres soient jaloux.*

— Et c'est quoi, la musique que tu aimes ?

Les notes. Mais ne détourne pas la conversation, parlons de Pilar. Quelle est sa robe préférée ? Laisse-moi deviner. Une robe bleue.

— Eh bien oui, elle en a une à fleurs bleues, légère, une robe d'été. Elle adore aussi les bonnets de laine péruviens. Mais elle n'est pas très portée sur la toilette.

Alors, elle n'est pas faite pour un mec élégant, comme toi. Toi, tu aimes les femmes maquillées, et même vulgaires, avec des dessous affriolants, porte-jarretelles et bas noirs…

— Oui, j'aime assez.

Moi, je crois que tu aimes beaucoup. Ça me plairait bien, une fois, m'habiller en femme. Avec une combinaison, des bas et une belle perruque. J'imagine que je constituerais un spectacle époustouflant. Je me sentirais presque beau. Tu ne t'es jamais fait prendre par un mec ?

— Non, dit Ulysse, agacé. Ça t'amuse, hein, de changer le ton de la conversation ? Tu penses que ta vulgarité a un but, un sens ?

Ces choses-là n'ont pas besoin de sens, comme beaucoup d'autres. Mais moi je n'ai jamais été enfant, je n'ai pas pu dire des gros mots avec des camarades de mon âge, comme toi. Ou épier par un trou de serrure la petite cousine en train de faire pipi, ou baisser la culotte de mes petits copains. J'ai toujours dû me vautrer dans la saleté de mes pensées, tout seul. Je devrais me résigner à mon museau de chien et me masturber en silence, dans le noir et en catimini. Alors que toi, tu aimes Pilar, mais tu baves peut-être pour une minette quelconque, alors que mon frère Phébus va voir les putes et les emmène à la maison en cachette, et que le Dr Pâris soigne des petites filles à Bangkok. Oui, je suis vulgaire. Si je le pouvais, je coucherais avec une femme, avec un homme, avec n'importe quoi qui ne serait pas moi-même assis dans ce fauteuil. Je m'enfoncerais dans le cul une bite en caoutchouc et je me promènerais dans la ville en disant : les gars, voilà la seule chose qui me manquait, une queue. Je pense des choses terribles et je ne peux pas les faire. Toi, tu peux. Ça me rend un tantinet morbide.

— Excuse-moi, Achille, mais ce n'est pas très facile de te suivre. Le temps dans lequel tu vis est à la fois lent, et vertigineux. On est toujours au bord de la chute, on tombe et on se relève."

Achille renversa la tête en arrière, étira le cou.

"Ce doit être merveilleux de tomber. Pas du fauteuil roulant ou du lit, mais de rouler dans un pré, ou de plonger dans la mer. Ou de s'envoler par une fenêtre, comme mon père. Moi, je ne suis jamais tombé."

On frappa, la porte s'ouvrit. La mère entra, portant un plateau sur lequel étaient posés deux grands verres, des amuse-gueule et des gâteaux.

"Le verre avec une paille est le mien."

Achille se mit à rire. Il regarda sa mère et son visage s'éclaira. Avec de légers mouvements des yeux et des lèvres, il semblait chercher d'autres traits, le souvenir d'un autre visage avant la catastrophe, un calque enfoui quelque part. Ulysse commençait à *comprendre* le visage de son hôte étrange. Les nuances du regard sous le front démesuré, le froncement des petits sourcils, la dilatation des narines sous l'effet d'une émotion qui altérait sa respiration, la crispation et le relâchement de la bouche, les grincements de dents, ce rire si pénible et pourtant contagieux. Ce n'était pas le visage d'une statue classique mais c'était tout de même un visage, différent de tous les autres. Et il devait être tel depuis longtemps pour la mère, qui installa un coussin derrière son cou et lui mit le verre entre les mains. A la troisième tentative, Achille attrapa la paille et commença à aspirer bruyamment. D'une main, il essaya d'écrire quelque chose sur l'ordinateur ; le verre tenu par l'autre main pencha dangereusement et Ulysse le retint, d'un geste prompt.

"*Bravo, pistolero.*

— Achille, maintenant il faut que tu déjeunes et que tu te taises", dit la mère, inquiète et sévère. Puis elle s'adressa à Ulysse, comme si son fils était encore dans une pièce éloignée, enfermé dans l'obscurité. "Je lui ai apporté un jus de fruits et de légumes : c'est tout ce qu'il avale désormais. Pour vous, Ulysse, il y a du jus d'orange et de quoi manger, si vous voulez. Lorsque vous aurez fini, appelez-moi."

Dans ce pluriel – "vous aurez", "appelez-moi" – Ulysse perçut comme une petite lumière, une étincelle joyeuse. Ce n'était pas "quand *tu* auras fini, mon fils", mais quand "*vous* aurez fini" : toi, mon fils, et ce drôle d'intrus, un ami, peut-être.

"*Merci maman. A présent, débarrasse le plancher.*

— Achille, je t'en prie, dit la mère. Au moins devant M. Ulysse…

Laisse-nous parler entre hommes. De vrais hommes."

La mère sourit en silence et disparut, tout aussi silencieusement. Thétis sur la crête d'une vague.

"*Tu as toujours tes parents ?*

— Non, dit Ulysse. Ils sont morts depuis plusieurs années. C'étaient de glorieux boulangers : ma mère a fait tant de pâtes feuilletées qu'on pourrait en envelopper trois fois le globe terrestre. Mon père a vu plus souvent le feu du four que la lumière du soleil. Ils m'ont fait suivre des études d'intellectuel : ils voulaient que j'aie une vie meilleure, et diurne. J'ai un frère qui est pizzaiolo à l'étranger. C'est un type bien, mais on ne se voit jamais.

Phébus aussi est un type bien. C'est un prototype magnifique de flatterie, d'avidité criminelle ; il méprise la douleur. Un héros de notre temps."

La sonnette de l'entrée retentit. Achille sursauta, le verre tomba sur le sol. Il resta attentif et silencieux, les muscles de son cou tremblaient, comme parcourus par une décharge électrique. Puis il se calma.

"Tu veux que j'appelle ta mère ?" demanda Ulysse.

La boisson avait dégouliné sur la robe de chambre et sur le sol.

"*Non. Ce n'est pas grave, j'ai l'habitude. Je n'arrive pas à supporter les bruits ou les lueurs imprévues. Je craignais que ce ne soit le médecin. C'était peut-être le facteur, je reconnais presque toujours sa manière de sonner. Pas aujourd'hui.*

— Tu n'as jamais essayé de parler avec ton frère ?

Je vais mettre un disque pour me calmer. The Protecting Veil *de Taverner. Si tu l'aimes, je t'en ferai une copie.*"

Ils écoutèrent ensemble. Puis Ulysse se mit à raconter. Il parla de Vulcain et de Circé aux belles boucles, de Stanzani et d'Olivetti, de ses scripto-dactyles impatients. Achille l'écoutait les yeux fermés, puis il se mit à secouer la tête, comme s'il voulait la vider. Il était très pâle.

"*Je ne me sens pas bien. Le coup de sonnette m'a perturbé. Et puis tes paroles, trop d'histoires, trop de visages à la fois. Il faut que tu partes. J'aimerais te voir demain, mais téléphone à ma mère, peut-être que je ne serai pas en état. Et il faut que tu m'apportes quelque chose.*

— Une photo de Pilar ?

Je n'y avais pas pensé. Oui, c'est une bonne idée perverse. Mais je voudrais que tu m'apportes une liste des choses idiotes qui te contrarient. Les choses qui ne méritent pas qu'on se mette en colère mais qui nous emmerdent et qui deviennent des drames. Les grandes douleurs de rien du tout.

— Comme se mordre la langue ?

Pour un bipède non muni de roulettes, tu comprends vite. Au revoir.

— Au revoir. Je peux te serrer la main ?

Non. Au revoir."

Ulysse descendit l'escalier et se retrouva devant une voiture bleue, qui se garait dans la cour. Il en descendit un homme élégant, un peu enveloppé, aux cheveux courts et aux yeux clairs.

Ulysse n'eut aucun doute : c'était Phébus. Et Phébus aussi reconnut en Ulysse le "monsieur grand et décoiffé" dont lui avait parlé Ajax, l'infirmier. Aucun inconnu n'empruntait jamais cet escalier. Ils marchèrent l'un vers l'autre, et Ulysse trébucha dans le gravier. Phébus s'avança vers lui et sourit, avec une politesse diplomatique.

"Je suis le frère d'Achille, dit-il.

— Enchanté. Ulysse Insulaire.

— Vous devez être le libraire dont ma mère m'a parlé. Je suis content que mon frère voie quelqu'un de temps en temps. Avec modération, évidemment. Les médecins nous ont conseillé de le laisser tranquille le plus possible.

— Je comprends.

— Je suis ravi que vous compreniez."

Ulysse s'éloigna. Il sentait le regard de l'autre qui ne le lâchait pas. Il enfourcha son scooter et partit, en essayant de faire un maximum de bruit.

XI

Le lendemain matin, Ulysse se rendit à la préfecture de police pour se renseigner sur le permis de Pilar. Des immigrés menacés d'expulsion protestaient, certains avaient fait la queue toute la nuit, sous la pluie. Un défilé de djellabas maghrébines, de blousons de cuir polonais et de boxeurs noirs en survêtement se reflétait dans les élégantes vitrines du centre ploutopolite, les profanant. Des langues bizarres se mêlaient à l'idiome de la patrie, tels des instruments tribaux dans un orchestre de violons très sélect. Les flics étaient très occupés, car on les envoyait se faire foutre en douze dialectes différents, et dans la file d'attente fleurissaient insultes et bousculades. Au-dessus de cette Babel, un mégaphone stentoréen invitait les gens à rester en rang, on allait leur distribuer des numéros.

"C'est quoi, le tirage de la Loterie ? cria une voix italique, reconnaissable entre toutes.

— Vous n'avez pas honte, les flics ? Mon grand-père était un immigré, et le vôtre aussi, peut-être !"

C'était Stanzani et Olivetti, sweat-shirts marine dans la casbah multicolore. Pour se protéger de la pluie, ils portaient deux casquettes de taille identique, même si leurs crânes étaient de volume très différent. La casquette de Stanzani était enfoncée jusqu'au nez, celle d'Olivetti ressemblait à une petite calotte cardinalice.

"Salut, camarades, dit Ulysse.

— Qu'est-ce que tu fabriques ici ? demanda Olivetti, soupçonneux.

— Je viens pour le permis de Pilar.

— Arrête de voir des espions partout, Olivetti, gronda Stanzani.

— On a tout intérêt à ouvrir l'œil", dit Olivetti. Et il continua à distribuer ses tracts.

LES TRAVAILLEURS DE SIPEL
SOLIDAIRES DE LEURS CAMARADES IMMIGRÉS
MENACÉS D'EXPULSION

Pour être exact, il aurait fallu écrire : deux ouvriers de Sipel solidaires de deux ouvriers polonais. Mais Sipel était une petite entreprise, et la vision politique du couple était vaste.

Voyant le gros chauve distribuer des tracts, deux policiers s'approchèrent, en quête de précisions.

"Excusez-nous, mais qu'est-ce que vous faites ici ? Vous êtes immigré ?

— Ett nafàza clapèr al tafaneri dun ninèn.

— Marocain ? Algérien ? Quoi ? insista le policier.

— Dla cirénaïque almibèl ismè, duvlanòt labàt clavàca d'tu mouker.

— Il vient de Cyrénaïque, dit le policier numéro un.

— Je ne suis pas convaincu", dit le policier numéro deux.

Juste à ce moment-là, il y eut des remous dans la file d'attente, une barrière fut renversée et deux policiers durent intervenir, suspendant leur enquête sur Olivetti.

"Qu'est-ce que vous lui avez dit ? demanda Ulysse.

— Traduit, ça donnerait à peu près ça, dit Stanzani : première phrase : O homme, ton visage me rappelle le cul d'un porc. Deuxième phrase : O mon beau à l'intelligence médiocre, je vis dans la Cyrénaïque (quartier de la ville bien connu), là où ta pouffiasse de femme arpente le trottoir toutes les nuits, pour faire commerce de ses charmes.

— Ben dis donc, commenta Ulysse.

— Qu'est-ce que tu crois ? Moi aussi je suis poète", dit Olivetti, en rajustant sa casquette.

Le tumulte s'était momentanément apaisé et il n'y avait plus de tracts. Stanzani et Olivetti restèrent là à escorter Ulysse et à lorgner des Ukrainiennes, jusqu'à ce que le flic syndiqué et scriptodactyle, Barbieri, sorte d'un bon pas du bureau des passeports. Il prit Ulysse à part et l'informa :

"J'ai trouvé le dossier. En effet, il y a un papier de l'université, faux de toute évidence. La jeune fille voulait faire croire qu'elle était inscrite alors que ce n'était pas le cas. Si personne ne tombe dessus, il ne se passera rien. Mais si quelqu'un veut l'emmerder, par les temps qui courent...

— Tu ne pourrais pas tout faire disparaître ? dit Ulysse.

— Ça non", dit Barbieri. Et il ouvrit les bras comme pour dire : je suis un scriptodactyle, pas le grand maître de la Loge !

Ulysse, fort peu rassuré, se rendit à la maison d'édition. Le sarcophage ascensorial était en panne, comme l'annonçait une affichette *ad hoc*. Il monta à pied. Circé aux belles boucles l'accueillit, arborant une minijupe encore plus tentatrice que les précédentes, et un surcroît de rouge à lèvres. Interprétant tout cela comme un signal d'approbation féminine, Ulysse entama une parade nuptiale autour de son bureau : faute de plumes hérissées ou de jabot multicolore, il poussa le cri caractéristique du mâle en rut.

“Ciiiircé…

— Oui ?

— Chaque fois que je te vois, il me vient de drôles d'idées…

— Lesquelles ? demanda Circé.

— Tu le sais très bien, petite coquine, dit Ulysse, en s'allongeant sur le bureau.

— Je ne suis pas une magicienne, se défendit Circé aux belles boucles.

— Eh bien, des idées du genre… Tu connais le film *Séduction dangereuse* ?

— Oh oui, dit-elle. La scène de baise sur la photocopieuse ?”

Ulysse fit rougir son barbillon, sautilla sur un pied et contourna le bureau, décidé à s'emparer d'une, voire de deux cuisses de Circé.

Mais le Destin s'y opposa : la propriétaire de l'immeuble fit irruption, écarlate et furibonde, absurdement décidée à récupérer les loyers impayés.

“M. Valerio est là ?

— Il est absent, dit Circé, je vous l'ai déjà dit au téléphone.

— Mais enfin, vous vous moquez de moi !” hurla la propriétaire. Ulysse s'esquiva, laissant Circé entre les griffes de l'avide bailleuse d'immeuble.

Non seulement il ne voulait pas de pépins, mais il devait passer des coups de fil très importants.

Premièrement, il parla avec la mère d'Achille et confirma le rendez-vous.

Deuxièmement, il essaya de joindre Pilar, mais elle avait éteint son portable.

Troisièmement, il demanda à un de ses amis scriptodactyle sportif comment se portait le ménisque de Mironi.

Quatrièmement, hélas, il dut appeler Decio Bellâtre.

Decio Bellâtre était surnommé Décibel, à cause de sa capacité à dominer la voix de ses rivaux ; il était donc très demandé dans les talk-shows télévisés, où il se livrait à d'audacieux numéros pilotés par des modérateurs-excitateurs, de manière que seuls les représentants de la non-majorité s'insultent entre eux, alors qu'une ironie amicale était réservée à l'entourage du Duce. Comme il n'arrivait pas à percer dans le monde littéraire et que des meutes de rivaux abjects le doublaient, il avait trouvé parmi les caméras accueillantes de nouvelles sources d'honneurs et de profit, au point de devenir incontournable en tant qu'expert en sexualité, supporter sportif, mascotte culturalo-littéraire ou commentateur mondain. Mais Vulcain disait : Il faut savoir utiliser ceux qui veulent t'utiliser. Il était, au demeurant, incapable d'expliquer ce qu'il voulait dire, mais il voulait la signature de Décibel.

"*Lello, des éditions Forge. Vous êtes bien Bellâtre ?*

— *Qui vous a donné ce numéro ?*

— *Le directeur de la chaîne Unique Yabob.*

— *Je vous écoute.*

— *Nous préparons une anthologie de jeunes auteurs massivement transgressifs, et nous avons pensé que vous étiez le plus indiqué pour en écrire la préface.*

— *Je suis très pris, et en plus je suis sûr que vous payez mal.*

— Mais nous ferons une grosse promotion.
— Vous avez un projet pour la télé ?
— La télé ? Non.
— Et alors pourquoi m'appelez-vous ? Je suis un écrivain, moi.
— Cent mille.
— Vous dites ?
— J'ai dit, Bellâtre.
— Mais putain de bordel de merde, laissez-moi dormir tranquille.
— Au revoir.
— Au revoir mon cul."
Fin de la communication.

"Je m'en vais, dit Circé en apparaissant sur le seuil de la porte, un blouson de couguar ouvert sur sa minijupe, talons aiguilles un peu canailles. Demain, Vulcain n'est pas là, je serai seule pour tout faire marcher..."

Ulysse s'enflamma et banda. C'était une invitation en règle, oui ou non ?

"Je passerai sûrement demain matin, dit-il. Comme ça nous pourrons parler de ce film.

— Peut-être", dit la magicienne. Et d'un coup de talon magique, elle disparut.

Ulysse se demanda alors : est-il moral de téléphoner à sa bien-aimée alors que l'on est encore en proie à une érection provoquée par une autre ? Mais telle est la nature du polygame polythrope. Il appela donc Pilar Pénélope Patinha.

Il lui communiqua ce qu'il avait appris sur son permis de séjour, souligna tout le mal qu'il s'était donné et lui dit à quel point il avait envie de la serrer tendrement entre ses bras, dans différentes positions ; elle lui répondit que le lendemain matin il y aurait une rencontre entre l'*Eden Shop* et les délégués syndicaux et que le soir ils pourraient sortir ensemble. L'érection changea de responsable.

"Qu'est-ce que tu danseras pour moi, mon petit canard adoré ? demanda-t-il goulûment.

— Salsa à la sauce Caraïbes. Comme ça je te cuisinerai, après.

— Pilar, tu te souviens de notre première rencontre dans la librairie ? Eh bien, je me rappelle que nous étions comme… deux enfants. Deux enfants sur une plage.

— Tu m'as plu tout de suite. Tu penchais de tous les côtés et tu faisais tout tomber. Tu étais ému toi aussi ?

— Oui, et quand tu as ramassé ce livre…

— Quel livre ?

— Non, je me trompe, c'est moi qui ai laissé tomber le livre que je tenais quand je t'ai vue. J'étais si ému ! Je ne te l'ai jamais avoué avant…

— Bon… Alors, à demain soir ?

— Qu'est-ce que tu es en train de faire, Pilar ? Comment es-tu habillée ?

— Je suis devant l'entrée Deux, en blouse et en savates. Il y a du brouillard et je suis en train de nourrir les canards de cette saloperie d'étang artificiel.

— Et moi, dit Ulysse en tirant un peu le rideau, je vois…" Il vit, dans le parking en contrebas, Circé qui montait dans sa Microbe, exhibant des bas résille gris fumée. "Je vois les tristes habitants d'une triste ville d'un triste pays mais je suis heureux parce que, demain, je te verrai."

"Quelle histoire révoltante, dit la cane Didon en regardant Pénélope éteindre son téléphone portable et se coiffer. Une créature aussi splendide, et ce crétin de dindon polygame qui se fiche d'elle.

— Allons donc, dit la cane Omphale, elle est latino, intelligente et majeure. Elle s'en sortira.

— Espérons qu'il ne la cuisinera pas, fit Didon, en picorant des miettes de croissant dans les mains de Pénélope. Cette histoire me fout en rogne et quand je suis en rogne je mange trop et mon foie se met à gonfler. Et pour les canards, foie gonflé signifie une seule chose ; tu vois ce que je veux dire ?

— Foie gras ?

— C'est ça, dit tristement Didon, et elle jacassa en regardant Pénélope, afin de l'avertir : ma fille, méfie-toi des Prétendants, mais aussi des héros !

— Je n'ai plus de croissants, dit la jeune femme. Vilaine gourmande !"

Ulysse arriva devant l'immeuble du Crévé et le Laocoon masochiste, non seulement à l'heure, mais en avance. Il fit le tour du pâté de maisons, compta seize distributeurs de billets et douze chausseries. Il revit les buveurs d'apéritifs pétrifiés devant le bar. Puis il remarqua, derrière une vitre, *L'Organe*, journal de la gauche historique. Autrefois, ce quotidien figurait dans plusieurs kiosques de la ville ; désormais, c'était le seul exemplaire survivant, les autres étaient confinés en banlieue. Toujours les mêmes nouvelles. Bombardements et guerres soigneusement inégales, asymétriques et militairement viles. Petits virus raillant l'omniscience humaine. Durant le remake moderne des vingt ans de fascisme, le nouveau Duce régnait, avec sa patrouille acrobatique d'avocats, qui mettaient tout leur zèle à lui éviter les procès. Manifestations d'ouvriers un peu partout. Débâcle économique.

Voilà le bilan, se dit-il, et il chercha la seule information qui l'intéressait vraiment, l'état du ménisque de Mironi, mais il manquait la page sportive ; plus exactement, elle avait été tournée contre le mur et on lui avait préféré celle concernant la vie locale. Il eut la surprise de voir, en bonne place, une photo de Phébus, avec la légende suivante :

> Un nouveau président pour les Jeunes Entrepreneurs Bleus. Phébus Pelagi ajoute un nouveau succès à sa fulgurante carrière politique. La prochaine étape, selon certaines sources, pourrait être sa candidature au Parlement ainsi que le conseil d'administration du Crévé, une des plus grandes banques du pays, aux côtés du très controversé *cavaliere* Forco dont il est le protégé.

"Je vois, c'est un jeune franc-maçon qui magouille en coulisses", pensa Ulysse.

"Du calme, dit le professeur Colantuono. Il ne fait rien en coulisses.

— C'est vrai. Tout est impudiquement, illégalement, arrogamment au grand jour, et en direct.

— Attention, c'est l'heure du rendez-vous."

XII

Il trouva Ajax tenant un rasoir sous la gorge d'Achille. Il venait de lui faire la barbe. Il lui nettoya le visage, prit ses instruments et tourna les talons, avec un petit sourire.

"Il n'a pas l'air méchant, dit Ulysse.

Il l'est. Pas autant que moi, mais il l'est. Tu m'as apporté la liste ?

— Oui. Et la photo aussi.

La photo attendra. Je veux la savourer à l'avance. Je veux la liste des grandes douleurs de rien du tout.

— Je les ai notées, dit Ulysse. Tu veux les lire ? Mais elles sont mal écrites, à la main."

Achille bondit dans son fauteuil et son cou se tendit en arrière, sous l'effet de la fureur.

"*Homme de peu ! Qu'est-ce que ça veut dire, «mal» ? Peut-être que les lettres ne sont pas toutes pareilles, alignées et obéissantes ? Des voyelles qui débordent, des hampes qui décollent, une écriture qui penche ou se cabre, des bords pansus, de magnifiques gribouillis et des arabesques mégalomanes ? Tu possèdes la merveilleuse diversité de chaque lettre et de chaque mot, et pour toi, c'est un «mal» ?*

— Je ne comprends pas, dit Ulysse.

Tu ne comprends pas, gros bêta ? Moi, je donnerais n'importe quoi pour écrire un seul mot de mes propres mains, pour pouvoir me passer de l'ordinateur. Mais quand j'essaie, je ne sais pas ce qui se passe, je m'agite, je me bloque, je tremble, j'écorche la feuille et je me blesse avec le stylo.

— Je regrette…

Va te faire foutre. Lis.

— D'accord, dit Ulysse. Je lis. Donc :

Se mordre la langue.

Se couper en se rasant.

Oublier le nom d'un acteur ou d'une actrice, et communiquer cette angoisse à quelqu'un.

Ne pas pouvoir utiliser son portable, car l'endroit n'est pas couvert par le réseau.

Mal raconter une histoire drôle en public, et devoir subir les petits rires forcés, en signe de compassion.

Avaler de travers son café, un grain de raisin, etc.

S'apprêter à faire un gros caca triomphal dans la cuvette des waters, et tomber sur des W.-C. à la turque, mouillés et glissants.

Voir un conférencier ennuyeux qui, arrivé au dernier feuillet, en sort encore dix autres.

Rater l'autobus de quelques secondes.

Voir le soleil disparaître du lieu où l'on est assis.

Un petit vieux est devant toi, dans la queue, et il ne comprend rien à ce que lui dit la caissière.

Voir perdre ton équipe pendant les prolongations.

L'emballage en plastique ou en cellophane est impossible à ouvrir, scellant obstinément crackers, cigarettes, CD et surtout boîtes de préservatifs.

Un lavabo plein de cheveux.

Un souvenir d'amour qui surgit d'un tiroir.

Une alarme de voiture qui se déclenche en pleine nuit.

Les deux dernières ne sont pas «de rien du tout». Il y en a que je ne connais pas. Mais se mordre la langue et avaler de travers, ça oui – j'avale presque tout de travers. Pour ce qui est de faire caca, je pourrais t'en parler des heures durant, te faire une conférence là-dessus. Le foot ne m'intéresse pas, mais je peux comprendre, mon père adorait ça ; quand il a cessé d'écouter les matches à la radio, j'ai compris qu'il allait vraiment mal.

— Tu penses souvent à lui ?

Quelquefois. Ajoutons à la liste une de mes grandes douleurs de rien du tout. Tu vois mon fauteuil ? Xanthe est un modèle extrêmement moderne, allemand, batterie soixante ampères, dix kilomètres-heure. Tu vois le joystick *? Il m'arrive de le toucher sans le faire exprès, et Xanthe devient fou. Il me secoue dans tous les sens, m'écrase contre la table, me cloue au mur, sabote ma lecture. Il me joue des tours.*

— Mais quel intérêt trouves-tu aux grandes douleurs de rien du tout ?

Tu sais ce que j'écrirais à l'entrée d'une clinique, d'un hôpital, d'un cabinet de consultation ? «Seule la douleur nous enseigne ce qu'est la vie sans la douleur.» Je trouve extraordinaire la quantité d'énergie que les gens dépensent pour affronter les petits malaises passagers, et la capacité que tout le monde a de fermer les yeux devant les grandes douleurs indomptables. Je ne condamne pas. C'est plutôt de l'étonnement. Vous semblez marcher au-dessus d'un océan de souffrance, sur de petits ponts qui oscillent. Et vous

vous inquiétez si quelqu'un vous précède, vous double, si on ne vous salue pas avec la déférence ou le respect de la hiérarchie qui vous est dû. Evidemment, si vous regardiez toujours l'abîme sous vos pieds, vous ne marcheriez plus. Mais au moins, regardez où vous êtes. Vous êtes des matelots ! Soyez conscients de votre liberté, provisoire et menacée, qui serait un bonheur pour quelqu'un comme moi. Mais si je guérissais, peut-être qu'au bout d'un mois je serais comme vous tous. Je ferais l'aumône à un sur cent. J'essuierais le sang du monde avec ma carte de crédit. Ou alors je souffrirais pour des motifs sérieux, comme Phébus. Un jour, on a rayé sa voiture : c'était comme si on lui avait enlevé un rein.

— Dix-septième douleur : tomber en panne d'essence, en scooter sous la pluie.

Dix-huitième douleur. Jamais monté sur un scooter.

— Achille, je ne crois pas que, si tu guérissais, tu deviendrais comme tout le monde.

Qui peut le dire ? Je possède les plus mauvaises pièces qui constituent un homme. Il me manque quelques-unes des meilleures. Maintenant, montre-moi la photo."

Ulysse la déposa dans son giron. Achille la prit dans sa main droite et l'approcha difficilement de ses yeux, mais pas assez. Il tendit le cou le plus possible. Sur la photo, on voyait Pilar vêtue d'une robe bleue, au bord de la mer, les cheveux ébouriffés par le vent, les mains retenant sa jupe. Achille dit : "Belle."

Il avait parlé. Une voix rauque, un peu caverneuse. Sa voix.

"Tu as parlé, dit Ulysse.

Tu ne me croiras pas, je ne m'en suis pas aperçu. Estaba en honor de Pilar.

— Tu peux dire ce que tu veux.

Merci, tu es un vrai mec, adulte et pas jaloux. Très noble de ta part de permettre à un maniaque de parler librement de ta femme. C'est typique des races les plus évoluées : entre individus mâles, on parle avec la plus grande désinvolture de ses femmes, ou de certaines parties de leur corps…

— Arrête de te moquer de moi, dit Ulysse en riant et en levant un doigt.

Dommage qu'elle retienne sa jupe. Soufflez, vents désirés ! Elle doit avoir de belles jambes. Et sa bouche me plaît. Elle doit donner des baisers brûlants. Et les pipes, évidemment, même si je ne suis pas un expert ; je n'ai eu une expérience de ce genre qu'avec une pomme. Il n'y eut guère de préliminaires. Puis, telle une mante religieuse, je la dévorai. Dis-moi, qu'est-ce qui se passe quand tu veux la tourner ? Tu vois ce que je veux dire ?

— Tu es devenu timide ?

Quand tu la baises par-derrière ou que tu l'encules, ou s'il y a une troisième possibilité dis-le-moi, c'est toi qui la tournes ou c'est elle qui comprend, ou tu forces un peu la situation ?

— Elle n'est pas comme Xanthe, concéda Ulysse. Elle ne se tourne pas sur commande, mais si elle le fait spontanément, alors je perds la tête. Elle a un regard particulier, quand ça arrive…"

Achille gémit. Ulysse vit qu'il avait posé les mains sur son outil, un outil considérable, vu le renflement de sa robe de chambre.

"Je continue ?

J'en serais fort aise.

— Eh bien, un soir nous sommes rentrés de la plage ; nous avions loué une petite maison en Grèce, pour nos premières vacances en tête à tête. Nous étions fatigués, rôtis par le soleil ; elle s'est mise toute nue et s'est tartinée de crème ;

sa peau est mate, parfois on dirait de l'or, mais le soleil la brûle quand même. J'étais excité comme un fou, j'embrassais son cou, son dos, et elle disait non s'il te plaît, ça me brûle partout."

Achille respirait très fort.

"Alors je l'ai laissée tranquille et nous nous sommes étendus sur le lit. Elle s'est tournée. Elle avait juste une serviette sur elle, je voyais son dos et ses hanches, je devinais son cul de danseuse... Je croyais qu'elle dormait. Et tout à coup...

Ça suffit. A mon tour de raconter.

— Tu t'arrêtes ? Tu es trop excité ?

Ce n'est jamais trop. Mais je ne veux pas aller jusqu'au bout. Ce n'est pas que j'aie honte ; je dois continuer avec mon imagination, perverse et très pure. Est-il possible que tu ne comprennes pas ?

— C'est possible. Je peux te poser une question... très personnelle ?

Oui, j'ai un engin impressionnant. Je n'ai jamais réussi à le mesurer, mais j'imagine qu'il est supérieur à la moyenne. Un autre cadeau empoisonné du Démiurge. Tu es jaloux ? Nous, les mâles, nous rions des nénés siliconés, mais si quelqu'un inventait un doubleur de bites, ou une bite-lunette d'approche, lequel d'entre nous renoncerait à une petite retouche ? Moi, par exemple, si elle était plus longue, je pourrais la faire descendre par la fenêtre, la glisser le long du mur avec une petite caméra attachée au bout, pour choisir sa proie, et y suspendre un billet avec ces mots : «Mon propriétaire est timide, pas moi. Faites de moi ce que vous voudrez.»"

Ulysse ne put s'empêcher d'éclater de rire, si fort qu'il eut peur de déranger Achille. Mais lui aussi riait, de son mugissement asthmatique.

“Ou alors, dit Ulysse, pendant que tu es dans la file d'attente d'une caisse, au supermarché, tac, tu la sors et tu fais une brochette érotique.

Oui. Ou alors, écoute ça. Je vais au restaurant, je la sors, je la glisse sous ma serviette, puis j'appelle le serveur et je lui dis : «Monsieur, c'est un scandale, il y a une bite dans mon velouté de poireaux !»

— Ou alors, dit Ulysse entre deux hoquets, tu vas au cinéma, et s'il y a devant toi une femme imposante avec des cheveux très crêpés, tu la lui poses délicatement sur la tête et tu lui dis…

Excusez-moi, madame, il a cru que c'était un nid.

— Parfaitement… hou. On a vraiment l'air de deux gamins idiots.

On est deux gamins idiots. Ecoute ça : si je devais me faire examiner par une belle infirmière…”

Il s'interrompit. Bien avant Ulysse, il avait entendu un bruit derrière la porte. La mère entra. Elle arrangea la robe de chambre d'Achille, lui caressa la tête.

“Je vous ai entendus rire, dit-elle. Vous étiez en train de vous amuser ?

— Beaucoup, madame, dit Ulysse. Même si nous ne parlions pas de philosophie, à vrai dire.”

Il vit que la femme ne parvenait pas à sourire et gardait les mains serrées dans son giron, exactement comme son fils.

“Le docteur est là, dit-elle.

— Non, maman, dit Achille, d'une voix rauque et irritée, différente de celle qu'Ulysse lui connaissait. Il ne devait pas venir aujourd'hui, mais après-demain.

— Il n'a pas pu faire autrement.

— Non, dit Achille, en contractant les doigts, comme s'il devait écraser quelque chose, son cœur ou celui d'un ennemi.

— Je t'en prie, Achille, dit la mère, je t'en prie.

— D'accord, répondit-il. Mais, lui, il reste."

La mère sortit. Elle revint un instant après avec un homme élégant, très bronzé, très restauré. Une teinture couleur doberman fonçait ses cheveux. Un lifting raté avait gelé son sourire en parésie. Un médecin-chef, à première vue. Il se présenta.

"Dr Pâris Dardani. Enchanté. Alors, Achille, je dois t'examiner sérieusement aujourd'hui. Tu es calme, ou tu veux que je te fasse d'abord ton injection ?"

Achille fit non de la tête. C'était comme s'il avait régressé de vingt ans : il s'était ratatiné dans son fauteuil, le regard fixe. Lorsque le docteur s'approcha, il eut l'air d'un animal pris au piège. Mais il ne grondait pas, ne se défendait pas. Il attendait. Le docteur prit sa tension, la peau de son bras était couverte de taches. L'homme s'y reprit à trois fois et regarda la mère comme pour dire : ça ne va pas. Puis il dit :

"Sois raisonnable, Achille."

Il braqua une lampe de poche dans les yeux d'Achille et les examina. Achille respirait de plus en plus difficilement.

"Tu ne prends pas tes médicaments, dit le médecin, d'une voix sévère.

— Ils me tuent, dit Achille. Ils m'enlèvent toute force.

— Mais ils sont nécessaires, dit le médecin, sur un ton sacerdotal. Tu crois que ça m'amuse de te les prescrire ?

— Peut-être, dit Achille.

— Ne fais pas l'enfant ! s'exclama Dardani. Les médicaments sont nécessaires, plus que cet ordinateur qui te fatigue les yeux. Tu l'utilises trop ; si ça ne tenait qu'à moi, je le jetterais par la fenêtre.

Si ça ne tenait qu'à moi, c'est vous que je jetterais par la fenêtre."

La mère éteignit l'ordinateur, prit la main de son fils et regarda Ulysse. Une invitation à prendre congé.

"Je m'en vais, dit Ulysse.

— Non !" cria Achille, et la crise commença. Alors qu'Ulysse allait sortir, Ajax entra. Ulysse vit qu'il aidait le docteur à immobiliser Achille pour lui administrer l'injection. Il quitta la pièce, bouleversé, se trompa de direction, se retrouva dans une vaste cuisine. Il revint sur ses pas, dans le petit salon aux coquillages. La mère le rejoignit.

"Le Dr Dardani est un bon médecin… dit-elle, comme si elle répétait une injonction.

— Mais Achille a peur de lui.

— Que voulez-vous que j'y fasse ?" dit-elle. Et elle se mit à pleurer silencieusement, sans une plainte ni un sanglot : une moitié d'elle-même mourait, l'autre moitié s'entretenait aimablement avec son hôte. Elle avait une grande expérience, dans ce domaine. Elle s'essuya les yeux et ajouta : "Il faut bien faire confiance à quelqu'un. Nous avons essayé beaucoup de médecins ; celui-ci lui prescrit moins de médicaments que les autres. C'est un ami personnel de Phébus.

— Je suis le dernier arrivé, madame, dit Ulysse. Mais la relation avec le malade a son importance, elle aussi. Et il me semble…"

Le Dr Dardani entra, un sourire glacial sur les lèvres. Une de ses mains était maculée de sang.

“Il vous a mordu ? demanda la mère.
— J’ai l’habitude.
— Je vais chercher de l’alcool.”

Le docteur s’assit en face d’Ulysse, et le regarda. Un anaconda bronzé, pensa Ulysse, qui soutint son regard. Un courant maléfique, brûlant, passa entre eux.

“De quoi étiez-vous en train de parler lorsqu’il a eu sa crise ? demanda Dardani.

— Pendant que nous parlions, il n’a eu aucune crise.

— Quand la crise se préparait, alors.

— Il a eu une crise pendant votre visite, dit tranquillement Ulysse. Quoi qu’il en soit, nous parlions de femmes.”

Le Dr Dardani soupira.

“Je serai très clair avec vous, monsieur Ulysse. Vous et moi, je crois que nous aimons beaucoup les femmes, et d’une certaine manière, Achille aussi est très séduit par l’idée de la femme. A la différence que, pour lui, il est mauvais de parler de certaines choses, ou d’y penser. Il est hydrocéphale de naissance et a été opéré trop tard, avec toutes sortes de complications. La dernière intervention a dévasté son tableau clinique. Un tableau clinique mystérieux à bien des égards, vu la gravité de ses symptômes et sa lucidité partielle. Mais son équilibre est précaire. S’il s’excite et s’il ne prend pas ses médicaments, il risque d’avoir des crises cardiaques et des crises d’épilepsie qui peuvent le tuer n’importe quand. Ai-je été clair ?

— Et que devrait-il faire, alors ? Dormir toute la journée ?

— Sincèrement, dans cette phase terminale de la maladie, il ne devrait pas être ici, mais dans une clinique où il serait mieux soigné et suivi.

— S'il va en clinique, il meurt."

Ulysse entendit, derrière lui, un froissement de spires et de cachemire.

"Vous connaissez déjà suffisamment Achille, pour vous permettre des affirmations aussi graves ?" s'écria une voix irritée.

C'était Phébus, qui se plaça à côté de Dardani. Désormais, il y avait deux serpents, un caducée d'ennemis ; il fallait être vigilant et astucieux, comme Laocoon le lui avait appris.

"C'est Achille qui me l'a dit, répliqua Ulysse.

— Vous devriez être assez intelligent, dit Phébus, pour comprendre que mon frère n'est pas responsable de ce qu'il affirme. Je ne suis absolument pas défavorable au fait qu'il voie des gens. Mais si c'est cela, le résultat…

— Ce n'est pas moi qui ai provoqué sa crise, protesta Ulysse. Elle est survenue lorsque le médecin l'a examiné de cette façon…

— De quelle façon ? s'exclama le docteur. Attention à ce que vous dites !

— Je crois qu'Achille n'aime pas qu'on le traite comme un débris, et en outre…

— Vous êtes médecin ?" l'interrompit Dardani, en hurlant presque.

Ulysse se dit qu'il devait changer de stratégie. Il avait vu, dans un documentaire, qu'il ne faut pas affronter les serpents de face. On tourne autour d'eux, et on les saisit par la tête.

"Le Dr Dardani vous a posé une question, monsieur Ulysse, enchaîna Phébus. Vous êtes médecin ?

— Non, je suis journaliste", dit Ulysse le polythrope. Il y eut un bref silence.

"Pour quel journal ?

— Pour plusieurs journaux."

Phébus et le docteur se regardèrent.

“Je ne crois pas que ce soit le moment de se quereller, dit Phébus en soupirant. Vous avez de la compassion pour mon frère, évidemment.

— Aucune compassion. Votre frère est une personne intelligente, sa compagnie est très agréable.

— Vous aimez la compagnie d’Achille, et c’est tout à votre honneur. Mais nous aussi nous vivons en compagnie d’Achille, depuis trente ans ; mon père en est mort et ma mère n’en peut plus. Je ne parlerai pas de moi. Et donc, nous vous demanderons de respecter ce que nous avons fait. Nous l’avons soigné. Mais son état empire, et comme vous l’aurez compris, il n’en a plus pour longtemps…

— Il décline de manière irréversible, dit le médecin. Et il ne s’agit pas d’une rage de dents.”

Une grande douleur de rien du tout, pensa Ulysse. Il vit la mère, sur le seuil, avec le flacon d’alcool et le coton hydrophile.

“Alors, qu’est-ce que je devrais faire ? demanda Ulysse, d’une voix humble.

— Vous ne devez plus venir, dit sèchement Phébus.

— Ce monsieur viendra chaque fois qu’Achille le voudra et sera en mesure de le voir”, dit la mère. Ulysse eut l’impression qu’elle était devenue aussi droite qu’une épée.

“Mais, maman…

— Vous le connaissez bien, mais pas autant que moi. Ce n’est pas Ulysse qui a provoqué sa crise.

— D’accord, maman, dit Phébus, vexé comme un enfant. Mais tu ne peux pas faire l’autruche. Achille va de plus en plus mal, il a besoin d’être hospitalisé.

— Ton frère sait de quoi il a besoin. Excusez-moi, je retourne auprès de lui.”

Les anacondas se regardèrent pour élaborer télépathiquement une stratégie commune. Mais Ophiocide Odysseus élaborait lui aussi.

“Par amour pour ma mère, j'arrêterai de polémiquer, soupira Phébus. Mais je le répète, mon frère serait mieux dans une clinique.

— Je ne dis pas le contraire, fit Ulysse d'une voix mielleuse. Je pense seulement qu'il faudrait le convaincre petit à petit.”

Les anacondas s'entortillèrent pour se regarder, puis le fixèrent.

“Je vois que vous êtes raisonnable, dit le Dr Dardani, retrouvant de l'assurance, et même du bronzage.

— Vous connaissez la situation mieux que moi, ajouta Ulysse.

— C'est exact, dit Phébus. Même si ma mère est la meilleure femme du monde, c'est un obstacle. Paradoxalement, elle serait capable de le tuer pour le garder ici. Il est sa raison de vivre.

— Dans ma clinique, dit le médecin, il serait sédaté *ad hoc*.

— Je vous en prie, vous parlez à un profane.

— Calmé avec des doses adaptées, suivi au jour le jour. Il ne pourrait pas écrire sur son ordinateur, mais il pourrait regarder la télévision. Il pourrait avoir quelques livres, et naturellement une chambre individuelle et un infirmier à sa disposition, par exemple Ajax, qui le connaît bien.

— Et quelle est cette clinique ? demanda Ulysse.

— Villa de la Padanie.

— On m'en a dit beaucoup de bien.

— Eh bien, puisque nous avons clarifié cette situation fâcheuse, dit Dardani en fronçant sa parésie en un sourire, et puisque notre affection pour Achille nous rapproche, je demande votre collaboration. Aidez-nous à le convaincre que la clinique sera plus indiquée pour lui.

— Vous pourrez aller le voir aussi souvent que vous le voudrez", ajouta Phébus.

Ulysse resta un moment, le regard dans le vide.

"A quoi pensez-vous ? Vous n'êtes pas convaincu ?"

Ulysse pensait à ces huit phrases possibles :

PHÉBUS – Si vous nous aidez, je serai heureux de vous présenter à mes frères de la Loge et de demander votre inscription en tant qu'apprenti maçon.

LE DOCTEUR – Si vous venez dans ma clinique, nous transplantons de véritables cheveux, je pourrais vous redonner votre chevelure d'origine.

PHÉBUS – Et si nous vendons la maison à la banque, je pourrais vous donner deux mille euros en dessous-de-table.

LE DOCTEUR – Nous refaisons les nez, les culs, les scrotums.

PHÉBUS – Trois mille euros et un emploi à la banque pour une beauté typiquement latino.

LE DOCTEUR – IRM dans la journée, implants dentaires en marbre de Paros, lifting, peeling.

PHÉBUS – Puis, si vous voulez passer du statut de maçon à celui de grand maître, puis de vénérable quatrième catégorie…

LE DOCTEUR – Et si le professeur Colantuono avait besoin de Viagra…

Les huit phrases virtuelles furent remplacées par celles-ci :

ULYSSE *(avec un soupir)* – Je pensais que le destin donne peu de choses à beaucoup de gens et beaucoup de choses à peu de gens.

PHÉBUS – Vous parlez d'or. Pour quel journal écrivez-vous ?

ULYSSE – Pour beaucoup de journaux, je vous l'ai dit.

LE DOCTEUR *(soupirant à son tour)* – Récemment, je suis allé à Bangkok pour un congrès de neurologie infantile, et vous ne pouvez pas savoir quelle misère j'ai vue. Des petites filles prêtes à tout pour des sommes dérisoires. C'est affreux ! Je ne veux pas dire par là qu'Achille a de la chance, mais au moins il est bien soigné.

ULYSSE – Il faut toujours regarder autour de soi.

PHÉBUS – Très juste. Ça permet aussi de protéger ses arrières *(rire gras)*.

LE DOCTEUR – A propos d'arrières, si vous venez dans ma clinique, j'ai une nouvelle infirmière vénitienne, au cul éloquent.

ULYSSE – Il parle en vénitien ?

PHÉBUS ET LE DOCTEUR *(riant en canon)* – Ahaaha aha, elle est bien bonne !

De la tragédie à la farce, comme le théâtre du monde change de registre en peu de temps ! La mère entra.

“Je vois que tout est réglé, dit-elle, d'une voix où ne perçait aucun étonnement.

— Oui, maman, dit Phébus, en soulevant ses spires du canapé. Ne m'attends pas, je rentrerai tard ce soir. Et n'oublie pas le dîner de jeudi.

— Ce sera une grande occasion, un grand début pour Phébus, dit le Dr Dardani. Il le mérite. J'y serai aussi.

— Monsieur Ulysse, dit Phébus en tendant la main, geste atypique pour un serpent, vous pourriez peut-être rester un de ces soirs et dîner avec nous. Je veux dire avec le docteur et moi.

— Et nous parlerons en vénitien", dit le docteur avec un clin d'œil.

Et, enlacés, ils disparurent.

"Comment va Achille ? demanda Ulysse.

— Mieux", dit la mère en regardant Ulysse d'un air inquisiteur. Puis elle éclata de rire et lui donna une tape sur l'épaule. "J'ai écouté la conversation en cachette. Vous êtes un serpent, dit-elle, un vrai serpent rusé.

— Mais que dites-vous, madame ?

— Ne vous faites pas d'illusions, malgré tout. Ils découvriront très vite que vous êtes un obstacle. Phébus n'est pas un mauvais garçon, mais il est trop ambitieux, et il pense qu'Achille constitue un frein à sa carrière. Il ira jusqu'au bout. Je ne sais pas ce que nous pourrons faire.

— Nous ferons quelque chose. Dites à Achille que je reviens quand il veut.

— Il m'a dit qu'il vous attend demain à une heure, pour le déjeuner. Soyez ponctuel. Car, a-t-il dit, la vie d'un ponctuel est... un tourment de solitudes injustes. Ce sont ses propres mots.

— Dites-lui que je viendrai."

Ulysse descendit l'escalier quatre à quatre, fier d'avoir momentanément remporté la bataille contre les anacondas. D'autres épreuves l'attendaient, mais il se sentait étrangement fort. Oui, c'était cela, Achille lui donnait de la force. La force de s'opposer à quelque chose de sombre et de mortifère, qu'il voyait enfin clairement. Il avait moins de certitudes, moins de réponses, mais Achille... eh bien, Achille lui avait offert de nouvelles questions, voilà. Des questions importantes.

"C'est quoi, le Viagra ?" demanda le professeur Colantuono.

XIII

De : musomania@liber.it
A : forgedit.lello@liber.it

Cette nuit-là, Lello fit un rêve. Il se trouvait en Grèce, ses premières vacances avec Pilar. Une petite île, peut-être celle où, dans une autre vie, il avait vu Calypso aux belles tresses chanter devant son métier à tisser. Dans cette vie, il était immobile sur son lit : à cause des coups de soleil, il ne pouvait bouger que les mains et la tête. Tout le reste lui faisait mal. Près de lui, assise sur le lit, se tenait Pilar. Pilar aux épaules dorées, couverte d'un péplum orange. Fleur sauvage, Vénus ombrageuse qui lui avait tourné le dos, mais dont le visage assoupi était encore plus beau, parce qu'il était imaginé. Le vent faisait claquer les persiennes, laissant entrer le fracas d'une mer en furie. Après une journée de mistral, un sirocco brûlant s'était levé, et son souffle chaud ôtait les forces et le sommeil. Lello gardait les yeux fermés et sentait la sueur lui couler sur le front, le cou, l'aine. Il ne fit rien pour s'essuyer. Mais il sentit les draps le frôler, et la bouche de Pilar, tout à coup, s'aventura sur son corps, curieuse, et se mit à lécher les gouttelettes de sueur, une à une. Les lèvres suivirent la trace humide d'une goutte, parcoururent son cou et son torse, puis descendirent et s'enfoncèrent dans la forêt du pubis, se posèrent sur son gland et se mirent à l'envelopper, avec une avidité lente, torturante.

"Tu es salé, dit Pilar.

— Tu es douce", dit Lello, d'une voix enrouée par le vent de l'après-midi.

Elle monta sur lui avec un mouvement de danseuse, et se refléta en lui. Puis elle s'allongea contre lui, joue à joue, comme dans le tango, lorsque les danseurs s'alignent et joignent leurs mains, non pas deux profils qui s'affrontent, mais l'union des regards vers le même point, qui les attire et les effraie, le point le plus haut de tous les amours, l'union parfaite qui contient déjà le combat et la reddition, et d'où repart la danse l'un contre l'autre, le défi du labyrinthe et de la géométrie du tango.

Pilar s'arrêta sur ce point magique et provisoire, puis elle se tourna lentement et arqua le dos contre la poitrine de Lello, éparpilla ses cheveux sur son visage, colla ses fesses contre son aine, ses cuisses tièdes contre ses jambes immobiles. Et elle guida son sexe pour qu'il la pénètre, sans que Lello fasse un seul mouvement, sans le regarder, sans lui parler. Et pendant qu'elle commençait à bouger, Lello imaginait la bouche de Pilar qui s'entrouvrait, respirant l'odeur de la mer et de leur sueur, ou qui rêvait, dans la pénombre, du visage de son amant invisible, peut-être un dieu secret, un monstre marin qui la possédait par-derrière, avec des mouvements d'abord lents puis rapides, telle une algue marine prise dans un courant imprévu, une algue dorée qu'ébouriffe le sursaut des vagues, ralentissant et jaillissant, comme la fièvre mystérieuse qui unit et sépare à l'improviste un banc de poissons, entrant en lui, l'abandonnant et le reprenant tout au fond, très loin, jusqu'à ce qu'ils se mettent à gémir, elle et lui, avec ces sons tellement ridicules, bestiaux et toujours identiques s'ils sont vécus dans la solitude ou dans l'obscurité d'une salle de cinéma ou dans une étreinte hâtive. Mais là, dans le sifflement du sirocco, ils devinrent une chanson inoubliable, elle cria et se cambra de nouveau, comme blessée à mort, et il bougea les mains, pour serrer et griffer ses hanches. Et ils restèrent ainsi, en sueur, brûlés par le soleil, épuisés. Elle se leva dans la pénombre, but à longs traits un verre d'eau et dit :

"Je t'ai surpris ?

— Oui, dit-il, mais je suis incapable de te dire quoi que ce soit."

Je suis incapable de te dire quoi que ce soit. Ou d'écrire quoi que ce soit. Et je n'arrive même pas à dormir, avait pensé Ulysse, en sortant dans l'obscurité. Ce matin-là, il s'était levé à cinq heures et avait traversé une ville grise et silencieuse comme un cimetière. Il s'était assis sur un banc, avait fermé les yeux et s'était laissé envelopper par les bruits, les pas et le vrombissement des voitures, le fracas des rideaux de fer et des voix, une sirène plaintive, les injures d'un ivrogne, les sanglots d'un pigeon déprimé. Lorsqu'il avait rouvert les yeux, l'horloge digitale de la banque, en face de lui, indiquait huit heures trois. Il était monté à pied dans la salle de rédaction, avait regardé son courrier électronique et trouvé deux messages. Le premier était le texte d'Achille, la scène d'amour avec Pilar qu'il venait de lire, en retenant son souffle. Le second message était de Vulcain :

De : gastroclub@titan.it
A : forgedit.lello@liber.it

Cher Lello, je t'écris du congrès des éditeurs gastronomes, et j'ai de bonnes nouvelles pour le pays et pour toi. Un journaliste bien informé m'a dit que le Duce a un avion prêt à décoller, au cas où la situation deviendrait catastrophique. Par ailleurs, j'ai rencontré, lors d'une dégustation de vins, le patron d'une grosse maison d'édition qui me plaît et qui te plaît aussi. Entre deux dégustations, il m'a dit qu'il avait lu ton premier livre et qu'il l'avait trouvé ironique et charmant (je sais que cet adjectif te fout en rogne mais je ne fais que rapporter ses mots). Il aimerait, éventuellement, lire ta deuxième œuvre. Comme ça toi aussi tu me lâcheras, comme Arturo... Mais j'ai aussi une autre offre. Celle d'un grand éditeur qui publie des livres d'étrennes pour les banques ; il tire à trente mille exemplaires, ne fais pas la grimace au nom de je ne sais quelle idéologie ! Ce soir, nous en discuterons pendant un dîner de travail. Ici, on ne fait que parler et bouffer, ou les deux en même temps. Hier, nous sommes allés au dîner de Sagittarius, la maison qui édite des textes new age*. Il y avait des raviolis au parmesan bio, une timbale de boulgour, du carré de porc gourou et des fruits du jardin des Hespérides. Je plaisante. Des pousses de soja, si bien qu'avec le staff des éditions de la Langouste, nous sommes allés nous taper une soupe aux haricots dans une taverne locale. Je rentre demain. As-tu téléphoné à Bellâtre ? Tu peux aussi essayer avec Mauvézogur. Ton petit Valerio qui te salue bien.*

Gros éditeurs, grandes bouffes et beuveries, commerces et merceriages de livres. Mais tout cela laissait Ulysse totalement indifférent. Il ne pensait plus à son prochain livre, il négligeait ses scriptodactyles. Ce qui l'intéressait, c'était de comprendre le secret d'Achille, le temps dans lequel naissait son écriture, le lieu obscur et caché qu'il cherchait. Le pain chaud de ses idées, de ses récits et de ses rêves. Le lieu originel de la scène d'amour entre Lello et Pilar. Une île à découvrir et vers laquelle revenir, à laquelle être fidèle.

"Déjà ici, aux aurores ?" demanda Circé en apparaissant sur le seuil de la porte. Elle arborait sa minijupe moulante et zébrée, ses belles boucles et un rouge à lèvres rose bonbon. Pilar, c'était autre chose. Mais Ulysse, enfer et damnation, banda

"J'ai du mal à m'endormir, ces derniers temps.

— C'est ma faute ?

— Un peu.

— Je vais écrire une lettre. Après, tu m'aideras à trouver quelque chose dans le débarras, Lello ?"

Non, non et non, pensa Ulysse. Je te résisterai, perfide magicienne. Ce soir, je tiendrai dans mes bras Pilar aux épaules dorées. Je le jure, je résisterai à tes artifices et à tes cosmétiques. Il faut que je téléphone tout de suite à Pénélope.

"C'est moi, mon amour, roucoula-t-il.

— Excuse-moi, Ulysse, je ne t'ai pas appelé, mais on attend le résultat de la rencontre entre les délégués syndicaux et le *Shop*. De toute façon, c'est décidé : ce soir je vais danser au *Dédalus*. Hélène a apporté ma photo au directeur de la boîte et ils m'ont engagée tout de suite. On me donne trois cents euros, c'est ce que je gagne en quinze jours, je ne peux pas y renoncer. Si tu viens toi aussi, ça me fera plaisir. Je sais que ça te contrarie, mais après je danserai pour toi.

— C'est quel genre de boîte, le *Dédalus* ?

— Viens, et tu verras.

— Je ne sais pas, dit Ulysse. Je suis… furieux, voilà. Tu peux facilement le comprendre, non ?

— Je ne peux pas rester au téléphone, c'est mon tour d'être à la caisse. Je te prie de ne pas jouer les jaloux, *cabrón*. Viens."

Déçu par ce coup de fil, qu'il avait imaginé bien différent, Ulysse, pris de colère, balança un coup de pied dans la chaise qui non seulement résista, mais lui rendit un coup de bâton à la malléole. Enième petite grande douleur. Pilar, mon petit canard, grande pute, comment peux-tu penser que je suis content de voir un millier de Prétendants surexcités autour de ton cul typiquement latino ? Tu ne comprendras jamais quel privilège tu as de vivre dans la misère auprès d'un homme comme moi. Mais moi, Pénélope, je serai au-dessus de tout cela et je ne me conduirai pas de manière mesquine. Tu verras, je souffrirai et je serai à tes côtés, devant ton podium. Mais pour l'instant je suis très excité. Le message d'Achille, ta voix, la minijupe zébrée de Circé… Tu as confiance en moi, j'espère ? Tu sais que je ne me vengerais jamais si tu affichais trop ton indépendance, mais la patience a des limites, Pénélope, et puis ne dis pas que c'est ma faute, c'est la tienne, Pénélope, si Circé aux belles boucles vient d'entrer, si elle me regarde et dit qu'elle doit aller chercher la vieille imprimante dans le débarras parce que la nouvelle est en panne, parfois les objets tombent en panne et on les remplace, peut-être que plus tard on regrette la vieille imprimante ou la vieille maîtresse, mais lorsqu'un homme est un polygame polythrope et qu'il se sent encerclé par les Prétendants, que fait-il ? Tu sais ce qu'il fait, cet homme, lorsqu'il craint que sa femme ne lui soit infidèle ? Eh bien, il devient infidèle. C'est un mystère auquel réfléchissent, depuis des siècles et sans en venir à bout, les philosophes, les avocats, les sexologues, les criminologues.

"Alors, tu me donnes un coup de main, oui ou non ? demanda Circé.

— Même deux", dit Ulysse.

Ils entrèrent dans le débarras. Une lumière faible éclairait des piles de paperasses, de retours, d'invendus, de paroles vaines. Une vieille revue que l'on n'imprimait plus. Une vieille photocopieuse qui ne copiait plus. Et des scriptodactyles, des piles de feuillets oubliés, d'où s'éleva un bruit strident de voix désespérées, un chœur de prières. Dites-nous que vous ne nous avez pas condamnés, que vous nous relirez, mais par pitié arrachez-nous à cette obscurité et à cette poussière !

"Silence, dit le professeur Colantuono, M. Ulysse a mieux à faire.

— C'est toi qui dis ça ? murmura une petite voix, d'une étagère.

— Qui êtes-vous ?

— Je suis Colantuono Un, ta première version. *Journal d'un enseignant honnête*, que tu as fait passer pour la dernière. Ce serait bien, si je disais à Ulysse que quelqu'un t'a déjà lu et refusé, il y a dix ans.

— Non, dit Colantuono Deux, ne me trahis pas. Et puis, j'ai tout récrit."

“L’imprimante est là-haut, dit Circé. Je monte sur l’escabeau. Tu le tiens ?

— Je le tiens, je le tiens”, dit Ulysse.

Circé monta la première marche. Des mollets un peu forts, mais bien tournés. Deuxième marche : bas résille autofixants. Troisième marche : string minimal, noir, assassin. Ulysse glissa une main et se mit à caresser.

“Mais qu’est-ce que tu fais ? Tu es fou ? dit Circé, très originale.

— *Séduction dangereuse*, première partie.

— Dans le film, c’était l’homme qui montait sur un escabeau et la femme qui le caressait.

— La vie, ce n’est pas du cinéma”, dit Ulysse.

Il la fit descendre de force et l’embrassa sur la bouche avec violence, tout en la poussant vers la photocopieuse. Elle ne résistait pas. Il était tout barbouillé de rouge à lèvres et excité comme un orang-outang ; il saisit le string et essaya de le lui enlever, mais s’emmêla dedans.

“Je vais l’enlever moi-même, dit Circé. Comme tu es pressé !

— Tu me fais perdre la tête”, lança Ulysse. Puis il prit celle de Circé et la dirigea vers sa braguette, mais elle se dégagea et s’allongea sur la photocopieuse, jambes ouvertes. Elle ne dit pas : prends-moi, photocopie-moi, baise-moi, mais Ulysse, qui était malin, comprit. Il sortit de la poche de sa veste une aspirine et un préservatif. En l’occurrence, le second objet était le plus utile ; il l’enfila avec dextérité.

“Mais si vous aviez l’intention de résister, pourquoi avez-vous emporté un préservatif ? demanda Colantuono.

— C’était pour ce soir”, dit Ulysse. Puis il prit Circé, lui souleva les jambes et l’enfila.

"Oui", dit Circé, avec une passion concise.

Ulysse entreprit de la tringler avec sollicitude, regardant ses lèvres rose bonbon entrouvertes, mais un peu de l'aveuglement érotique initial était en train de disparaître, cédant la place aux détails environnants. Une toile d'araignée dans un fichier, une photo de Conrad, une revue contenant un de ses vieux articles qui dénonçait les prix littéraires.

"Encore", dit Circé.

Elle ne voulait pas dire qu'Ulysse aurait dû écrire "encore" des articles contre les prix littéraires, mais qu'il devait "encore" se donner de la peine.

Une idée lui vint à l'esprit : à chaque coup de quéquette, comme s'il appuyait sur une touche, Circé était photocopiée : une nouvelle Circé, toujours insatiable, naissait, et le débarras se transformait en une assemblée de Circés, un bus plein de Circés qui le chatouillaient, se frottaient à lui, exigeant ses prestations. Ulysse accéléra les tirages.

"Non, dit Circé. Attends."

Autre fantaisie : elle se lève, retourne au bureau, répond au téléphone sans culotte, expédie le courrier, discute avec la propriétaire et pendant ce temps, enfermé dans le débarras, debout, la queue raide, il *attend*. Mais Circé se mit à bouger comme une possédée, et Ulysse éjacula sur-le-champ. Il simula une érection persistante, mais son pénis s'affaissa.

"Oh", dit-elle. Cela pouvait signifier beaucoup de choses.

Mais le rusé Ulysse connaissait bien des ruses transmises au fil des siècles. Il se pencha donc, dans une position fort incommode et briseuse de cervicales, mais nécessaire à son projet, et se mit à lécher vigoureusement la chatte de la magicienne.

“Tu es un cochon”, dit-elle, appréciant.

Autre fantaisie : Vulcain revient, trouve trois Circés photocopiées, écarlates et sans string. L’une – l’original – lui montre un cochon vautré sur le sol, râlant. Je ne sais pas ce qui lui est arrivé, dit Circé, on était en train de baiser et il s’est bloqué en criant. Peut-être un lumbago. Il ne se relève pas. Autant l’abattre, dit Vulcain. Appelons la police vétérinaire, et on entend la sirène de la police.

Ce n’était pas la sirène de la police. C’était Circé qui, enfin, arrivait en hululant là où Ulysse était arrivé, ou venu et revenu.

“Maintenant, pensa Ulysse, qu’est-ce que je vais bien pouvoir lui dire ? Je devrais peut-être l’embrasser…”

“Pas trop mal”, dit Circé. Elle remit son string, lui posa une bise fraternelle sur la joue et retourna à ses tâches quotidiennes.

“C’est tout ?” pensa Ulysse. Oui, il avait l’impression que c’était tout. Une cassette de film porno éjectée d’un magnétoscope. Le roi du porno hard, Ulysse, enleva son préservatif, remonta son pantalon, déprima comme d’habitude et pensa : que veux-tu y faire ? Il jeta le préservatif dans la cuvette des waters, mais le caoutchouc abject résista trois fois à la chasse d’eau ; chaque fois, il remontait en disant :

“Rien à faire. Je suis ton remords.”

Ulysse le bourra de papier et l’élimina enfin. Puis il rentra dans son bureau. Circé lui adressa un sourire de circonstance. Elle lui semblait moins belle, mais il n’imaginait pas à quel point elle aussi le trouvait moins beau. “Jamais plus, se dit-il, jamais plus, elle m’a utilisé, nous

nous sommes utilisés. Ce sont des choses qui arrivent."

Il s'effondra dans le fauteuil de Vulcain, épuisé, et le syndrome du boulanger le mordit à l'hypothalamus. Il s'endormit. Il rêva que Foxfirst Fantômas tronchait un tapir femelle, dans un nuage de farine.

Lorsqu'il se réveilla, le bureau était désert. Circé avait disparu sans même lui dire au revoir. Il avait la bouche pâteuse et une vague douleur à la prostate. Il regarda sa montre : une heure trois quarts.

"La garce, dit-il en enfilant sa veste (il fallait bien qu'il s'en prenne à quelqu'un). Elle m'a fait rater mon rendez-vous, cette garce, et Pénélope aussi, avec son coup de fil ; c'était une pornoconjuration contre moi. Le responsable de tout cela, c'est... moi, moi, moi", répétait-il en faisant zigzaguer et rugir son petit dragon Tanaka, au milieu du trafic urbain.

XIV

Il arriva hors d'haleine, après avoir monté l'escalier quatre à quatre. La mère l'accueillit avec un regard inquiet.

“Il a été un peu anxieux, dit-elle, mais maintenant que vous êtes là il va se calmer.”

Ils frappèrent à la porte. Aucune réponse. Ils recommencèrent, et cette fois on entendit deux coups de clochette.

Lorsque Ulysse entra, Achille était déjà devant son ordinateur, dans la fumée d'une bougie rouge. Il était décoiffé, un châle couvrait ses jambes ; la robe de chambre laissait apparaître ses clavicules saillantes. Sa poitrine maigre portait des griffures et des taches. Une odeur nauséabonde flottait dans la pièce.

“Excuse-moi, Achille, dit Ulysse d'une voix désolée, en s'asseyant dans le petit fauteuil. Mon scooter est tombé en panne d'essence.

Une grande douleur de rien du tout.

— Et puis ce matin… nous devons tout nous dire, non ? Tu te souviens de cette fille qui travaille au bureau, je t'en ai déjà parlé…

Nous ne devons pas tout nous dire. Tu es arrivé en retard, voilà tout, pas de problème. Juste un peu de solitude imméritée.

— J'ai lu la scène d'amour entre Lello et Pilar.

Je ne veux pas en parler. Nous discuterons de mes chefs-d'œuvre plus tard.

— Achille, je comprends que tu sois en colère. Mais dans ce cas il est inutile que je reste ici.

Tu ne sais rien de moi. Ni comment je me mets en colère, ni comment ma maladie de ponctuel peut empoisonner tous mes rendez-vous. Et tu ne sais même pas que je peux en rire, et oublier. Pour toi, je ne suis que rage, spasmes et épilepsie ? Tu crois que je ne sais pas pardonner les petits et les gros péchés ? Moi qui suis le fruit d'une vengeance des dieux, je devrais être aussi vindicatif qu'eux ? Courage, ô mon ami. Buvons à l'unisson."

Ulysse vit deux grands verres posés sur la table.

"Le mien est celui qui n'a pas de paille", dit-il en souriant.

Achille répondit à son sourire, mais Ulysse était inquiet. Le visage de son ami n'était pas comme d'habitude : c'était comme si, de nouveau, Ulysse ne parvenait pas à en déchiffrer les traits. Les yeux étaient mi-clos et disparaissaient presque, sous l'ombre du front proéminent. La bouche avait un pli insolite et amer, et le cou maigre, dégagé de la robe de chambre, ressemblait à celui d'une tortue ou d'un saurien préhistorique. Achille but lentement le jus de légumes frais ; quelques gouttes coulèrent des commissures de ses lèvres, et de là le long de sa manche. Ulysse but son jus de fruits, qui était très sucré. Achille eut une quinte de toux, vomit une gorgée, et Ulysse détourna les yeux.

"*Tu me trouves moins beau que d'habitude ?*

— Depuis la première fois que je t'ai vu, c'est toi, voilà tout.

Par contre, ton visage ne s'est pas arrangé. Un peu de mon temps y était entré et l'avait anobli, genre chevalier antique. Maintenant la frénésie de ton temps, de tes mensonges, le parcourt, le piétine, y laisse des traces, des rides, des infections. Tu es malade, Ulysse, tu vieillis à vue d'œil. Combien de respirations te reste-t-il ?"

Ulysse le regarda. Achille éteignit la lampe au-dessus du bureau : seule la bougie rouge l'éclairait. A présent, son visage avait vraiment quelque chose de diabolique. Ulysse fut effrayé. Il eut une crampe à l'estomac, des sueurs froides. C'était donc de cela que la mère d'Achille voulait le protéger. Il chercha des yeux la clochette, mais ne la trouva pas.

"*Tu m'as déçu, mon ami. Bien sûr, c'est une phrase que des millions de personnes disent tous les jours, et on sait qu'elle sera sans conséquences. Dans ton monde à toi, tout le monde a l'habitude d'être déçu et d'oublier très vite les déceptions. Dans mon temps impitoyable, c'est différent. Tu te souviens de ce que je t'ai dit sur le* pharmakon *?*

— *Occidit qui non servet**.

Qui non servat, *ignorant. Eh bien, dans le jus de fruits que tu viens de boire avec avidité, j'ai mis six ampoules de Medèn. C'est un remède très puissant, une seule ampoule suffit à calmer ma fureur, la tempête de mon corps, la rébellion de mes nerfs. Je déteste ce médicament, je déteste toutes les fois où j'en ai pris et où il m'a anéanti. Mais aujourd'hui, c'est un médicament ami et complice. Une seule dose assommerait un homme normal. Il aura sur toi un effet que tu n'imagines même pas. Il paralysera d'abord ta respiration, peu à peu. Ton souffle mélodieux changera de musique, deviendra un râle. Tu comprendras à quel point il t'était précieux.*

* Celui qui ne guérit pas tue.

— Pourquoi veux-tu me terroriser ? dit Ulysse, s'apercevant qu'il avait du mal à parler. Ce n'est pas drôle du tout."

Achille actionna Xanthe et se plaça tout près d'Ulysse. D'une main, il lui griffa la cuisse. Son visage s'inclina jusqu'à toucher celui de l'autre, et il lui parla à l'oreille. Une voix basse et effrayante qu'Ulysse ne lui connaissait pas, la voix d'une poupée mécanique.

"Je ne veux ni te terroriser ni plaisanter. Je veux te tuer, comme je te l'ai promis la première fois. Bientôt, tu ne pourras plus bouger. Tu seras comme moi. Tu sentiras ce que signifie ne plus pouvoir lever les mains devant ton visage pour te protéger d'une gifle, ne plus pouvoir t'enfuir, ne plus pouvoir réagir. Et lorsque tu seras sans défense, je te tuerai avec ça."

Dans l'autre main d'Achille, de sous le châle, un long coupe-papier en ivoire apparut.

"Tu ne le feras pas, Achille, balbutia Ulysse, d'une voix lente et pâteuse. Tu ne te rends peut-être pas compte de ce que tu es en train de dire. Nous sommes devenus... presque amis... on ne tue pas un ami pour si peu de chose."

Achille s'écarta de lui ; avec son fauteuil, il renversa une chaise, heurta le mur en se tournant et fonça sur lui, le visage déformé par la colère.

"Nous *étions* amis, oui. Nous étions unis. Pilar, toi et moi sur ce lit. Moi je l'aimais et elle t'aimait et tu m'aimais et nous étions ensemble ; toi tu racontais et moi j'écrivais, il y avait un pacte entre nous, et elle voulait vivre avec nous chaque heure du jour. Et toi, tu as tout gâché. Pour un instant d'érotisme minable, tu as perdu l'érotisme qui brûle, qui détruit les empires et fait dégainer les épées. Pour ta misérable vengeance de mâle adulte tout-puissant, contre la seule chose qui peut nous changer, nous transformer et nous faire naître. Odysseus, ton nom signifie «haï». Maintenant que tu as montré ton vrai visage de monstre, tu vas connaître le mien."

Ulysse sentit qu'il allait s'évanouir ; il essaya de se lever, mais il n'avait plus de forces.

"C'est ainsi que j'ai coupé la tête de Troïlos, cria Achille, délirant de plus en plus. C'est ainsi que j'ai tenté d'apaiser la colère d'Apollon. C'est ainsi que je trancherai ta gorge, et de ton sang rien ne naîtra, ni serpents ni livres. Ce sera un tout petit délit, comparé à celui que tu as commis en nous trahissant, moi, Pénélope, et toi-même.

— Tu ne peux pas faire ça", dit Ulysse, pendant que le visage d'Achille s'approchait de nouveau, dilaté sous l'effet du médicament, et semblait occuper toute la pièce, telle une idole effrayante.

Achille fit un effort pour continuer à parler, mais ses cris avaient épuisé sa gorge, et, de nouveau, il utilisa l'écran de l'ordinateur.

"*Je t'avais dit de ne parler à personne de tes visites dans cette maison. Tu l'as fait ?*

— Non, je te le jure.

Bien. Tu subiras le même sort que les autres. Personne ne sait que tu es ici. Je vais te tuer, ma mère entrera et lavera le sang. Phébus et Ajax emporteront ton corps. Comme d'autres fois, déjà. Quatre personnes qui se disaient des amis et qui m'ont trahi. Et mon père, qui avait tout découvert. Pélée, pauvre Pélée, jeté par mon frère du haut de la terrasse comme un sac d'ossements.

— Ce n'est pas vrai.

La douleur unit les familles. Tu te souviens de la disparition de ce vieux philosophe, Graziani, il y a plusieurs années ? On a raconté qu'il avait disparu, qu'il était devenu clochard. Ce n'était pas vrai. Il avait reçu une lettre gothique semblable à la tienne. Il est venu ici plusieurs fois, puis il a dit qu'il voulait changer de ville et se retirer pour vivre à la montagne, et étudier. On n'abandonne pas un ami. Il ne m'a pas abandonné. Il est enterré dans le jardin, avec les autres.

— C'est un cauchemar", dit Ulysse. Une crampe lui tordait l'estomac, son cœur battait à tout rompre. Dans l'obscurité de la pièce, il voyait danser des points lumineux.

"*Tu ne te réveilleras pas de ce cauchemar, rien ne peut te sauver. Tu ne peux ni demander pardon, ni essayer de te lever, la porte est fermée à double tour. Tu ne peux faire qu'une seule chose.*

— Quoi... ?" demanda Ulysse, au bord des larmes. Et il ferma les yeux.

"Aller chier", dit Achille d'une voix forte.

Ulysse rouvrit les yeux. Achille faisait virevolter Xanthe en une étrange sarabande, entre les chaises et les étagères. Il revint près d'Ulysse et se remit à l'ordinateur.

"Achille, que veux-tu dire ? balbutia Ulysse, trempé de sueur.

Je veux dire que je t'ai administré six doses de purgatif et vingt gouttes de Valium. Comme tu le vois, l'effet est dévastateur. Ou tu trouves tout de suite les toilettes, ou tu es perdu.

— Et l'ampoule de Medèn ? Le coupe-papier ? Les autres meurtres ?

Mensonges dans ton style. J'ai commis un gros petit délit : je t'ai purgé à mort. Je suis un bon comédien, hein ? J'aurais pu être un grand Caliban, un Quasimodo sans maquillage. Au lieu de quoi, je dois me contenter de ces petites comédies en famille.

— Tu t'es moqué de moi, dit Ulysse, qui n'était pas encore totalement rassuré. Mais tout de même, je ne me sens pas bien.

Quelques coliques, un peu de vertige, et l'autosuggestion fait le reste. Petits trucs de spectacles de variété et coupe-papier en plastique, mais lorsqu'on se sent coupable...

— Où sont les toilettes ?"

Achille écrivit, avec une lenteur sadique.

"*Nous voici de nouveau à égalité. Dans moins d'une minute, la nature suivra son cours. Si tu ne trouves pas les toilettes, que feras-tu ? Peut-être souilleras-tu mes livres ? Tu pourrais fuir en dévalant l'escalier et colorer de merde la voiture de Phébus. Ou bien tu chieras dans ton froc, comme je le fais moi-même depuis des années. Tu veux une couche-culotte pour adultes, une couche-culotte porno ? Comment te sens-tu ? N'est-ce pas une petite grande douleur extraordinaire ?*

— Au secours, dit Ulysse en se levant et en se tenant le ventre comme s'il s'était fait hara-kiri.

Les toilettes sont au fond de la pièce ; derrière l'étagère aux dictionnaires, il y a une porte. Que Dieu soit avec toi."

Ulysse retrouva ses forces ; il prit son élan et bondit vers le fond de la pièce. Mais il ne vit aucune porte. Avec un sourire, Achille lui montra l'écran.

"*Maintenant que j'y pense, c'est du côté opposé, là-bas.*"

Ulysse retraversa la pièce en courant, pétant comme un cheval. Il ouvrit la porte : il y avait des vastes W.-C., avec des poignées et des accessoires, et il eut juste le temps de les atteindre. Il déchargea sept fois de suite, sur l'ouverture de *Guillaume Tell*, qu'Achille venait de mettre. Lorsqu'il ressortit, il était cadavérique.

"Diantre, monseigneur. Vous puez comme une fosse à purin, et vous avez une sale trogne. Une bonne diète ne vous ferait pas de mal.

— Ordure, dit Ulysse.

Tu aurais préféré que je te fasse la tête toute la journée ? A présent, je vais mieux, je me sens libéré. Toi aussi, si je ne m'abuse ?"

Ulysse s'approcha de lui et leva un poing menaçant. Puis il étreignit la grosse tête d'Achille, l'écrabouillant un peu.

"Tu es complètement fou, dit-il.

Si tu as cassé quelques pièces de ma carcasse et démoli ma sonde, je te traîne en justice.

— Et maintenant que je suis miraculeusement vivant, que faisons-nous ?

Toi, tu vas retourner aux chiottes. Avec la dose de médicament que je t'ai donnée, tu devrais faire encore une dizaine de solos. En attendant, tu pourrais me dire ce que tu comptes faire ce soir avec Pilar.

— Nous nous voyons, mais malheureusement pas en tête à tête. Elle va danser dans une discothèque, elle a besoin d'argent. Tu sais ce qu'est une go-go danseuse ?

Une fille qui n'a pas grand-chose dans le crâne ?

— Pas du tout. Ce soir, elle sera surtout une danseuse très dévêtue au milieu d'une horde de Prétendants. Tu n'es pas jaloux ?

Non, ça m'excite, parce que je sais qu'elle n'est qu'à toi et à moi. Tue les Prétendants à l'aide d'une flèche trempée dans le poison de ta jalousie. Aime-la encore plus, regarde son reflet dans les yeux des autres.

— Ce n'est pas facile.

Imaginons ce qui se passera ce soir. Je ne fréquente pas les discothèques, je ne sais pas à quoi ressemble ce genre de scène. Décris-la-moi.

— Je peux réfléchir un moment ?" demanda Ulysse en fonçant vers les toilettes. Lorsqu'il revint, Achille avait mis une samba, pour l'inspirer.

"Alors, commença Ulysse. Le *Dédalus* est juste à la sortie de la ville, dans un océan de brouillard, après la petite place des Péchés et le supermarché de la Grande Méchante Ménagère. Il ressemble à une grosse tortue qui aurait caché sa tête dans sa carapace, au milieu d'un désert de béton et de néons. De loin, tu peux entendre le bruit de son aorte. Un battement lourd, incessant, de basse. Nous sommes quatre. Toi, moi, Pilar et Hélène, une grande bringue sans aucun principe éthique, go-go danseuse depuis des années ; à force de danser, elle s'est acheté une maison et une voiture. Un monospace commode, et nous dedans. Hélène conduit, moi j'ai mal au ventre, toi, tu sommeilles, Pilar est nerveuse. Sous sa veste de laine péruvienne, elle porte une robe noire très courte et des bottes de reine des pirates, prêtées par Hélène. Tu ne peux pas être une go-go danseuse habillée en Mme Bovary, même si ce serait une idée. Nous nous garons devant le *Dédalus*. Moi, je vais voir où se trouvent les toilettes, au cas où j'aurais un retour de flamme. Tout autour de nous, il y a plein de minets et de minettes, des jeunes coqs arrogants et des jeunes filles aux cheveux crêpés. Un type est le portrait craché de Phébus, ton frère, en tenue sadomaso. Et voilà qu'Antinoüs, c'est-à-dire Antonio, le propriétaire de la boîte, vient à notre rencontre. En voyant Pilar, il lève les mains et dit : Je me rends devant cette beauté… Puis…

Refais ce geste.

— Lequel ?

Quand tu as levé les mains.

— Comme ça ?

Ça me plaît. J'aimerais pouvoir lever les bras de la même façon. J'aimerais écrire mon nom au stylo et signer des chèques sans provision, pour des milliards. Et surtout, j'aimerais pouvoir sauter. Décoller du sol. Ça doit être fantastique. Petit, je me laissais rouler par terre, c'était très amusant. Mais sauter ! Si j'étais à ta place, j'avancerais par bonds toute la journée. Un kangourou doit être la créature la plus heureuse du monde. Un kangourou philosophe amoureux.

— Bien sûr. Bon. Alors, quelques jeunes voyous philosophes entrent, en sautant comme des kangourous. Antinoüs prend la parole…

C'est moi qui continue."

XV

De : musomania@liber.it
A : lellulysse@liber.it

Ils étaient enfin assis sur les canapés, confortables et crasseux, du *Dédalus*. Mais cela n'avait pas été facile. A l'entrée se déroulait une manifestation du Collectif Chauves-Souris, c'est-à-dire du personnel des discothèques qui protestaient contre les licenciements survenus dans certaines boîtes de nuit. La manifestation semblait conduite par un malabar en casquette bleu marine, de toute évidence un videur, aux côtés duquel se tenaient un petit moustachu et une grande blonde, qui distribuait des tracts à tour de bras.

Le tract disait :

LES TRAVAILLEURS DE SIPEL,
SOLIDAIRES DES LICENCIÉS DU *DÉDALUS*,
DU *TOUCHE-MOI*, DE L'*ÉVOÉ* ET DU *DISQUE INFERNAL*.

Hulk, un des videurs du *Dédalus*, avait affronté le malabar en lui disant mais toi, qu'est-ce que tu as à voir avec nous ? Le malabar avait rétorqué quelque chose sur le prolétariat international nocturne uni et le videur avait crié je vais te vider et le malabar avait rétorqué si tu fais ça je te revide à l'intérieur ; il y avait eu un court match de *wrestling* et le grand Hulk avait été soulevé en l'air par Olivetti le Vengeur Rouge, et tartiné sur le sol.

Puis, un autre incident avait impliqué Achille dit Icchio, un grand blond beau gosse et naïf, le petit ami d'Hélène. Le jeune homme s'était immédiatement lancé dans la danse, mais en se démenant il avait glissé, s'était cogné le dos et se trouvait à présent à demi allongé sur un canapé. A cause de la douleur, il ne pouvait bouger que la tête et les mains.

Lello avait bravé la cohue devant le bar et était retourné lui prendre un *pharmakon* revigorant, une queue de coq à base de céréales soviétiques ; mais tous deux étaient penauds et silencieux. La jalousie les tenaillait. Leurs petites amies s'étaient éclipsées dans les vestiaires, en attendant leur tour de danse qui commençait à minuit. Sur les podiums se trouvaient six danseurs - trois Tarzans et trois Janes. En réalité, les podiums étaient des parallélépipèdes lumineux : c'est pourquoi Lello et Icchio discutaient, se demandant si les danseuses auraient dû être appelées "parallélépipédistes", ou "pipédistes". Ils essayaient de noyer le drame de leur virilité dans ce dilemme linguistique. Car il y avait des Prétendants partout, qui attendaient les go-go danseuses ou pipédistes de minuit, bien connues pour être les plus belles et les plus provocantes. Cette nuit-là, on procéderait à l'élection de Miss Dédalus. La gagnante aurait droit à un bout d'essai à la télé en vue d'un avenir, qui sait, de *pom-pom girl*, de télé starlette ou de présentatrice météo. Les jeunes filles seraient sélectionnées par un jury présidé par Antinoüs, *alias* Tony Body, animateur et propriétaire du *Dédalus*. La bande des Prétendants était donc très excitée, et un grand nombre de fesses, de ventres et de phéromones se trémoussaient sur la piste. Lorsque la vieille fournée de go-go danseuses descendit du podium et que la nouvelle fut annoncée, tous les Prétendants cessèrent de danser, laissant leurs compagnes à des soliloques et des monodanses. Sur les notes de *Shake my Body*, six nouvelles nymphes firent leur entrée.

Il s'agissait de :

Cristina, également appelée Chris Queue-de-Cheval, une blonde longiligne qui, en faisant tournoyer le long fouet de sa chevelure, était capable de dompter la horde de Prétendants les plus féroces.

Brigitte dite Bri Œil-de-Chat, dont les regards verts étaient si intenses qu'ils obligeaient le plus Prétendant des Prétendants à ne regarder qu'eux.

Odette Omphalotrope, petite Black spécialisée dans la danse du ventre, et dont le nombril tournait à une telle vitesse que certains, en le fixant trop intensément, perdaient à la fois des dioptries, et la tête.

Saturnie Seins-Dressés, dont les énormes nénés, par un tour de magie du dieu Silicone, ondoyaient, hauts et parallèles, sans jamais tomber, tels des nuages en plein vent.

Hélène l'Acrobate électrique, dont la beauté provoquait des bagarres et des disputes, et dont les évolutions défiaient les limites de l'anatomie.

Pilar Pénélope, beauté typiquement latino dont la timidité, alliée à un sens inné de la musique, la rendait plus fascinante et plus dangereuse que toutes les Circés et stars du porno.

Et lorsque, sur les notes de *Move your Body*, elles commencèrent à danser, le hurlement des Prétendants monta jusqu'au ciel ; ils faisaient des commentaires enflammés, pendant qu'une nuée de fiancées furibondes se pressait devant le bar pour se plaindre au barman, un Apollon en salopette sadomaso.

“Bande de crétins, dit Icchio en faisant fondre un cachet d’aspirine dans sa vodka, on dirait qu’ils n’ont jamais vu de femme.

— Maudits Prétendants, dit Lello, ils ne comprennent pas que sous ces belles formes il peut y avoir une âme, et des problèmes économiques, et des permis de séjour ?

— Et surtout des fiancés fidèles qui les aiment, dit Icchio.

— Surtout. Toi, tu choisirais laquelle ?

— En dehors des nôtres ?

— Evidemment.

— Eh bien, celle aux yeux de chat n’est pas mal, dit Icchio.

— Moi, je ne déteste pas celle à la queue de cheval, dit Lello.

— Vous avez du goût, dit Antinoüs Tony Body, qui écoutait derrière eux. Vous, *mister* Lello, vous êtes journaliste, n’est-ce pas ?

— Oui. Comment le savez-vous ?

— C’est Hélène qui me l’a dit.

— Et moi, je suis le fiancé d’Hélène, dit Icchio qui essaya de se lever, mais retomba illico

— Ne vous énervez pas, dit Tony Body. D’accord, votre Hélène est superbe, mais à mon avis la Latino est un cran au-dessus, avec ces cheveux longs et ce cul éloquent. Vous voyez, elle ne bouge pas beaucoup, elle est timide, mais dans pas longtemps elle va mettre le turbo et éclipser toutes les autres. Celle-là, elle ne reste pas chez elle à faire de la tapisserie en attendant son fiancé, c’est moi qui vous le dis, et je m’y connais. Elle enfile des bites comme une brochette.”

Lello regarda autour de lui, cherchant un objet quelconque. Un gant de défi, un sabre, un pistolet.

“Monsieur, dit-il enfin, je connais cette jeune fille et je peux vous jurer qu’elle est sérieuse.

— Bien sûr, bien sûr, dit Tony Body en souriant. Et les autres, elles vous plaisent ?

— Quelles autres ? mentit Ulysse.

— Les deux qui dansent, à droite, ne sont pas mal, avoua Icchio.

— Chryséis et Briséis, dit Antinoüs. Elles viennent de la terre de Borée, c’est-à-dire d’un pays appelé Lituanie. Elles dansent et suivent des cours à l’athénée pour devenir psychologues psychopompes ; pour se payer les cours de didactique, elles trémoussent leur cul dans cette Gomorrhe. Mais vous qui êtes chroniqueur et homme de lettres, faites de la pub pour ma boîte, et je vous les présenterai.

— Vraiment ? dit Lello.

— Il écrit dans plusieurs journaux, dit Icchio.

— Bon, à présent il faut que j’y aille, dit Tony Body. Le jury me réclame.”

Nos deux amis burent force vodkas, qu’Icchio sirotait avec une paille ; ils écoutèrent des morceaux comme *Move the Body, Shake the Party, Everybody Moves the Body, Shake and Move, Come on Move, Come on Shake, Party your Body, Shake my Body* et *Yesterday* des Beatles, dédié à la maman du barman, qui fêtait ses quatre-vingt-seize ans. Là-dessus, le jury prit place et les six nymphes se surpassèrent.

Chryséis faisait tournoyer sa queue de cheval, qui sifflait comme un lasso.

Briséis dardait des regards aussi puissants que des rayons laser.

Odette était arrivée à quatre cents vibrations ombilicales à la minute, et faisait fumer le podium.

Saturnie secouait ses seins, provoquant un mistral de force huit.

Hélène faisait des grands écarts dignes d'une gymnaste russe.

Pilar Pénélope, un peu timide au début, atteignit graduellement les transes propres aux rites des Caraïbes, ses cheveux noyèrent son visage et elle dansa sauvagement, avec une grâce diabolique.

Lello remarqua avec horreur que le public de Prétendants, initialement disposé en éventail face aux nymphes, tendait à se rapprocher du podium de droite, celui où dansait Pilar, et ce fait n'échappait pas aux jurés, comme un signe très clair de succès à l'audimat.

Lello se précipita au pied du podium et, comme prosterné devant un autel, invoqua :

"Pilar, je t'en prie, n'exagère pas."

Mais la belle Latino, prise par les notes de *Move your Body at the Party*, ne l'entendit pas.

"Pilar, je t'en prie, vas-y doucement, tu risques de gagner ! cria Lello.

— Mais qu'est-ce qu'il veut, ce crétin ? s'écria un Prétendant bodybuildé, en gilet de cobra.

— Eh, la belle, dit Aghelaos, un Prétendant tatoué et fardé, vas-y à fond, je vais monter et enfiler un billet de banque dans ton slip.

— Donnez-le-moi, je le lui remettrai", dit Lello.

Heureusement, l'autre ne l'entendit pas

"La belle, je monte et je t'enfile le billet de banque et autre chose avec, dit le Prétendant Aghelaos.

— Va te faire foutre", dit Pilar, sortant de ses transes.

En effet, le Prétendant était entouré de quelques gaillards portant des bermudas en lamé, qui auraient pu rendre immédiatement opérationnel le conseil de la jeune fille ; il resta donc immobile au milieu de la piste, se demandant s'il devait prendre la mouche ou pas, lorsque les lumières se rallumèrent et Tony Body cria :

"Et maintenant, dégagez la piste, nous allons proclamer les résultats de l'élection de Miss Dédalus. Le premier prix, je vous le rappelle, est un billet pour Capradimare Terme, où la gagnante pourra participer aux demi-finales de l'élection de Miss Go-Go Régionale, et de là, à la sélection finale pour Go-Go Angel 2004."

Un frisson parcourut le public. Une place pour Go-Go Angel, le plus grand honneur auquel pouvait aspirer une jeune fille dans ce pays ! Et chacun dans l'assistance, un jour, pourrait dire : je l'ai connue quand elle n'était pas encore célèbre…

"Je vous présente le jury. Le journaliste Jo Gymnique, expert musical de *Groove Your Body*, le magazine que vous connaissez tous. L'écrivain Bellâtre, célèbre pour ses prestations télévisées. Sandra Beauvisage, maquilleuse et esthéticienne hors pair. Je ne vous dirai qu'une chose : elle maquille les présentateurs télé."

(Le public reconnut que ce n'était pas rien.)

Revenu sur son canapé commode et crasseux, Lello regardait Pilar. Elle se tenait sur le podium, les mains croisées sur les épaules. Peut-être avait-elle froid, la pauvrette.

Un videur lui donna une tape sur l'épaule et dit :

"*Mister* Lello ? Tony Body souhaite que vous soyez remplaçant, dans le jury.

— Quoi ?

— Il dit que vous devez le faire. Je vous accompagne.

— Je ne comprends pas.

— Nous attendions Raoul Balzak, la star du soap-opéra *La Comédie humaine*, dit Tony Body, mais malheureusement il a eu un accident, la voiture dans laquelle il voyageait a quitté la route. Il n'est pas blessé mais il arrivera en retard."

(Le public se divisa en deux camps : les inquiets, et ceux qui soupçonnaient un coup fourré.)

"Il sera remplacé par un journaliste connu et polyvalent, qui écrit dans plusieurs journaux, Mr Lello d'Ulysse."

(Tout le public opta pour le coup fourré.)

Lello se retrouva donc sur l'Olympe, c'est-à-dire sur l'estrade avec le jury. Il vit les nymphes lasses sur des piédestaux de marbre, attendant le verdict final. Pilar avait les cheveux humides de sueur et flottant sur les épaules, elle était belle comme la Madone des Rosées. Il y eut un conciliabule entre les jurés, et Lello en fut exclu. Puis Tony Body déclara :

"Situation d'égalité. Les deux finalistes sont les jeunes filles nos 3 et 6."

Tout le public approuva ce choix. Chryséis et Pilar. Doublé gagnant, pensa Lello.

"Et comme elles portent toutes les deux une délicieuse petite tenue, nous les départagerons avec un strip. Celle qui se déshabillera le mieux gagnera."

Le public se divisa et explosa – gifles, coups de griffes des fiancées, coups de pied dans les roustons, rixes, bousculade.

"Pilar ne se déshabillera jamais", dit Lello à la visagiste.

Mais elle était déjà sur le podium, maudite Latino, et regardait Chryséis d'un air de défi.

"C'est un cauchemar", se dit Lello.

"Tu n'as qu'une seule solution, dit Icchio, qui s'était fait porter près de l'estrade par un videur gay enthousiaste.

— Laquelle ?

— L'arc et les flèches."

“C’est vrai”, pensa Lello, et il bondit au milieu de la salle en criant :

“Arrêtez !

— Qu’est-ce qui se passe ? dit Antinoüs. Il ne peut pas contester le verdict, il n’est que remplaçant.”

Lello tendit l’arc énorme des rapides idées meurtrières, que lui seul était capable d’utiliser, plaça une flèche et la décocha.

“On m’a dit qu’à l’extérieur de la discothèque une bande de voyous philosophes est en train de rayer toutes les voitures.”

Ce fut comme si on avait jeté des bombes lacrymogènes. La foule ondula, se divisa, s’amassa, hurlant de haine et de terreur. Tout le monde se précipita vers la sortie, même ceux qui n’avaient pas de voiture, les uns armés de couteaux, les autres de pieds de chaises, d’autres encore traînant par les cheveux leur petite amie récalcitrante. Antinoüs lui-même fut renversé, piétiné et scalpé de sa perruque.

Seuls restèrent sur le canapé Icchio, le videur gay qui partageait un jus de fruits avec lui, Lello et Pilar assis l’un en face de l’autre, comme des enfants.

“Tu te serais déshabillée ? demanda Lello.

— Tu ne le sauras jamais”, dit Pilar. Et elle l’embrassa entre les gouttes de sueur.

Il était presque cinq heures du matin, et le *Dédalus* se vidait peu à peu : tout le monde transhumait vers une autre discothèque. Pilar et Ulysse traversaient le parking ; elle avait noué une serviette sur ses cheveux.

“Ça me fait plaisir que tu sois venu, dit-elle. Tu as souffert ?

— Un peu, au début. Après, j'ai vu que tu étais la plus belle, et je n'ai pensé à rien d'autre.

— Tu exagères…

— C'est vrai. C'est toi qui aurais dû gagner, pas cette grande bringue russe.

— Alors, tu me laisseras encore danser ?

— Autant de fois que tu le voudras.

— Une seule. Ça me suffira pour payer l'inscription à la fac et acheter quelques couleurs.

— Et pour moi, tu danses quand ?

— Si je ne m'écroule pas par terre, cette nuit", dit Pilar.

Ils s'embrassèrent longuement, jusqu'à ce qu'un coup de klaxon les interrompe. C'était Hélène et Giorgio, son petit ami. Ils les raccompagnèrent en voiture, chez Lello. Là, parmi les chuchotements et les commentaires piquants des scriptodactyles, ils firent l'amour toute la nuit, jusqu'à l'aube, c'est-à-dire pendant quarante-cinq minutes.

XVI

Après cette nuit de fortes émotions, Ulysse arriva en retard au bureau. Il y régnait une certaine agitation. Le jeune technicien appelé pour sauver la vieille imprimante était en train de déplacer des fils et des câbles, visiblement troublé par Circé qui le surplombait, avec vue imprenable sous sa minijupe. Du bureau de Vulcain parvenaient les éclats de voix d'une altercation. La propriétaire avide hurlait comme une furie et, en guise de réponse, on entendait le même refrain : *Bon Dieu, madame, parlons calmement*.

Ulysse salua Circé et, par pure inertie phéromonale, lui dit :

"Salut, la belle. A quand le prochain film ?

— Moi, j'aime bien les films qui durent, dit la perfide magicienne.

— Dans quel sens ?

— Ceux qui ne finissent pas tout de suite."

Et elle couronna sa réplique d'un regard assassin, à l'intention du jeune et charmant technicien. Humilié dans sa virilité et dans sa cinéphilie, Ulysse entra dans le bureau de Vulcain et croisa l'Erinye qui en sortait, apaisée par un chèque. Vulcain gisait dans un fauteuil, tenant entre les mains son chéquier mutilé ; il tremblait, encore sous le choc.

“Ce n’est plus possible, Lello, dit-il. De l’argent, de l’argent, tout le monde me demande de l’argent. Il faut que nous devenions plus compétitifs. Il nous faut un nouvel associé. Et surtout de nouvelles énergies, de nouvelles idées pour le futur.

— Par exemple ?

— Hier, j’ai acheté le dernier jeu Playstadion. Extraordinaire. J’y ai joué toute la nuit. Ça s’appelle *Avenues*. Tu ne peux pas savoir comme c’est passionnant. Tu te balades en voiture la nuit et tu dois trouver cinquante prostituées, transsexuels, dominatrices, etc. Tu peux choisir d’incarner le rôle du maquereau ou du client. Client, c’est plus amusant. Tu dois dénicher une à une les créatures nocturnes, dans le brouillard, sous les ponts, dans les parkings. Plus vite tu les trouves, plus tu en trouves, et plus ton bonus financier augmente. Avec cet argent, tu fais une offre à la prostituée, et elle te suit. Chez toi, dans une voiture ou à l’hôtel. Tu peux choisir entre baise classique, sodomie, pipe, fouet, giclée : seize formules différentes. Il y a une courte scène érotique assez censurée, et la chasse recommence aussitôt. Tu dois te faire les cinquante créatures de la nuit. Mais il y a les ennemis : les inspecteurs des impôts, la brigade des mœurs, les maquereaux albanais, la mafia chinoise, la ronde des bonnes sœurs, le *serial killer* de prostituées. Tu peux aussi gagner des bonus genre Viagra ou Préservatif magique, ou Superséduisant : comme ça, tu as droit à une réduction, ou à la gratuité. Si tu arrives à baiser tout le monde avant l’aube, tu affrontes le Boss final, le Pape, et si tu le bats tu gagnes un film porno spécial, et le droit de rejouer avec des costumes différents, dans une ville différente. Je te le jure, c’est totalement excitant ! Ça, c'est quelque chose de nouveau !

— Mais Valerio, dit Ulysse, tout ça, c'est du virtuel dans le virtuel !

— Tu ne comprends rien, Lello, le virtuel dans le virtuel est réel. Téléphone à Mauvézogur.

— Non, je t'en prie. Je n'ai pas besoin d'être encore plus triste.

— Si tu ne l'appelles pas, je ne te parlerai pas de notre nouvel associé.

— Appelle-le toi-même.

— La dernière fois que je l'ai fait, j'ai pleuré."

C'est ainsi qu'Ulysse téléphona à Mauvézogur, écrivain enveloppé dans le spleen comme dans un suaire, torturé par les affres de l'écriture, qu'il avait déjà racontées dans soixante livres.

"Allô ?

— A l'eau, oui. Il faut être toujours prêt à se noyer, pour en finir une fois pour toutes.

— Je suis de votre avis. Vous êtes bien le professeur Mauvézogur ?

— Ne m'appelez pas «professeur». Personne n'enseigne, personne n'apprend. Pourquoi vos ongles grattent-ils la pierre tombale de ma solitude ?"

(Ça commence bien, se dit Ulysse.)

"Je me permets de gratter dans la mesure où je représente les éditions Forge, qui préparent une anthologie de jeunes écrivains.

— Activité funeste. Pourquoi faire croire aux jeunes que l'écriture sert à quelque chose ?

— Cela pourrait être, justement, le sujet de la préface. Qui mieux que vous est capable d'écrire quelque chose sur l'absurdité de l'écriture ? Ce

serait utile à ces jeunes gens, qui s'arrêteraient tout de suite d'écrire.

— Ne me flattez pas. Depuis longtemps, j'ai mis la flatterie dans la liste de mes maladies. Je n'ai pas écrit depuis des jours. Je ne me lève presque plus. La bêtise et la vulgarité du monde me pétrifient. En outre, j'ai une douleur à l'aisselle ; le médecin dit qu'elle est intercostale, mais moi je sais bien qu'il s'agit d'une cardiopathie grave. Et mon oreille gauche…

— Je comprends vos problèmes de santé. Mais je crois qu'une voix douloureuse et prophétique, comme la vôtre, ne peut se taire…

— Ne croyez rien. Depuis longtemps, je pense que le fait de «croire» est une métastase de la pensée. Je me prépare à recevoir le prix Fernet-Branca d'amour. Vous pouvez imaginer dans quelles dispositions je suis.

— Je suis solidaire, même si je sais que toute solidarité est une hostilité déguisée. Mais il suffirait de deux pages sévèrement stimulantes, comme vous seul savez les écrire.

— Payées combien ?

— Pas grand-chose. Mais nous pourrions vous les payer en tisanes, ou en suppositoires.

— Qu'est-ce que vous dites ?

— J'ai dit cinq cents euros. Ce n'est pas assez ?

— Il m'en faut au moins deux mille. Mais à quoi bon vous préciser cela ? Préciser, confondre, prendre, perdre, vivre, mourir…

— Merci quand même. Je ne peux évidemment pas vous dire : portez-vous bien. Je souhaite que vous puissiez au moins souffrir de manière supportable.

— Merci. Mille cinq cents, ça ne marche pas ?

— Non."

Fin de la communication.

Ulysse posa l'écouteur, et vida d'un trait une mignonnette d'eau-de-vie qu'il gardait dans un tiroir, pour les moments difficiles. Il récupéra vite, mais une nouvelle épreuve l'attendait.

"Comment ça a marché, avec Mauvézogur ? demanda Vulcain, apparaissant dans un nuage de nicotine.

— Très mal, évidemment, dit Ulysse.

— Merde, on ne trouvera jamais quelqu'un pour nous écrire cette foutue préface ? Où est passée Circé ? Et le technicien, où est-il ? Alors, tu veux que je te parle de ce nouvel associé ?"

Les regards des deux hommes se croisèrent comme des lames. L'heure de vérité avait sonné. Un coup de tonnerre fit trembler les vitres de la fenêtre, que la pluie se mit à strier. Ils se tenaient debout à quelques mètres de distance, farouchement prêts à bondir. Aux côtés d'Ulysse vinrent se placer Calobécile, dieu des purs et des nigauds, et Surtoupaça, dieu des sectaires. Vulcain était protégé par Çapeusfaire, dieu des bifurcations et des compromis, et par Pécunia, déesse du revenu, dont le temple est une gigantesque baignoire avec jacuzzi.

Vulcain s'approcha, un sourire faux et perfide sur les lèvres. Ses cheveux étaient entortillés comme les serpents de Méduse ; c'est sous cet aspect que, cyniquement, il tint ces propos :

"Ecoute, Lello. Je serai bref. La maison d'édition qui m'a proposé une collaboration est Graphocrédit. Elle dépend directement de la banque Crévé, et tous les ans ils offrent des livres aux titulaires d'un compte courant. Aux clients importants et friqués, ils offrent des livres de luxe – de beaux sarcophages réalisés avec du papier à base de papyrus sumérien – et de grandes estampes en couleur. Mais en ce moment ils cherchent des bouquins pour le *medium* et *low target*. Ils nous confieraient le *low target*. Ce serait un geste politique, une bataille culturelle, tu comprends ? Nous prendrions en charge les livres pour petits épargnants, tirés à vingt mille exemplaires et plus…

— Mais… parvint à dire l'honnête et polythrope Ulysse.

— Laisse-moi finir, dit Vulcain, en soufflant de la fumée. Je lui ai déjà proposé, en guise de cadeau de Noël, l'anthologie *Over 100*. Ils préféreraient, pour commencer, quelque chose de plus simple, du genre *Les Dix Meilleures Histoires drôles sur les obèses*. La moitié des tirages serait pour leurs cadeaux, l'autre moitié pour nous, chez les libraires. N'est-ce pas grandiose ?

— Valerio, dit Ulysse avec indignation, la banque Crévé est liée à la Loge, ils ont financé l'ascension du Duce, ils ont été traînés en justice des dizaines de fois, et tu appelles ça une idée «grandiose» ?

— Mais tu ne comprends donc pas ? siffla Vulcain. En l'occurrence, ils ne sont pas banquiers, mais éditeurs. Le passé n'a rien à voir là-dedans.

— Donc, si les éditions Goebbels se présentent, on s'associe à eux sur-le-champ ?

— Lello, cria Vulcain en éructant des lapilli de salive, j'en ai ma claque de tes barrières idéologiques. Je ne peux pas passer ma vie à me battre pour le loyer, entre des écrivains stériles et des post-soixante-huitards rancis. Si on doit sortir trois bons bouquins, on doit aussi en sortir trois merdiques ! C'est une loi éditoriale."

"Et souvent, dans les trois bouquins que tu crois bons, deux sont merdiques", pensa Ulysse. Mais il garda cette pensée pour lui.

“C’est ça, la réalité, Lello, dit Vulcain avec un grand soupir. Nous acceptons le défi d’un associé qui n’a rien de commun avec nous, une machine à faire du fric, ouvertement et sans pudeur. Une corruption à visage découvert, pour parler comme toi. C’est mieux que tant d’autres, qui se poignardent dans le dos. Si ça te va, très bien, sinon, trouve-toi un autre boulot.”

Il y eut une pause. Impartiales, les divinités siégeaient, aux quatre coins de la pièce. Ou plutôt, elles dormaient.

Ulysse regarda Vulcain. Non, se dit-il, il n’a rien d’un monstre à passer au fil de l’épée. Un quadragénaire normal, en difficulté économique, confus et crachotant. Il serait monstrueux de le décapiter avec un jugement. Mais partir, oui, c’était la chose la plus digne.

“Merci, Valerio, dit Ulysse. Tu as été clair et net. Adieu.”

Il glissa deux ou trois scriptodactyles dans sa serviette et sortit du bureau. Dès qu’il fut dans la rue, il entendit Valerio crier de la fenêtre.

“Attends… Nous n’avons encore rien signé. Ne fais pas ça ! Tu es un ami, oui ou non ?

— Et moi qui pensais lui montrer les textes d’Achille, soupira Ulysse.

— Nous voilà sans éditeur ? demanda le professeur Colantuono, inquiet.

— Peut-être, cher professeur : nos destins sont liés, pour le meilleur et pour le pire.”

Ulysse déambula un moment sous la pluie, ensommeillé, sans même choisir les trottoirs les plus abrités. Des embouteillages et des cheminées montait vers le ciel une prière méphitique. Les flaques d’eau étaient noircies par le smog.

Des hydrocarbures aromatiques et des virus grippaux se poursuivaient comme des amours, entre de petits nuages d'argon. Le professeur Colantuono éternua. Dans la serviette ouverte, les scriptodactyles se mouillaient. Le ciel était tellement sombre qu'à midi on avait déjà allumé tous les réverbères. C'était comme si un temps inconnu avait pris possession des jours et des saisons. Plus de matin, plus d'automne. Une seule heure et une seule saison, dans ce pays qui semblait honteux de sa propre beauté, de sa variété bâtarde, faite de Nord et de Sud, de chromosomes arabes et bulgares, levantins et catalans, phéniciens et grecs, d'îles et de volcans, de plaines et de montagnes. Tout avait été effacé pour obtenir un pays unique et castré, vidéo-commandé et téléonaniste, assourdi par les spots d'un milliardaire bouffi de haine, une dépendance de l'Empire, un parc de jeux pour délinquants, une entreprise en banqueroute, faute d'idées et d'espérance. Il y avait plus de vie dans la chambre d'Achille que dans les bunkers de ce pouvoir, secte funèbre vouée au suicide collectif. Ulysse voulait vivre, lui. Il avait des chiffres magiques, plus magiques que les oracles qui défilaient sur les écrans des banques, et cela le rendait invulnérable, impossible à capturer, et il pouvait lever les mains et les bras, marcher et voler d'un pied léger. Il enjamba une chaîne qui fermait un parking et se mit à courir, avec sa serviette qui claquait sur ses jambes. Il fit quelques bonds en traversant la rue et faillit se faire renverser par un centaure en macroscooter. "Excusez-moi", dit-il, "excusez-moi mon cul", répondit l'autre, et Ulysse s'enfuit. Il courait parce que quelqu'un l'attendait. Il avait Pilar, il avait un nouvel ami. Quelque part en Amérique latine, un Indien avait gagné les élections, et le ménisque de Mironi allait mieux.

Il appela le syndicaliste Barbieri. Celui-ci se fit attendre un bon moment, puis répondit au téléphone avec une voix qui n'augurait rien de bon.

"Monsieur Ulysse, pour votre démarche… l'histoire du permis pour votre voiture…

— J'ai compris, tu ne peux pas parler.

— Exact. Il a été enlevé des archives.

— Dans quel sens ?

— Enlevé, sûrement pour un contrôle.

— Ce n'est pas bon signe…

— Non.

— J'ai compris.

— Saluez votre épouse de ma part.

— Je n'y manquerai pas. Repos, Barbieri…"

La mère lui ouvrit. Chacun comprit que l'autre avait de la peine. Ils s'installèrent dans le petit salon aux coquillages.

"Pour vous non plus, ce n'est pas une bonne journée, n'est-ce pas ? dit-elle, très droite dans sa petite robe grise, son uniforme.

— Non. Ma fiancée vit en Italie, avec un permis de séjour. Mais on risque de le lui enlever."

La mère pâlit, comme si elle allait se trouver mal. Sa réaction parut même excessive aux yeux d'Ulysse. Un fils et, à présent, une fille étaient en danger.

"J'espère que tout s'arrangera. J'aimerais pouvoir faire quelque chose.

— Vous ne pouvez rien faire. Comment va Achille ?

— Mal", dit la mère. Elle prit dans sa main un coquillage rose et moucheté et le fit rouler sur la table basse. "Quand nous vivions au bord de la mer et que son père était encore en vie, ils jouaient parfois ensemble, lui et Phébus. Phébus poussait le fauteuil roulant sur la plage. Ils pêchaient. C'est-à-dire que Phébus pêchait, et, lui, il regardait. Un jour il lui a dit : «Remets les poissons à l'eau : ce n'est pas juste, ils n'ont pas de bras.» Achille ne s'en souvient pas, mais Phébus était différent, quand il était petit. Je ne sais pas ce qui lui est arrivé, après. Peut-être est-ce ma faute, je me suis trop occupée du fils malchanceux, et j'ai négligé l'autre."

Elle resta assise, toute droite et brisée, comme la fois précédente, une moitié d'elle pleurait et l'autre offrait poliment à Ulysse un plateau avec des bonbons aux couleurs pâles.

"Demain soir a lieu ce fameux dîner. Phébus a choisi de l'organiser ici, il veut montrer la maison aux acquéreurs éventuels, la banque qui possède le reste de l'immeuble. Il a invité quelques personnes importantes, qui croient en lui. Il est ambitieux, il veut faire une carrière politique. Il prétend que ce dîner est fondamental pour son avenir, et que pour une fois je dois l'aider, lui, et pas Achille.

— Ma foi, dit Ulysse, il est normal qu'il y tienne beaucoup. Cela dérange Achille ?

— Phébus exige qu'Achille reste enfermé à clé toute la soirée. L'année dernière, il a perturbé un de ses dîners : il a eu une crise, personne ne répondait à ses coups de clochette. Il est sorti dans le couloir et s'est mis à hurler. Phébus m'a fait jurer qu'il serait emprisonné. Il a vraiment utilisé ce mot affreux, «emprisonné». Je ne l'avais jamais vu aussi féroce.

— Peut-être qu'Achille ne s'en apercevra pas.

— Il a déjà compris. Et surtout, il a compris que, demain, il sera question de cette maison.

Discuter, ce n'est pas vendre, mais tout de même..." dit la mère. Les deux moitiés s'unirent et elle pleura enfin, sans retenue, le mouchoir pressé contre sa bouche. "Achille refuse de me parler, il m'en veut, il croit que je l'ai abandonné. Je vous en prie, dites-lui que ce n'est pas vrai...

— Ne vous inquiétez pas, madame, dit Ulysse, j'essaierai de le calmer."

On entendit, en provenance de la chambre, un tintement de clochette, puis un autre encore.

"Il veut vous voir tout de suite", dit la mère.

Ulysse entra. Achille avait sur les épaules un grand châle noir, qui lui donnait l'air d'un chaman africain. Ses yeux étaient baissés.

"Achille, je t'ai apporté un remède jamaïcain. Même si ce n'est pas grand-chose, on peut essayer de le fumer. Mais comment es-tu attifé ? Tu as l'air d'un vampire.

Emmène-moi sur la terrasse.

— Attends un moment. Il était très bien, ton texte sur la discothèque. Ça s'est passé à peu près comme ça, tu sais...

J'ai déjà dit que je ne voulais pas parler de ce que j'écris. Emmène-moi sur la terrasse, crétin, et ne reste pas là à faire des messes basses avec ma mère. Toi aussi, tu vises une carrière politique ? Tu veux devenir un associé de Phébus ? Tu convoites ma maison ? Quel morceau veux-tu ? Tu veux un livre ? En voilà un."

Il essaya de l'atteindre avec un volume, mais ne réussit qu'à faire tomber celui-ci par terre. Il jura entre ses dents.

Ulysse s'assit calmement en face de lui.

"Achille, ne fais pas l'idiot. Ta mère ne t'a pas abandonné et tu le sais très bien... Si tu veux te défouler, vas-y, mais ne délire pas. Tout le monde délire assez comme ça."

Achille ne répondit pas. Il respirait difficilement, tête basse. Son silence était insupportable. Ulysse reprit la parole et sa voix résonna, aiguë et fausse.

"Achille, je ne te l'ai jamais demandé. Que penses-tu de ces guerres ?

Ne change pas de sujet. Je ne peux pas être toujours comme vous voudriez que je sois, désespéré, silencieux et sage. Je souffre, je suis exaspéré, je hais. On veut m'arracher à ma maison, ma coquille. Je ne peux pas vivre ailleurs. Comment te sentirais-tu si on t'arrachait à Pilar ?

— Ils ont sans doute l'intention de le faire. Ils sont en train de contrôler son permis de séjour."

D'une main, Achille griffa son autre main, au point de la faire saigner.

"*Donne-moi dix gouttes de ce petit flacon, sur l'ordinateur.*

— Qu'est-ce que c'est ?

Ça ne te regarde pas, j'en ai besoin. Verse-les sur ma langue."

Ulysse obéit ; quelques gouttes coulèrent à côté.

"On dirait que je t'administre la communion, dit Ulysse.

Corps et sang d'un pauvre lecteur de maison d'édition et d'un malade en phase terminale. Combien de Christs cloués à un fauteuil ou à un lit les gens enjambent-ils, pour s'incliner devant un Christ en bois ? Combien de sacrifices oubliés, pour se souvenir d'un seul ? Si on me faisait entrer dans une église, je crierais : Arrêtez de regarder cet autel vide ! Adorez-vous les uns les autres. Tu trouves que je blasphème ?

— Non, dit Ulysse. Tu ne plairais sans doute pas à notre cardinal, mais beaucoup de personnes religieuses te comprendraient. Ce n'est pas facile de vivre comme tu vis… je veux dire…

Un guerrier peau-rouge est cent fois plus courageux qu'un pilote de bombardier, et sa vie est plus courte, plus digne, plus noble.

— Je ne comprends pas.

J'ai répondu à la question que tu m'as posée tout à l'heure. Mais c'est comme ça, tu oublies très vite les questions que tu poses ; c'est si peu important pour toi… comme on oublie les promesses et les serments que l'on fait dans les prières. Moi aussi j'ai prié, tu sais ? Les mains jointes et de tout mon cœur, je n'ai pas honte de le dire. J'ai même failli me rendre à Lourdes, une fois. Mais je suis trop orgueilleux. Ne me demande pas si je crois en un dieu quelconque. Je peux te dire que, parfois, je l'ai cherché. Malheureusement, il court trop vite pour moi.

— Je n'ai aucune divinité à promouvoir. Mais je peux t'assurer que tu as un ami qui se soucie de toi et qui viendra te chercher où que tu sois, même hors de cette maison.

— Tu veux me convaincre ? cria brusquement Achille d'une voix stridente. C'est ma mère qui t'envoie ? Qu'est-ce que ça veut dire «hors de cette maison» ?

— Achille, calme-toi.

— Je ne me calmerai pas, espèce d'étron ! Je t'ai dit de m'emmener sur la terrasse.

— Je ne sais pas où elle est, dit Ulysse.

— Ouvre la porte et suis-moi."

Ulysse suivit Xanthe qui vrombissait devant lui, dans un long couloir. Il vit d'autres tableaux et de vieux lustres à pendeloques, méduses de verre mutilées et poussiéreuses. Puis le couloir déboucha dans un salon où se trouvaient une table ovale et des meubles remplis de verres, de statuettes de bergers et d'assiettes ornées d'armoiries. Sur les étagères, petits verres, statuettes et assiettes à dessert. Sur les consoles, petites assiettes, statuettes et verres à liqueur. Un musée de la fragilité.

"La salle à manger, dit Achille. Prête pour la conjuration. A droite, maintenant."

La maison changea d'aspect. Moquette verte, tableaux modernes, un portemanteau avec des vêtements élégants, un vélo d'appartement, une table avec des revues de fitness. C'était le territoire de Phébus. Au fond, une porte-fenêtre aux rideaux de velours élimé.

"Ouvre, dit Achille.

— Il pleut.

— Ouvre."

Ulysse ouvrit la porte-fenêtre. Le froid les accueillit. Achille se laissa mettre le châle sur la tête ; il ressemblait à une bonne sœur diabolique. Il y avait trois marches. Ulysse souleva Xanthe, dont les roues patinaient. La terrasse était vaste et déserte, sans plantes, rien que des pots vides et fêlés. L'un d'entre eux, énorme, portait les traces d'une longue vie sous-marine. Au-dessus de la balustrade, on avait installé une pergola, où grimpait péniblement un lierre défeuillé. De là, on voyait un jardin avec des arbres immenses, des cèdres du Liban, des tilleuls et des marronniers d'Inde ; tout au fond, la rue principale de la ville, le rouge et le blanc des feux des voitures, et, au-dessus d'eux, le ciel empoisonné. Achille s'immobilisa à un mètre de la balustrade, sous la pluie battante.

"Il y a longtemps que je n'étais pas venu ici, dit Achille.

— C'est beau, dit Ulysse.

— Les arbres, dit Achille en les montrant du regard. Les arbres.

— Tu les aimes ?

— Je n'ai plus de souffle, chuchota Achille d'une voix rauque. Ecoute mes pensées.

Il n'existe pas d'arbres qui sont beaux et d'autres qui ne le sont pas, ils n'existent que pour quelques jardiniers censeurs ou quelques poètes rimailleurs. Le temps de l'arbre ressemble au mien, un temps dont je prends soin et qui est plein de vie, le temps le plus beau qui soit. Regarde l'arbre que je te montre du doigt, son tronc semble tordu par une main gigantesque, ou par une terrible maladie. Il est aussi beau que ce peuplier droit et orgueilleux. Et ce pin ? Il est incliné et de guingois, il cherche le soleil. Regarde, il tourne la tête vers ce vieil arbre couvert de moisissures et de champignons. Ils sont tous beaux, quelle que soit la saison. Eternellement vivants, fouettés par la pluie, ployés par le vent, puis de nouveau immobiles. Regarde le cèdre là-bas, une de ses branches soutient une pie, la branche s'incline. Elle semble tenir l'oiseau délicatement dans sa main, tu ne trouves pas ?

— Il est très grand. Il doit avoir au moins deux cents ans.

Un million d'années. Suis mon regard. J'aime bien aussi cet arbre dépouillé. Je crois que c'est un pommier. Au printemps, il s'achètera un beau vêtement neuf. Moi aussi, un jour, j'aurai un beau vêtement. Pas celui du cercueil. Un vêtement comme celui des clowns blancs, avec un chapeau conique et des épaules pointues. Et toi, tu tiendras le rôle de l'autre clown, celui qui a un nez rouge et de grandes godasses. Mais peut-être que tu ne peux pas entendre cette pensée, mon ami. Faisons un tour d'honneur."

Achille actionna Xanthe. Il se mit à tourner en rond, en chantonnant une marche de cirque, avec la voix éraillée d'un vieux gramophone. Ulysse était inquiet : son ami était en train de se tremper et toussait, entre un refrain et l'autre. Mais il ne dit rien.

De la cime du cèdre, deux merles virent la sarabande d'Achille et descendirent sur la terrasse. Ils sautillaient en regardant cet être bizarre : il n'était pas droit et rapide, comme les dangereux humains, mais il n'était pas immobile comme un arbre. Une statue dansante, un homme-oiseau ou un arbre à roulettes ? Tout doucement, ils se mirent à le suivre ; ils s'approchaient et s'enfuyaient, s'envolant aussitôt dès qu'il se dirigeait vers eux. Achille poussa un cri rauque, un cri de joie. Il pleuvait à verse, mais Xanthe et les petits fantômes noirs continuaient à se poursuivre sur la terrasse. Finalement, un coup de tonnerre plus puissant que les autres fit s'envoler les deux merles. Achille les suivit des yeux jusqu'à la cime du cèdre, puis sur un toit, jusqu'à ce qu'ils disparaissent dans un voile de brouillard. Xanthe grinçait, épuisé par la course, un pneu à moitié dégonflé.

“Il pleut, Achille. Rentrons, je t'en prie.

— Un vrai ami, dit Achille en le regardant par-dessous son châle, doit savoir consoler, mais doit aussi savoir accepter le désespoir et l'éloignement. J'ai ma clochette avec moi : si j'ai besoin de quoi que ce soit, j'appellerai. Et maintenant, cela suffit, je n'arrive plus à parler. Ecoute ces vers.”

Achille renversa le visage vers le ciel et ferma les yeux.

“*Ce sera plus naturel pour moi, de reposer.*
Alors le ciel et moi converserons à cœur ouvert,

*Et je serai utile quand je reposerai définitivement :
Alors peut-être les arbres pourront-ils me toucher, et les fleurs m'accorder du temps** .

— Rentrons, dit Ulysse. Je t'en prie.

Laisse-moi ici, je ne me sens pas seul.

— D'accord, Achille. Quand nous reverrons-nous ?

Je ne sais pas. Regarde-moi dans les yeux. Va-t'en."

* Sylvia Plath, "Je suis verticale" ("La traversée", in *Arbres d'hiver*, Gallimard, 1999, traduit par Valérie Rouzeau).

XVII

Ulysse descendit l'escalier, mais il fut incapable de s'éloigner de l'immeuble ; il avait les jambes lourdes et le souffle court, comme lorsqu'on a un accès de fièvre.

Tu es comme moi, immobile, sans pouvoir lever la main pour te protéger des coups...

Il regarda son reflet dans les vitrines de la banque et se vit déformé, congelé dans un bloc de glace obscur. *Homo scriptor politropos* mort à l'époque de la grande pandémie de 2004, que personne n'utilise son ADN, cette race était terriblement stupide et agressive. Il vit sa propre image, floue, reflétée entre les téléviseurs qui transmettaient les informations boursières sur fond gris. Au centre trônait une sorte de pierre précieuse multicolore, un écran qui diffusait des images de guerre. D'après l'incrustation, c'était du direct, mais tout était arrivé comme dans un rêve, quelques mois plus tôt. On voyait des langues de feu et des panaches de fumée s'élever au-dessus d'un désert lointain.

Un guerrier peau-rouge est cent fois plus courageux qu'un pilote de bombardier...

Une colonne de tanks avançait dans le désert ; une cible explosa, pulvérisée, comme dans un jeu vidéo. Le visage de l'envoyé spécial apparaissait sur fond de ville en flammes. Ulysse sentit l'odeur âcre de la fumée et toussa. Il se retourna. Il y avait réellement un incendie, quelque chose brûlait au bout de la rue, le camion des pompiers balbutiait des éclairs bleus, la circulation était ralentie, une fumée épaisse et laiteuse brouillait les couleurs des voitures.

Ulysse hésita, ne sachant lequel des deux enfers regarder, celui qui était très loin ou celui qui était tout près. Au même moment, à travers la fumée, quelqu'un le saisit par le bras. C'était Phébus, la voix tremblante de colère.

"Montez dans ma voiture, il faut que je vous parle.

— Nous ne pouvons pas parler ici ?

— Je parle mieux quand je conduis. Montez, c'est plus important pour moi que pour vous."

Ils revinrent dans la cour et Phébus le fit entrer dans sa voiture bleu Maldives ; l'intérieur était une débauche de boiseries, de peaux et d'étoffes mouchetées ; la seule chose inattendue était un petit fanion de l'équipe de foot de la ville. Phébus sortit en marche arrière, obligeant deux voitures à freiner, indifférent à la fureur des nochers, après quoi, avec une puissante accélération, il poussa son char ailé à cent cinquante à l'heure, sur pas moins de cent mètres. L'envol fut de courte durée : il dut très vite prendre place dans l'embouteillage. La fumée les enveloppa.

"Une voiture qui brûle, dit Phébus. C'est sûrement un cortège de manifestants de merde…

— Vous les avez vus ? demanda Ulysse.

— Les voitures ne brûlent pas toutes seules.

— Les villes non plus", dit Ulysse.

Phébus ricana et ouvrit la fenêtre. Une nuée fétide entra, une haleine empestée. Un agent leur fit signe d'avancer. Une poubelle brûlait, le feu s'était transmis à un grand panneau publicitaire et menaçait d'atteindre un immeuble. Et de là, le feu dévorerait le monde, les étoiles, les galaxies... Un pompier couleur mandarine pissait vers le ciel un jet d'eau gigantesque, on voyait pleuvoir des chauves-souris de papier brûlé. Certains prenaient des photos.

"On dirait une scène de guerre, hein ? dit Phébus en riant. Mais, vous, vous n'aimez pas la guerre. Moi, par contre, je l'aime bien, quand elle résout les problèmes. Je ne serais pas fâché si des hélicoptères venaient tirer des missiles sur ces automobilistes de merde.

— Et sur vous, non ?

— Moi j'ai besoin de ma bagnole, les autres, non, dit Phébus avec assurance. Et puis, vous savez très bien qu'en temps de guerre les gens comme moi sont toujours à l'abri. Je vous emmerde déjà, non ? Je regrette, mais en ce moment je ne peux pas parler.

— Si vous ne pouvez pas parler, pourquoi m'avez-vous fait monter ?

— Excusez-moi, je parlais à ma secrétaire avec mon portable ; j'ai l'oreillette *bluetooth*, vous savez ce que c'est ?"

Ulysse vit que Phébus avait une grosse puce argentée dans l'oreille.

"Oui, à présent je le sais.

— C'est un gadget très commode, je dirais même indispensable en bagnole ; moi, malheureusement, je ne peux pas me permettre d'éteindre mon portable, j'ai beaucoup de travail, trop de travail. Même si vous pensez que nous ne travaillons pas : pour vous, seuls les ouvriers travaillent, tous les autres exploitent.

— Nous qui, et vous, qui ?" demanda Ulysse. Une sirène retentit à l'improviste ; on entendit un bruit de vitres cassées. Phébus dépassa à droite un monospace et en injuria le conducteur et toute la parentèle, puis il freina brutalement et envoya un cycliste se faire foutre, après quoi il dit à Miss Bluetooth qu'il serait là dans une demi-heure, enfin il s'adressa à Ulysse.

"Vous, les communistes. Vous ne m'avez pas eu, l'autre soir, chez moi, avec votre tête de faux cul. J'ai pris des renseignements sur vous. Vous êtes le fils émancipé de deux macaronistes. Vous collaborez à une revue gauchiste, *Jamais plus.* Vous avez écrit un bouquin dont j'ai oublié le titre, il me semble que ça s'appelle *Récits grotesques* : c'est bien ça ? Vous avez aussi des antécédents judiciaires pour avoir bloqué une route, et d'autres trucs du même genre. Va te faire mettre, connard, dégage si tu ne sais pas conduire ! Bref, je sais qui vous êtes. Vous n'avez pas honte d'endoctriner mon frère ?

— Votre frère n'est pas mon élève, il a déjà ses propres idées. Vous pouvez me dire d'où vous tenez toutes ces informations ?

— Mon trésor, ça ne va pas être possible, j'ai un dîner ce soir, mais je te jure que personne au monde ne nous privera de notre week-end en bateau.

— Je ne veux pas aller en bateau avec vous.

— Je parle au téléphone, salut mon trésor, à plus tard, dit Phébus, en passant à l'orange bien mûr et en frôlant un petit dragon Tanaka, cousin de l'original. Vous voulez savoir où je me suis renseigné ? A la préfecture de police, où j'ai une foule d'amis. Il serait bon que vous sachiez qui je suis, monsieur Ulysse. Je suis un de ceux que vous appelez «rampants», et moi je rampe, c'est-à-dire que je me crève le cul depuis des années. Je suis devenu président des Jeunes Entrepreneurs Bleus, je me présenterai aux prochaines élections, et je suis sur le point de devenir administrateur du Crévé, une des plus grandes banques du pays, dont la moitié du capital est américain ; ça vous dérange ?"

Il rit, avec un petit aboiement de roquet.

"Je sais que vous voulez vendre la maison d'Achille à cette banque", dit calmement Ulysse.

Phébus acquiesça en jurant, car un agent portant un masque venait de faire dévier la voiture : quelque chose brûlait au bout de la rue, une colonne de fumée noire s'élevait le long du campanile d'une église. Sur le trottoir gisaient des mannequins carbonisés. On entendit une explosion sourde. Une femme effrayée descendit de sa voiture pour regarder ; elle tremblait de peur.

"Rentre dans ta bagnole, pouffiasse, tu bloques toute la rue !" hurla Phébus.

Mais la femme, hypnotisée, regardait la lumière rougeâtre reflétée dans le bleu de la voiture de Phébus, telle une mer ensanglantée. Elle toussa à cause de la fumée et demanda à Ulysse :

"Qu'est-ce qui se passe ?"

Je ne sais pas, aurait voulu dire Ulysse, je ne sais pas ce qui se passe ni loin d'ici ni tout près, je suis aveugle, je ne sais plus regarder, je sais seulement que quelqu'un veut tout brûler et que nous devons résister ; mais il ne put rien dire parce que Phébus repartit dans un crissement de pneus, monta sur le trottoir pour doubler la voiture arrêtée et se retrouva dans l'embouteillage, avec un coup de frein plaintif. Il rugit et essaya de dépasser en troisième position, mais fut bloqué par un automobiliste qui avait eu la même idée que lui. Ils se regardèrent avec une haine primitive.

Désormais, tout était immobile. La fumée et le smog avaient recouvert les pare-brise d'une couche grisâtre, les voitures auraient pu être vides et abandonnées depuis des siècles : des boîtes de squelettes sans aucun survivant. Rien qu'Ulysse et Phébus dans leur cercueil métallique, et tout autour le crépitement des dernières braises, les pas des croque-morts, la paix soudaine d'un monde puni et effacé. Phébus déchaîna ses essuie-glaces, qui gémirent de fatigue.

Il fut donc possible de voir que sur notre planète il restait encore un peu de vie. Dans la voiture d'à côté, une petite menotte ouvrit un passage dans la vitre embuée, et l'on vit apparaître le visage d'un diablotin de six ans. Il salua Ulysse d'un air sérieux. Puis, deux grandes ombres noires vinrent à leur rencontre, franchissant le Styx de benzène et de fumée. C'étaient deux Maghrébins laveurs de pare-brise.

“Je n'ai pas besoin de vous, crétins, cria Phébus. Mon pare-brise est nickel.”

L'un des laveurs de vitres versa sur le pare-brise un mélange de détersif, de bave d'escargot et de sperme d'extraterrestre. Puis il sourit comme pour dire : à présent il est sale.

Phébus poussa un râle. Le laveur commença à nettoyer la bouillie.

“Mais ils ne vous font jamais perdre patience, ces gens-là ? gronda Phébus.

— Jamais”, mentit Ulysse.

Phébus suait à grosses gouttes. Il avait déboutonné le col de sa chemise et jurait, impuissant, prisonnier de son véhicule, cramponné à son volant. L'espace d'un instant, son visage pâli ressembla à celui d'Achille. Phébus, pitoyable dieu sans aucun ciel à sillonner…

"J'ai entendu ce que vous avez dit ; oui, je voudrais vendre la maison, dit Phébus comme s'il s'éveillait d'un rêve. Ces trois cents mètres carrés seraient utiles à la banque, alors que pour notre famille, c'est de l'argent gaspillé. La moitié des pièces est vide. Vous connaissez le *cavaliere* Forco ? Je t'appelle plus tard, pédé. Tu veux quoi, bordel, c'est pas moi qui t'ai demandé de laver mon pare-brise, putain d'Arabe. Tiens ta droite, idiote, avec ton scooter de merde."

Ulysse était presque admiratif. Phébus arrivait à gérer trois ou quatre râlages vers des objectifs éloignés et distincts. C'était un hystérique parabolique. Il doubla dans un crissement de pneus et réussit une fois de plus à passer au rouge. Mais, aussitôt, un autre feu et un agent impérieux, armé d'une palette de signalisation rouge bolchevique, surgirent.

"Flics de merde, pique-assiettes, parasites, brailla Phébus. Il y a encore du nettoyage à faire dans ce pays, le *cavaliere* Forco s'en chargera. Demain soir, il y a un dîner important chez moi. Je ne veux pas que mon frère se fourre au milieu et dégoûte tout le monde. Gare à vous si vous n'arrivez pas à le convaincre du contraire. Sinon, vous pouvez dire adieu à votre Pilar.

— Ordure, dit Ulysse. Laissez-moi descendre. Vous n'avez pas pris des informations, vous m'avez fiché.

— Je vous l'ai dit, j'ai des amis à la préfecture de police. Je ne suis pas raciste, j'aime bien les négresses vues de dos. Vous ne riez pas ? Allez, ce sont des blagues qui circulent aussi dans votre milieu, dit-il, avec un sourire ironique et supérieur.

Ben quoi ? Pilar est une immigrée, et après ? Et elle a présenté des faux papiers pour s'inscrire à l'université. Cela suffit pour la renvoyer au Brésil ou au Chili où elle est née, votre noiraude. Mais quel embouteillage de merde, et pourquoi ils n'éteignent pas cet incendie ! Des hélicoptères, bon Dieu, je veux des hélicoptères !"

Ulysse bouillait de rage. Mais en tant que polygame polythrope il devait élaborer une stratégie. Un coup de poing dans la figure n'aurait servi à rien. Il aurait pu rayer la voiture de l'intérieur, ou arracher l'oreillette de Phébus, l'avaler et péter à la face de tous ses amis. Mais tout cela aurait été inutile. La seule solution était de lancer des flèches dans plusieurs directions.

"Vous avez vos amis, j'ai les miens, lança Ulysse. Pilar obtiendra son permis, la préfecture est remplie de flics communistes syndiqués. Pourquoi avez-vous peur d'une fille de vingt-six ans qui veut vivre ici ?

— Je n'ai pas peur, dit Phébus. Mais il n'y a pas de place pour tout le monde. Nous avons besoin d'air. Je ne suis pas un rond-de-cuir comme vous, je ne suis pas cloué à un fauteuil roulant comme Achille. Je suis un homme libre, moi."

Il disait cela, pétrifié dans l'embouteillage avec son Xanthe hors de prix, crucifié sur son siège, intoxiqué de rancœur et de benzène. Il alluma une cigarette, ajoutant de la fumée à la fumée, et de la toux à la toux.

"A présent je comprends, soupira Ulysse. C'est vous le frère handicapé."

Phébus le regarda, bouche bée.

"Qu'est-ce que c'est que ces conneries ? Non, cher avocat, je parlais à quelqu'un d'autre, au passager qui est dans ma voiture. Hou, au diable ce machin !"

Il arracha l'oreillette qui tomba entre les pédales, l'écrabouilla sous son pied, jura encore une fois.

"C'est un cauchemar, soupira-t-il, épuisé. Ce n'est pas de la circulation, c'est une queue pour entrer en enfer. Mais j'arriverai à temps. Phébus arrive toujours à temps là où il veut."

Il arracha presque le levier de vitesse, rugit, tenta de doubler en troisième position. Mais le Destin était aux aguets. Devant lui se dressa le mufle menaçant d'un double dragon-chenille, une mutation hors norme du Treize. Il l'évita mais se frotta à lui, faisant exploser le rétroviseur. Le dragon-chenille poursuivit son chemin en ricanant.

"Merde, merde ! hurla Phébus en descendant. Ces rétros coûtent une fortune et il faut un mois pour les avoir !

— Mais puisque vous ne vous en servez jamais…

— C'est une question de symétrie, bordel ! Pourquoi ne comprenez-vous pas ? Où est passé mon portable ? Quelle heure est-il ? Et que…"

Phébus haleta, pâlit. Il porta la main à sa poitrine.

"Ce n'est rien, dit-il, c'est le stress. J'ai fait des examens le mois dernier. J'ai le cœur d'un adolescent…"

A vous faire transplanter ? faillit dire Ulysse. Mais quelque chose qui ressemblait à la pitié l'arrêta ; il regarda le visage terreux du dieu Apollon, qui examinait la blessure de son char ailé, horriblement mutilé.

"Il vaudrait peut-être mieux que je descende, dit Ulysse.

— Nous n'avons pas fini, dit Phébus d'une voix faible. Allons boire quelque chose dans un café."

Il descendit en claquant très fort la portière de sa voiture, brusquement ennemie. Ulysse le suivit ; l'autre titubait rageusement, suant et hors de lui, traversait au rouge en invectivant cyclistes et conducteurs, perpétuellement en duel contre ce monde incompréhensible qui contenait des humains non inscrits à la Loge.

Ils entrèrent dans un café moderne aux chaises métalliques très inconfortables, où le serveur ressemblait à un para. Un seul couple assis, et qui ne se regardait pas, les yeux rivés sur un écran montrant les Seychelles. A leurs pieds, un Cerbère à pedigree et grosses pattes tordues gronda pour gagner son bifteck. Phébus commanda une camomille et un whisky.

“Vous me jugez, ma mère me juge, mon frère me hait, dit-il avec un soupir. Mais que savez-vous de moi ? Vous vous inquiétez pour mon malheureux petit frère, cloué sur son lit de douleur. Mais laisse-moi te raconter mon histoire, Ulysse. Je te tutoie, quand on ne peut pas se blairer on se tutoie. Ulysse, tu n'as jamais vécu en te disant qu'en rentrant chez toi tu trouverais tous les jours une chambre fermée, à l'intérieur de laquelle hurle un cinglé qui se masturbe et qui pue la merde ; et tous les jours des médicaments à acheter, hospitalisations, problèmes de toutes sortes… Quand j'étais petit, ma mère m'obligeait à dormir dans la même chambre qu'Achille. Il se réveillait en hurlant et en bavant, il chiait sur lui. Je le promenais dans son fauteuil, et il m'insultait. Quand j'invitais mes copines à la maison, il apparaissait sans crier gare, avec sa grosse tête de monstre, et les effrayait. Oui, je suis comme ça parce que j'ai souffert moi aussi, et je me suis fait une vie à moi, normale. Est-ce un crime ? C'est vrai que j'en veux aux faibles, aux inutiles, à ceux qui ne produisent pas, à ceux qui viennent chez nous pour vendre de la drogue et cambrioler des villas.

— Et laver des vitres et jouer au foot, ajouta Ulysse.

— Un Noir qui joue au foot n'est pas un Noir, dit Phébus, lapidaire. Et puis ne me fais pas la morale, il n'y a qu'une seule vérité pour moi, pour toi, pour le monde entier. Que tu sois au milieu de la rue à laver des pare-brise, que tu écrives des conneries dans un journal ou que tu diriges une banque, le moteur de tout, c'est l'argent. Et l'argent ne sert pas seulement à payer des médecins ignorants et à acheter des fauteuils roulants à quinze mille euros – c'est le prix de ce foutu Xanthe. La vie est faite aussi de belles choses, comme cette bagnole que nous sommes trois à avoir dans la ville, et les jolies chaussures sport chic que tu portes toi aussi, mon cher Ulysse. J'ai le droit de bien vivre sans que personne me casse les couilles ; est-ce que je suis un monstre pour autant ? Je suis un homme libre."

Il semblait sur le point de pleurer.

"Personne ne te conteste le droit de vivre, Phébus. Mais tout le monde peut aspirer à ce droit, même Achille.

— N'exagérons rien ! La maison est à lui, ma mère ne pense qu'à lui. Ma mère est une femme remarquable, non ? Mais alors, pourquoi ont-ils attendu si longtemps avant de faire opérer Achille, qui était né avec une grosse tête pourrie ? Ils espéraient peut-être qu'il allait mourir… Et si toute cette bonté provenait de quelque chose de très louche ? Bref, répéta-t-il, les yeux baissés, je ne veux plus vivre dans cette maison.

— Et pourquoi n'es-tu pas encore parti ?"

Phébus le regarda d'un air inexpressif. Il avala son whisky, tapa du poing sur la table. Ulysse se dit qu'il allait l'agresser. Mais il se contenta de parler à voix basse, calmement.

"Je ne voulais pas te le dire, Ulysse, mais j'ai une bonne raison de détester mon frère. C'est lui qui a tué notre père. D'abord en l'insultant, en le torturant avec ses phrases de poète dément. Mon père s'est mis à peindre des monstres comme un automate ; c'était un excellent avocat, il lui a appris à lire, lui a enseigné la philosophie. Achille ne voulait pas aller dans un institut spécialisé, et mon père lui donnait des cours après son travail, parfois toute la nuit. Et lui, il lui disait : va-t'en, papa, si tu n'es pas bien, si tu n'arrives pas à rester dans cette chambre, va-t'en. Il le chassait. Et… j'aurais préféré ne jamais te le dire, Ulysse, mais un jour… Ils sont montés tous deux sur la terrasse. Oui, mon père n'était pas seul, Achille était avec lui, j'ai bien vu les traces du fauteuil roulant ; il avait plu et sur la terrasse il y avait une couche de feuilles mortes, humides. Ma mère a effacé les traces. Mon père n'était pas du genre à se tuer. Mon frère l'a poussé, avec ce putain de Xanthe qui coûte plus cher qu'une bagnole. Il l'a fait.

— Je ne te crois pas, dit Ulysse. Ça t'a peut-être fait du bien de te défouler, mais cette idée-là est une saloperie, ou un fantôme dont tu dois te débarrasser.

— Je te le jure sur tout ce que tu voudras."

Ulysse se rendit compte qu'il était à bout, qu'il allait bientôt hurler.

"Tu le jurerais sur Mironi ? demanda-t-il.

— Ne me dis pas que tu es passionné de foot", dit Phébus. Il semblait avoir tout oublié, avec la rapidité de sa voiture.

“Le foot est interclasses, suprapolitique et polythrope.

— Je ne sais pas si tu dis des conneries ou si tu te fous de moi, mais cette année on a une jolie petite équipe, dimanche on va chez les cousins et on les baise comme il faut.

— Mais dans quinze jours on reçoit à domicile l’équipe du Duce.

— Pour moi, ce sera un drame. Comme si je devais choisir entre ma femme et ma maîtresse”, dit Phébus en riant.

Ulysse pensa, avec dégoût : Dans je ne sais quelle zone obscure de mon cerveau, il me fait pitié et m’amuse, j’ai l’impression de voir une caricature. Il est peut-être virtuel. Un cyberconnard.

“Allez, Ulysse, dit Phébus en le secouant par l’épaule. Demain, mon équipe joue un match de championnat décisif, je veux gagner. Ne sois pas mon ennemi, ce n’est pas dans ton intérêt.

— Ni ennemi, ni ami. Il suffit que tu ne fasses pas de mal à Achille.

— Promis. On le mettra dans la meilleure clinique. Chaînes câblées, infirmières au cul éloquent. Et de toute façon, maintenant qu’on se connaît mieux, tu te souviendras que je peux être sympa et tolérant. Mais si tu me joues des mauvais tours, je te jure que ta fiancée retournera là où elle est née, à faire le trottoir ou à trafiquer de la drogue, et je te rendrai la vie impossible. Et enfin, si tu ne le sais pas, nous pourrions aussi acheter ta maison d’édition en un rien de temps.

— Je le sais.

— Et ça te fait rire ?

— On vient de te bousiller l’autre rétroviseur.”

Ce n’était pas vrai. Mais Phébus disparut. L’immeuble brûla entièrement, pour des raisons inconnues.

XVIII

Ulysse prit un double dragon-chenille, peut-être celui qui avait mutilé la voiture de Phébus, et rentra chez lui. Il mangea sans mettre la table, pissa sans soulever la lunette des waters, but une bière au goulot, s'allongea sur le canapé sans se déchausser. Il alluma son ordinateur sans brancher la prise électrique. Le message d'Achille apparut.

De : musomania@liber.it
A : forgedit.lello@liber.it

Lello et Pilar étaient montés sur les collines et s'étaient allongés sur l'herbe humide. Les arbres avaient perdu leurs feuilles et le ciel offrait déjà l'indifférente opacité de l'hiver. Devant eux s'étendait un grand pré, où quelques héros en survêtements gymniques jouaient au foot en poursuivant un ballon trempé, lourd comme une masse. Un camping-car solitaire, illuminé comme une crèche, vendait des hot-dogs ; tout autour volaient des corneilles. Une voiture abritant de tendres amants était embusquée dans un buisson, et un tendre voyeur les reluquait en se masturbant derrière un cyprès. Il pleuvait, et le couple s'abrita sous un plaid. Pilar tira de sa poche une petite boîte et se roula une cigarette avec un *pharmakon* herbacé, sur l'effet duquel l'opinion publique est divisée.

Au premier anneau de fumée, il devint un peu plus loquace, elle un peu moins.

"Ce temps te donne le cafard ?

— Oui, dit Pilar. La mer me manque. Celle de mon village. Nous habitions une maison au-dessus d'une falaise. Ma mère fabriquait des bijoux de coquillages ; mon père, une fois rentré du travail, peignait des mers démontées, comme la colère qui bouillait en lui. Mon frère passait sa vie dans l'eau : c'était un crabe, un monstre marin avec une grosse tête.

— Tu aimerais retourner là-bas ?

— Je ne sais pas, répondit Pilar. Quand je regarde ces arbres, je me dis que ma place n'est pas en ville. Je voudrais vivre dans une forêt, où le chêne et le hêtre, les ronces et la mousse ont tous le droit d'exister, même si quelques champignons parasites font les malins. Où tu n'entends pas de remarques sur la couleur de ton tronc, où on ne te regarde pas de travers parce que quelques-unes de tes feuilles sont ébouriffées. Ou bien vivre sous la mer, où personne n'est plus fort et plus puissant que les autres – on s'y entredévore avec un appétit équitable. Ou bien, vivre au sommet d'une montagne, où une paire de gants chauds est plus précieuse qu'un smoking. Ce pays déborde de paroles vertueuses, la télé les répète cent fois par jour, il n'y a pas un programme qui ne finance une bonne cause. Et pourtant, il devient toujours plus raciste et insensible. Soit vous êtes sourds, soit ces mots sont mensongers."

Un avion passa dans le ciel gris, les corneilles croassèrent en signe de dérision.

Au second anneau de fumée, les deux amants s'endormirent.

Pilar fut réveillée par une tape sur l'épaule. Devant elle se tenait l'abominable mamie des neiges, une petite vieille vêtue d'un manteau de fourrure qui lui descendait jusqu'aux pieds, tenant en laisse une sorte de lapin rouge.

"Mademoiselle, dit la petite vieille, levez-vous. Je ne sais pas si vous êtes au courant, mais la guerre nucléaire a éclaté, ce matin.

— Et vous m'annoncez ça comme ça ?

— De toute façon, à la télé, ils disent de ne pas s'inquiéter, c'est une guerre nucléaire nécessaire, afin d'éviter de plus grands dégâts. En effet, je me suis rendue dans le centre-ville, et tout va bien ; il y a même deux grandes nouveautés : les soldes et les Chinois. Etant donné que nous serons peut-être tous morts demain, les magasins ont tout soldé. Vous vous rendez compte ? Deux cents euros pour ce manteau de vison ! Et j'ai aussi pris un pull en cachemire pour Mascherina, mon chien. N'est-ce pas que le fuchsia lui va bien ? Et puis, j'ai acheté trois cocottes-minute et un vélo d'appartement avec cardio-régulateur ; on me l'enverra à la maison. Ça valait la peine de connaître une guerre nucléaire : je peux enfin acheter ce dont j'ai toujours rêvé.

— Et les Chinois ?

— Ah, si vous saviez, ils sont entrés dans la ville par milliers, par millions. Tous pareils, avec un petit uniforme vert, à croire que l'on vient d'ouvrir une gigantesque boîte de petits pois. Certains ont peur et s'enfuient, d'autres leur tirent dessus, mais moi je trouve qu'ils ont l'air inoffensif. Ils circulent dans les maisons avec une serviette sur l'épaule et demandent : je peux prendre une douche ? Et puis, eux aussi achètent en solde, ils sortent avec des chariots archipleins. Je ne vois pas où est le danger.

— Mais ce soir il faudra qu'ils mangent, dit Pilar. Et demain aussi.

— Je n'y avais pas pensé, dit la petite vieille. Ils sont foutus de tout manger, ces gens-là.

— Tout à fait foutus.

— Moi, j'ai déjà pris un kilo de pâté de canard pour Mascherina. Maintenant, je vais au supermarché, je m'achèterai peut-être une langouste. Dites-moi, ça ressemble à quoi ?

— A un crabe, sauf que c'est plus allongé, et rouge.

— Je me dépêche, à l'*Eden Shop* ils soldent tout, dix euros pour un chariot plein, certains emportent même les caissières.

— Qu'est-ce que vous dites ?

— Venez vous aussi, mademoiselle. La vie nucléaire, après tout, ce n'est pas mal."

La petite vieille dévala la pente du pré, balayant l'herbe avec sa maxi-fourrure. Le ciel s'était assombri, une étrange lumière rouge ensanglantait l'herbe, les arbres, la ville au loin.

"Lello, Lello, réveille-toi ! cria Pilar. Il se passe quelque chose de terrible !"

Mais Lello avait déjà été réveillé par une ronde de militaires vêtus de vert, armés d'une matraque et d'un fusil.

"Hé, mon gars, dit le sergent, avec un air martial. Tu fais l'école buissonnière et pendant ce temps les Chinois nous prennent nos femmes et nos douches.

— Viens te battre. Ce n'est tout de même pas une guerre atomique qui va nous arrêter, dit le caporal en chef.

— Allons, courage, que ceux qui ont une épée l'affilent, dit le soldat, simple mais cultivé.

— Nous n'abandonnerons pas notre verte prairie aux mains des Jaunes.

— Comme le dit un grand écrivain, le colonel Maragnani, il n'y a pas de place pour tout le monde.

— Aujourd'hui les Chinois, demain les Siciliens.

— Mais qui êtes-vous ? demanda Lello.

— Nous sommes la ronde anti-défaitiste, anti-polygame et anti-pacifiste, dit le sergent. L'heure des règlements de compte a sonné.

— Eh, mais tu es un FIS, un foutu intellectuel subversif.

— Et toi une BTLSPS, une beauté typiquement latino sans permis de séjour.

— On vous a coincés", dit le chef de ronde. Et il pointa son fusil sur le couple.

Lello et Pilar levèrent les mains en l'air instinctivement et regardèrent autour d'eux, cherchant de l'aide. Ils s'aperçurent alors que les footballeurs s'étaient approchés, et que le ballon avec lequel ils jouaient roulait avec un drôle de bruit, comme une lamentation. Un coup de pied plus énergique finit par l'expédier juste au-dessus de la tête des trois soldats. C'était un ballon aux dimensions hors du commun, qui rebondit comme un boulet de canon.

"Les Chinois attaquent par les airs ! hurla le sergent.

— Fuyons ! hurla le caporal en chef.

— On a peut-être encore le temps, pour les soldes au sex-shop", cria le soldat simple mais cultivé.

Et en tirant en l'air, ils s'évanouirent.

Le ballon secoua la terre et l'herbe qui s'étaient collés sur lui, et tituba devant Pilar. Ce n'était pas un ballon réglementaire, mais une étrange créature à tête d'œuf et pourvue de membres minuscules, un Humpty-Dumpty souriant et couvert de bleus.

"Mais quelle cruauté, dit Pilar, c'est à vous qu'ils donnaient des coups de pied ?

— En toute modestie, oui", dit l'autre, d'une voix sifflante. Il était en train de se dégonfler par on ne sait où, mais heureusement, il semblait exhaler un parfum de menthe.

"Et vous ne vous révoltiez pas ? dit Lello.

— C'est ainsi que l'on survit, dit l'homme-œuf en souriant tristement. Il faut jouer comme ils en ont envie, eux. Monter sur un podium et jouer les gentilles petites Black qui ont le rythme dans la peau, l'écrivain complaisant qui débat à la télé aux côtés du ministre, le handicapé qui fabrique des petits paniers en osier, le vieux qui expire sereinement, assis sur un banc.

— Mais qu'est-ce que vous racontez ?

— C'est vrai, je délire, mes pensées sont aussi irrégulières que mes rebonds et que mes perversions. Mais vous aussi vous êtes deux irréguliers, deux mauvaises graines, deux herbes folles qui fument de la mauvaise herbe, par-dessus le marché.

— Vous êtes un peu frappé, c'est le résultat des coups, soupira Lello, tout en regardant le champignon grisâtre qui s'étendait au-dessus de la ville. Mais désormais, à quoi bon parler ? C'est la fin du monde.

— Le futur ne sera plus le même, dit Pilar en pleurant. Mais y en aura-t-il un ?

— Intéressant problème philosophique, dit l'homme-œuf, en sautant très haut et en sifflant un pet mentholé. Le futur existe-t-il, ou est-il pur présent, allongé et étiré comme un ressort ? Ou un passé recyclé, ou un filet que la mort tire déjà sur la plage ? Le sage Chiron se demandait un jour : sommes-nous des mouches dans une bouteille ou des poissons dans un filet ? Est-il plus sensé de chercher la sortie ou d'accepter son sort avec résignation ? Existe-t-il une troisième image pour définir la condition humaine, et serait-ce le labyrinthe ?

— Expliquez-nous ça, dit Pilar en essayant de sauter en rythme, comme lui.

— Eh bien oui, dit l'homme-œuf avec une pirouette. Nous sommes dans un labyrinthe. Nous pouvons juste nous rendre compte qu'il y a des impasses, et en chercher d'autres. Peut-être ne verrons-nous jamais la sortie. Mais, chaque fois, nous pouvons apprendre quelque chose. Et pourtant, bien souvent, le chemin aventureux des hommes se ferme. La mouche pense que la bouteille est le monde entier, le poisson se débat et jure, Thésée parcourt sans cesse la même impasse. Que craignent-ils, qu'est-ce qui les retient d'espérer et de s'aventurer ? Eh bien, ils ont peur des nombreux chemins possibles, des différences. Quel est le bruit du futur pour ces gens-là ? Le bruit soudain de cette bombe, et le long silence qui suivra. Mais courage, ne vous inquiétez pas trop.

— Et le nuage radioactif sur la ville ? demanda Lello, très sombre.

— Mais quel nuage radioactif ? C'est une brume de pollution tout à fait normale. Vous n'avez tout de même pas cru cette vieille folle en manteau de fourrure, ou ces trois fanatiques en uniforme ? Rien d'anormal, le monde continuera ainsi, encore dix ans au moins.

— En effet, dit Lello, mon portable marche, signe irréfutable de normalité.

— Et je vois là-bas les lumières de l'*Eden Shop* normalement allumées, dit Pilar. Mais vous, monsieur... œuf ou ballon, ou libre-penseur, qui êtes-vous ?"

La créature parut se ramollir, avec un triste sifflement de pneu crevé.

"Je suis un œuf philosophe handicapé jaunedeufcéphale probablement né d'une poule malade, pauvre embryon incapable de voler et de vouloir, on lui administre cinquante coups de pied par jour et deux ampoules de Medèn. Mais j'ai un cœur rouge et une âme albumineuse, absolument uniques et singuliers. Les gens croient que les œufs sont tous pareils et, en effet, on peut avoir cette impression, si on les regarde distraitement. Mais il y a plusieurs manières d'être œuf : certains vivent en communauté, d'autres s'isolent, d'autres encore sont muets, d'autres crient, certains végètent, d'autres promènent leur indomptable vitalité ; il y en a qui construisent une famille, d'autres qui vivent seuls toute leur vie. Nous sommes merveilleusement différents. Rien ne ressemble au monde autant que nous, car le monde est un monstre.

— Il ne manquait plus que ça, dit Lello à mi-voix.

— Il est sympathique, dit Pilar. Nous pouvons faire quelque chose pour vous ?"

L'homme-œuf ne répondit pas, inspira profondément comme s'il voulait prendre tout l'air du monde, et commença à se gonfler. Il se dilata démesurément, trônant de manière imposante au beau milieu du pré. A la surface de celui-ci se dessinèrent des taches semblables à des mers et des continents. Sur sa tête poussa un nuage, telle une perruque bizarre. Il commença à craquer et à se fissurer de partout.

"La terre est un monstre ! tonna l'œuf géant. Nous sommes tous des monstres !"

Et il explosa, transformant le pré en un marécage de blanc et de jaune d'œuf, un étang gluant d'où Lello et Pilar sortirent, en s'agrippant au troisième anneau de fumée.

Tout de suite, ils cherchèrent les restes de l'homme-œuf. Ils en trouvèrent la demi-coquille supérieure, avec les yeux et la bouche.

"Le pauvre, dit Pilar.

— Une vie de coups de pied, soupira Lello.

— Pas du tout, dit la coquille, d'une voix basse et rauque. Vous savez, moi aussi, j'ai eu des amis. Un qui avait une tête de cheval, un autre qui marchait sur un fil de fumée, et un polythrope. Tu sais ce que c'est, un ami ? Quelqu'un qui ne te considère pas comme un chapelet sur lequel égrener des demandes d'absolution, mais comme un être compliqué et douloureux, qui marche à tes côtés. Pendant que tu parles, je me lève de ce fauteuil et je vais voir le monde, la tête clouée et les mains incapables de parer les coups. Puis, la vie nous imposera des chemins différents. Toi, tu prendras toute la joie que tu pourras ; moi, je me contenterai de rêver à une fenêtre ; tu souffriras à cause des petites et des grandes douleurs, je t'envierai pour cela. Le lieu où se rencontrent notre amitié et notre désir est un lieu rare ; il suffirait que tu t'en souviennes toujours pour que je sois, une fois pour toutes, respecté."

Ayant dit ces mots, il se désagrégea avec un sourire.

Le quatrième anneau de fumée conduisit Lello et Pilar dans leurs maisons, comme un tapis volant, et les rendit à leurs soucis habituels.

Note de l'auteur.

Cher Odysseus. J'ai trouvé ton pharmakon *sur mon bureau. Ne pouvant pas le fumer, je l'ai brouté. Peut-être a-t-il eu quelque effet, dans le labyrinthe de mes neurones. J'ai été malpoli avec toi, et il sera très noble de ta part de me pardonner. Tu sais que je vis un moment difficile. Mais, toi, tu es une mouche dans une bouteille, moi un poisson dans un filet.*

Demain, comme tu le sais, il y aura un dîner sur lequel pèsent de funestes présages. On vendra peut-être ma maison et on m'exposera dans un zoo. J'aimerais que tu viennes me tenir compagnie, car ce ne seront pas des heures très gaies pour moi. Nous pourrions boire ensemble un bon jus de fruits purgatif, nous livrer à des rêveries érotiques heptasexuelles et parler de Bach. Viens un peu plus tôt, à dix-huit heures. Plus tard, des voitures bleues et des escortes armées arriveront. Un dernier avertissement, pour me faire pardonner les insultes : si tu n'es pas très ponctuel, ce n'est pas grave. Disons que je t'accorde trente secondes de retard. Passé ce délai, huile de ricin. A bientôt.

ACHILLE

XIX

Ulysse fut content de s'être réconcilié avec son ami, mais il sentait qu'une tempête se préparait. Il passa une nouvelle nuit à s'agiter, sans pouvoir dormir. Le syndrome du boulanger s'aggravait. Dans son demi-sommeil, il se sentait comme emprisonné par des fils minuscules et très douloureux. Il se réveilla tout à fait et vit qu'effectivement il était attaché à son lit par une toile d'araignée de cordes. Il se débattit et en arracha quelques-unes. Il vit que tout autour de lui avait éclaté une révolte de scriptodactyles. Ils étaient sortis de leurs tanières de pages et avaient envahi la chambre. Il y en avait sur le lit, la bibliothèque, le sol, les étagères. La chambre s'était transformée en gigantesque maquette de guerre. Les soldats miniature étaient conduits par le professeur Colantuono, vêtu de l'uniforme gris des généraux sudistes. A ses côtés, Petrotto, l'auteur de polars, était habillé en cow-boy et chevauchait Foxfirst Fantômas. Puis venait l'agent Polyphème, qui commandait une escouade de policiers-auteurs de journaux intimes, non syndiqués. Sur l'ordinateur était rangée la tribu des auteurs de contes, dirigés par un gnome brandissant une hallebarde. Sur le bureau, le poète culturiste de *Rambaud* conduisait un groupe de poètes en houppelandes noires. Sur une console se pressaient les romancières amazones sous la conduite de l'auteure de *Journal oral*, les seins nus. Et partout, de petits scriptodactyles à la mine renfrognée, armés de plumes et de trombones ; certains tenaient encore à la main les ficelles avec lesquelles ils avaient essayé d'attacher Ulysse. Deux petits soldats en uniforme de l'Armée rouge, l'un rondouillard, l'autre maigrichon, distribuaient un tract minuscule.

LES TRAVAILLEURS DE SIPEL SOLIDAIRES
DES SCRIPTODACTYLES INÉDITS

“Tu t'es débarrassé de nos cordes, mais pas de nous, dit le professeur Colantuono, sur un ton menaçant.

— Tu nous as fatigués, avec tes excuses et tes retards, dit l'agent Polyphème. Même si tu as des problèmes personnels, ce n'est pas une raison pour ne pas nous lire.

— Il est de ton devoir de t'occuper de nous, dit un jeune romancier en uniforme de uhlan.

— De-voir, de-voir, reprirent les autres, en écho.

— Je le ferai, je le ferai, mais essayez de me comprendre. Achille malade, mon éditeur en crise, Pilar et son permis de séjour : je n'ai même pas le temps de respirer !

— Tout ça, c'est des prétextes, aboya Foxfirst Fantômas. Tu t'étais engagé à répondre à chacun.

— Scandale ! cria un minimaliste, qui mesurait à peine un centimètre.

— Scan-dale, scan-dale, reprirent les autres, en écho.

— Un moment, un moment, dit une petite silhouette vêtue de noir, dans laquelle Ulysse reconnut Franz Kafka. Il est clair que le lecteur Ulysse n'a pas respecté ses engagements. Il doit donc être puni, pour avoir trahi la secte des scriptodactyles.

— Très juste ! hurlèrent les autres.

— Par conséquent, je le condamne à se réveiller demain matin sous les traits, non pas d'un cafard énorme et immonde, mais tout simplement d'un petit scriptodactyle quelconque. Qu'il éprouve la triste condition du non-lu, de l'inédit, du non-vendu, et que de sa morgue d'écrivaillon complice de la mafia éditoriale, il dégringole dans l'enfer des damnés.

— Mais Franz, dit Ulysse, tu as publié, et moi aussi.

— Franz est avec nous, et toi tu n'arrives plus à écrire, dit Colantuono. Achille écrit à ta place, désormais.

— Que l'on brûle cet imposteur, dit une petite voix.

— Coupons-lui la tête, dit une autre.

— Ereintons-le, dit une troisième.

— Envoyons-le au pilon, dit une quatrième.

— Du calme, camarades intellectuels, dit Olivetti, je m'en occupe. Ulysse, est-ce que tu t'engages, à partir d'aujourd'hui, à lire dix scriptodactyles par jour, en donnant la priorité à ceux qui proviennent de la classe ouvrière ?

— Je n'y arriverai jamais, vous êtes fous ! hurla Ulysse.

— Alors, dit Olivetti, tant pis pour toi. Appelez le colonel Maragnani et ses scriptodactyles armés.

— Il n'est plus des nôtres, dit Petrotto. Il vient de signer un contrat pour trois bouquins avec Mondial, cette crapule fasciste.

— J'en fais mon affaire", dit une petite fée bleu pâle, en sortant d'un scriptodactyle de contes. Elle pointa sa baguette sur le malheureux

Ulysse qui commença à se ratatiner, à rapetisser, jusqu'à ce qu'il voie peser au-dessus de lui un ciel blanc et bruissant, la page immense d'un scriptodactyle, qui s'abattit sur lui et l'écrasa comme un insecte, sous une pierre tombale portant ces mots :

Ci-gît Ulysse.
Il n'entrait pas dans nos programmes éditoriaux.

Il tâtonna, essaya de bouger et de se libérer, et finit par sortir de ses draps.

Et naturellement, il se réveilla.

Il avait neigé, mais sans romantisme. Une boue noirâtre et glacée barbouillait la ville, les gens glissaient et se fracturaient poignets et chevilles, la circulation était plus chaotique et schizoïde que jamais. Des voitures qui avaient dérapé obstruaient la rue, injuriées par les chauffeurs de celles déjà bloquées. D'énormes 4x4 envahissaient les voies réservées aux bus et les trottoirs, bouffis d'orgueil sur leurs pneus de rallye. Des moteurs toussaient à fendre l'âme, lâchés par des batteries victimes d'infarctus. Une joyeuse marmaille lançait des boules de neige, un boulanger en maillot de corps déblayait l'accès à sa boutique, en chantant *White Christmas*. Une complainte de joueurs de musette précoces assourdissait les portiques.

Ulysse arriva à la rédaction, les chaussures trempées ; il les enleva, polluant l'atmosphère. Il fut accueilli par une Circé en caoutchoucs et chaussettes montantes en grosse laine, moins magicienne que d'habitude. Elle ne s'était pas maquillée, elle était très pâle.

“Comment vas-tu, ma belle ?

— Belle mon cul. Vulcain a dit que s'il ne trouve pas un associé dans la semaine il me vire.

— Mais s'il ne t'a jamais embauchée…

— Il m'embauche encore moins, c'est-à-dire qu'il ne me paie plus.

— Où est-il, cet animal ?

— Au téléphone depuis une demi-heure, dans son bureau."

Il entra. Vulcain lui adressa un signe en guise de salut. Il semblait très occupé, son portable noyé dans sa main grassouillette. Il téléphonait ; devant lui se trouvaient de curieux livres à la couverture plastifiée.

"Voilà ce que je te propose, Paolino. Je te file toute la série de *Fatal Fantasy*. Et six jeux de foot, presque neufs, et les Supermarco. Tous les *Cogneurs*, avec une réduction de trente pour cent. Non, *Attrape ça et crève*, je ne peux pas le solder, il est trop rare. Alors d'accord, *Attrape ça et crève*, quinze euros, les autres, dix. J'ai aussi *Dragon Fight*, *Dragon Sword* et *Dragon Move your Body*, tous sous-titrés en japonais. Au total, on en est à cent quatre-vingt-dix euros. Je t'ajoute la série des *Pigmond*, neuf cassettes à sept euros. *Zelda ?* Celui-ci je ne le vends pas, même si on me tue. Je te cède une pièce de musée, *Pacman*, un collectionneur suisse m'en a offert mille euros, je te le laisse à cinquante. *Avenues ?* Non, pas *Avenues*, je t'en prie, je suis en train de jouer avec. Ne me torture pas. D'accord, d'accord. *Avenues*, plus *Mafieux*, plus *Guerre de Troie*. Total, trois cent cinquante euros. Va pour trois cent vingt. Je t'apporte tout ça ce soir."

Fin de la communication.

Vulcain se prit la tête entre les mains, désespéré.

“Je viens de vendre ma bibliothèque de jeux vidéo Playstadion et Innuendo. Je n’aurais jamais pensé que j’en arriverais là.

— A qui l’as-tu vendue ?

— Au fils d’un de mes amis, un affreux spéculateur de onze ans.

— Tu me joues la comédie, c’est ça ?

— Hélas, non, dit Vulcain. Je n’ai même plus d’argent pour les cigarettes, je me suis saigné aux quatre veines pour payer le loyer. Il nous faudrait une injection de capitaux.

— J’ai compris, j’ai compris, il nous faut un associé. On en reparlera.

— Merci, Lello, tu es un ami, dit Vulcain, retrouvant le sourire. Tu pourrais téléphoner à Presenti, il nous fera peut-être la préface d’*Over 100.*

— Mais Valerio, tu crois sérieusement que je vais réussir à le joindre ?

— Essaie, je t’en prie. Les écrivains obèses sont notre dernière chance de ne pas mourir de faim.”

“Ulysse, des éditions Forge. Mademoiselle, je voudrais parler à…

— Le professeur Presenti est à l’étranger, mais il recevra les étudiants le 12 février de quinze heures à quinze heures quarante-cinq. Vous voulez vous mettre en liste d’attente ?

— Je ne suis pas étudiant, c’est pour une préface.

— En ce qui concerne les cours, le professeur donnera le prochain le 9 mars à dix heures ; s’il a des obligations imprévues, le 12 juin toujours à dix heures.

— J’ai dit «préface», pas «cours», c’est pour un livre.

— Pour les interviews sur ses livres, appelez le bureau de presse jeudi entre neuf heures et midi.

— C'est un livre sur les problèmes des jeunes auteurs obèses.

— Pour les signatures de pétitions, appelez le bureau Appels au numéro suivant…

— Mais enfin, je ne peux pas parler directement au professeur Presenti ?

— Bien sûr que si."

On entendit une petite musique, Pavane pour une infante défunte.

"Ici la secrétaire personnelle du professeur Presenti. Si vous voulez réclamer pour une coquille, appuyez sur la touche un.

Pour les jurys littéraires, touche deux.

Pour les réclamations concernant le calendrier des examens, touche trois.

Pour la collaboration avec des revues ou des préfaces, touche quatre."

Ulysse appuya sur la touche quatre.

"Si la maison d'édition est à l'étranger appuyez sur la touche dièse, si elle est italienne appuyez sur la touche étoile."

Etoile.

"Si la revue paie moins de mille euros, appuyez sur la touche dièse, plus de mille euros, touche étoile."

Dièse.

"S'il s'agit d'une revue de philosophie appuyez sur le un, revue littéraire deux, d'histoire trois, underground quatre."

Va te faire foutre.

"Pour les insultes en langue italienne appuyez sur la touche un, pour les insultes en langue anglaise touche deux, pour les insultes en grec ancien…"

Ulysse raccrocha.

Il venait de mettre fin à cette communication, chaleureuse et intime, lorsque son portable sonna, quelque part dans ses vêtements. C'était une poche entière de sa veste, et c'était Pilar. *O voz triste y débil.*

"Bonjour, Ulysse.

— Bonjour. Il y a quelque chose qui ne va pas ?

— A l'*Eden Shop*, ils ont réembauché la moitié des filles.

— C'est une bonne nouvelle.

— Evidemment, je n'en fais pas partie. Mais je suis contente, je me suis battue moi aussi, ça me fait plaisir pour mes camarades. Désormais, je suis une star des discothèques, je me débrouillerai.

— Tu es courageuse, Pilar. Mais pourquoi es-tu si triste ?

— J'ai reçu une lettre. Ecoute.

Nous vous demandons de vous présenter le 27 novembre au bureau de contrôle de l'immigration pour des informations importantes concernant votre permis de séjour.

C'est après-demain, Ulysse.

— Peut-être que ce n'est rien, juste un contrôle de routine.

— Espérons-le. Mais j'ai une peur bleue. Je ne voudrais pas que le directeur de l'*Eden Shop* ait téléphoné à la préfecture de police, pour se venger des syndiqués.

— Ce type ? Mais il ne connaît personne à la préfecture, il n'est quand même pas le grand maître de la Loge.

— Pas besoin d'un grand maître, il suffit d'un petit con. Ecoute, on peut se voir ce soir ? J'ai le moral à zéro, j'ai besoin d'*apoyo*, d'un soutien.

— Ce soir, Pilar, je dois tenir compagnie à un ami ; je te raconterai tout, plus tard. Je te jure qu'il ne porte pas une minijupe, ça ne l'avantagerait pas. Voilà ce que je te propose : je me libère à onze heures, viens me prendre chez lui.

— D'accord, donne-moi son adresse. Mais sois ponctuel.

— A onze heures pile devant le Crévé, le gros immeuble en plein centre, tu vois ce que je veux dire ? A côté de l'entrée centrale de la banque, il y a une grande porte cochère et une cour avec le Laocoon masochiste, une vilaine statue de marbre. Entre dans la cour et attends-moi là.

— J'y serai."

XX

Il neigea tout l'après-midi, mais la neige ne tenait pas, et au lieu d'un blanc manteau il s'était formé une colle jaunâtre, une mayonnaise polaire qui engluait tout. A l'extérieur de la cité ploutopolite, ce n'étaient que files de voitures bloquées sur les autoroutes, avec actes de cannibalisme et vente de biscuits à la sauvette, villages coupés du monde, coulées de boue, avalanches. Zeus lançait sa dernière attaque contre le Duce et ses laquais. L'hiver promettait dix sortes de virus et dix-huit nouveaux modèles de téléphones portables. L'économie s'asphyxiait. Les ouvriers licenciés voulaient bloquer les trains, déjà bloqués par la neige ; ils se contenterent donc de bloquer quelques bus çà et là. Le dragon-chenille Treize avait vingt minutes de retard, et Ulysse, tout en maudissant les camarades qui ne comprennent pas les exigences de leurs camarades, se décida à marcher et traversa la toundra, jusqu'au centre-ville. Désormais, la neige tombait, plus dru, sur des petites vieilles étendues par terre, fracturées et inanimées, et sur des voitures en hibernation. Ulysse avait enfilé un ciré vert acheté sur le marché, rescapé de quelque baleinière. Il ressemblait à une gigantesque grenouille fripée. Il croisa le énième joueur de musette précoce, et un couple de quêteurs auxquels il offrit généreusement cinquante centimes. Il entra dans la cour de l'immeuble et vit que tout avait été nettoyé, les arbres taillés. La voiture bleu Maldives de Phébus était scellée dans un gigantesque préservatif argenté. Même Laocoon semblait moins laid que d'habitude. Ulysse regarda autour de lui, s'assurant qu'il n'y avait pas d'ennemis à l'horizon, et monta l'escalier. Ce ne fut pas la mère qui lui ouvrit, mais un jeune homme en veste blanche, aux traits indubitablement thaïlandais ou philippins ; celui-ci l'apostropha en petit-nègre.

"Vous être invité ou ami Ulysse ?

— Ami Ulysse.

— Alors madame dit cuisiner.

— Moi ?

— Non, madame maintenant cuisiner pour dîner de ce soir. Vous devez absolument tenir compagnie à Achille."

L'irruption de l'indicatif présent stimula Ulysse, qui entra dans la chambre de son ami sans attendre la clochette. Achille paraissait joyeux. Il était coiffé d'une calotte rouge de gnome et portait de grosses chaussettes de montagne, jaunes. Son nez coulait ; sur son bureau était posée une assiette avec une part de gâteau.

"Phébus a eu la générosité de penser à moi, dit-il d'une voix enrhumée. Veux-tu avoir l'honneur de me faire manger ?

— Gros malin, dit Ulysse, tu as voulu rester sur la terrasse, sous la pluie, et tu es tombé malade.

Je suis un arbre, la pluie me fait du bien.

Tu es une tête de mule, tapa Ulysse sur le clavier.

A l'école aussi, nous faisions des duos sur ordinateur.

— Tu es allé à l'école ?

Un institut spécialisé en Achilles et semblables, il y a plusieurs années. Il y avait des crétins bigots, et quelques braves gens, mais ils ne savaient pas s'y prendre avec moi. Et puis je ne m'entendais pas avec mes camarades de classe. Tu trouves ça bizarre ? Nous nous haïssons aussi entre nous, c'est comme ça. J'avais un ami, mon Patrocle. Nous faisions la course dans les couloirs, moi avec Xanthe, lui avec Ribot, sa monture. Mais son état s'est aggravé. A la fin, il avait un fauteuil spécial, il le commandait en soufflant à l'intérieur avec une paille, il fonctionnait avec un filet d'air. Puis il est mort. J'ai fait les quatre cents coups, je pinçais des fesses et je jurais en araméen. J'ai été renvoyé, je suis revenu, mais j'ai eu trois crises en une semaine. On m'a laissé à mon autodidactique.

— Tu ne m'avais jamais dit ça.

Il y a beaucoup de choses que je ne t'ai jamais dites. Même dans une vie immobile, beaucoup de choses bougent. J'ai été un privilégié. Mon père et ma mère m'ont donné une culture, comme on dit. J'ai lu comme un fou pendant des années. J'ai été doté d'une bonne vue, les yeux sont la partie de moi qui a le plus de valeur. Sans compter mon indomptable Durandul, évidemment.

— Tu veux que je te parle des six go-go danseuses de la boîte ?

Non, ce serait trop.

— Alors, je peux te dire que ce soir Pilar viendra me chercher. Je lui ai dit d'être dans la cour à onze heures. Tu pourras peut-être entendre sa voix.

Espèce de foutu jaloux, pourquoi la voix seulement ? Tu dois me la montrer ! Jure-le ! Derrière la grande bibliothèque, il y a une fenêtre qui donne sur la cour. Jure-moi que tu me la montreras.

— Calme-toi, Achille, tu as les mains qui te démangent. Je vais finir par devenir jaloux pour de bon. Tu ne préfères pas l'imaginer ?

Je l'ai déjà imaginée. Je veux la revoir.

— Ne le dis pas comme si c'était la dernière fois."

Achille se mit à rire et indiqua du regard l'assiette sur le bureau.

"*Mangeons, ô mon fidèle compagnon. Que ce gâteau célèbre notre amitié, comme le faisaient les Achéens qui se partageaient la fougasse sacrée, la fougasse mycénienne ; puis on procédait à des libations et on laissait échapper, comme dans toutes les casernes, quelques pets virils, et on allait étriper des Troyens avec ingérence de nombreux dieux qui n'avaient rien d'autre à faire... Toi, tu as sauvé ta peau, comme toujours, pas moi. Le Dr Dardani m'a foudroyé avec une intraveineuse décochée à trente mètres de distance.*

— Accepte ces nourritures au nom du Seigneur, dit Ulysse, en enfournant dans la bouche d'Achille de la crème Chantilly et des cerises confites." Achille avala.

"*Merci, dieu Phébus, pour tous les triglycérides que tu nous donnes. Je serai fier de toi, lorsque tu t'élèveras aux plus hautes charges de l'économie et de la politique. Un frère gangster, qui l'eût cru ? Et dire que quand j'étais petit je voulais être pilote de bombardier. Mais comme tu le sais, un guerrier peau-rouge...*

— Cette fois, j'ai compris.

Bravo. Nourris-moi, Odysseus.

— Accepte cette pâte feuilletée que ta mère Thétis a pétrie de ses propres mains, en mêlant des coquillages pilés, des coraux et des écailles de rascasse."

Achille avala de travers, s'étouffa et cracha la bouchée à un mètre. Il jura comme un charretier. Ulysse le nettoya du mieux qu'il put. Ils burent une orangeade et rotèrent comme des cors de chasse. On entendit le premier coup de sonnette. Le premier invité était monté. Achille demanda à Ulysse de trouver le *Quatuor en la mineur*, opus 132 de Beethoven, et de le mettre à un volume respectable.

"Ils ne peuvent pas censurer Beethoven, même si c'est un handicapé sourdingue. Je ne veux pas entendre entrer les conjurés."

Une heure, peut-être deux passèrent. Achille sommeillait, Ulysse explorait les étagères de livres ; il trouva une vieille édition d'*Arthur Gordon Pym*, de Poe, avec de très belles illustrations. Sur l'une de celles-ci, Gordon Pym arrivait à la fin de son voyage, devant le grand fantôme blanc et mystérieux. Le clair-obscur à l'encre de Chine réussissait à suggérer, dans la blancheur de la page, une tonalité de blanc encore plus lumineuse, l'âme du papier, en quelque sorte. Il ne trouva pas seulement des livres, mais des objets usuels, comme deux batteries usagées pour Xanthe, une série de couches-culottes titanesques, et une photo d'Achille enfant. Il ressemblait vraiment à un Martien, mais tous les enfants ressemblent à des Martiens. Il examina les entrailles d'une pendule, et d'autres vieux objets de cette pièce, figée depuis la nuit des temps. Il écouta les craquements, imagina une souris en train de ronger un livre. Puis il perçut un petit bruit sourd. Il eut la vision de la souris qui s'enfuyait, poursuivie par le monstrueux chat noir d'Edgar Poe. Il se sentait presque chez lui.

La musique prit fin, et l'on entendit les éclats de rire des invités.

“Dieux de la mer et des arbres, dit Achille, punissez-les.”

A cette invocation, les lumières s'éteignirent. Toute la maison fut plongée dans l'obscurité. Ulysse regarda par la fenêtre entrouverte. La ville aussi était sombre, la neige avait fait sauter l'électricité partout. Dans la maison, on entendit des voix inquiètes, des bruits de pas hésitants.

“Ouvre la porte, dit Achille.

— Non, nous avons promis de ne pas le faire.

— Juste un peu… Je veux entendre ce qu'ils disent. A présent ils sont dans le noir, aveugles, cloués sur leurs chaises : ils sont comme moi.”

Ulysse ouvrit la porte, et l'on entendit les commentaires sur la catastrophe.

“Il n'y a plus d'électricité, dit une voix de femme, sur un ton dramatique.

— Un black-out, précisa un angliciste.

— Toute la rue est touchée, ajouta une voix grave, celle du vénérable Forco, et peut-être toute la ville.”

Il l'avait dit sur un ton qui sous-entendait : peut-être que dans le monde entier, et dans le cosmos, les étoiles se sont éteintes et un trou noir est sur le point d'engloutir toute forme de vie et tout mouvement orbital.

“Il faut que quelqu'un aille chercher une bougie, s'écria une voix pragmatique.

— Et même deux, précisa une voix prévoyante.

— J'espère que nous les avons”, dit la mère.

Suivit un silence consterné. Ces humains, si puissants et hardis, habitués à affronter des procès et des barricades, des embouteillages et des bagarres dans les stades, tremblaient face à cette catastrophe ; ils avaient régressé au stade d'australopithèques avec cartes de crédit, de pithécanthropes couverts de bijoux, d'hominidés en mammouth griffé.

"Je vais chercher une bougie", dit Phébus.

Un frémissement d'admiration parcourut le troupeau. Un homme, armé de son seul courage, par pure solidarité envers ses semblables, affrontait l'obscurité hostile d'une maison de trois cents mètres carrés afin de trouver une bougie salvatrice, défiant les coins des meubles et les stégosaures. Pouvait-on douter qu'un tel homme se destinât à une carrière politique ? Tous attendirent, attentifs et tremblants, suivant les pas de Phébus qui résonnaient dans le couloir. A la faible lueur d'un briquet, le courageux Phébus s'approcha de la chambre d'Achille, se cogna à une chaise et jura aimablement, avant d'ouvrir une petite armoire. Il se brûla le pouce avec son briquet, maudit les dieux une seconde fois, mais saisit enfin la bougie tant désirée, l'alluma, en mit d'autres dans sa poche. Puis, brusquement, son courage l'abandonna et il décida de retrouver précipitamment le troupeau ; mais étant, comme tous les héros, à moitié invincible et à moitié idiot, il éteignit la bougie en courant, selon une loi physique élémentaire. Notre Prométhée obstiné la ralluma et avança lentement, cette fois. Peu après, un tonnerre d'applaudissements saluait le retour du héros. Un tel homme méritait bien une place au Parlement !

"Eh bien, dit Achille, amusons-nous, nous aussi. Allume les bougies et mets-les sur Xanthe. Deux sur le dossier, deux sur les accoudoirs."

Ulysse s'exécuta. A présent, son ami ressemblait à une divinité immobile sur son trône.

“Allons sur la terrasse, dit Achille. Ma sœur la nuit a conquis le monde. Je veux voir la ville à mes pieds.

— Nous ne pouvons pas sortir de la chambre, protesta Ulysse. Je l’ai promis à ta mère.

— Allez, profitons du noir ; c’est l’affaire d’un instant, personne ne s’en apercevra. De la salle à manger, on ne voit pas la porte-fenêtre de la terrasse. Ne perdons pas de temps, cette panne est un signe des dieux.

— D’accord, dit Ulysse, mais c’est moi qui te pousse. Xanthe est trop bruyant.”

Il enfila son ciré vert, arrangea la calotte d’Achille, et l’étrange véhicule extraterrestre sortit dans le couloir. Un trône de marbre immaculé tétraluminescent, qui avançait silencieusement sur ses roues. Assise sur celui-ci, une créature à la crête rouge et aux pieds jaunes comme des pattes de canard, dont le visage semblait sculpté dans le bois, front large et bouche dentue, une idole moitié homme, moitié animal. C’était peut-être Podasokus, protecteur des arbres de la jungle et dieu de la nuit. Il était suivi d’un prêtre ou d’une seconde divinité, un homme à la peau verdâtre, peut-être Oulikasi, dieu polygame et polythrope, protecteur des scriptodactyles et des go-go danseuses. Ils avançaient vers la Terrasse sacrée des sacrifices, à la lueur rituelle des flambeaux. Lorsqu’ils furent devant la porte du temple, ils entendirent près d’eux un tintement de couverts, des rires et des criailleries. Les mortels mangeaient ; leur pauvre temps métabolique avait déjà exorcisé la peur de l’obscurité, le silence suggéré par cet avertissement cosmique était profané par des plaisanteries sur des attouchements supposés, des pieds qui s’étaient frôlés sous la table, et même un pet scélérat non revendiqué, ainsi que des accusations contre les erreurs techniques des gouvernements précédents, dont le Duce avait hérité en toute innocence.

"Ouvre la fenêtre", dit Achille.

Mais le Destin, caché et aux aguets dans quelque repli de cette obscurité éternelle, frappa encore une fois. Une goutte de cire brûlante coula sur la main d'Ulysse, posée pres des commandes de Xanthe. Sous l'effet de la douleur, Ulysse fit un geste brusque, qui poussa le *joystick* dans la position la plus avancée, celle qui déchaînait le galop du destrier. La Xanthomobile partit à la vitesse folle de neuf kilomètres-heure. Achille faillit être projeté contre la porte-fenêtre fermée et réussit à braquer au dernier moment, du côté gauche.

Or, à gauche, il y avait la salle à manger.

Voici la scène qui s'offrit aux convives atterrés.

De l'obscurité jaillit un char enflammé, conduit par un monstre au crâne énorme et pâle ; il fonça sur le chariot des viandes bouillies, éparpillant tripes et bouillons, rebondit sur un second chariot, fracassant des noisettes et s'écrasa enfin contre la table, renversant Mme Forco, le Dr Dardani et un avocat bien connu.

Tous les regards se tournèrent vers l'envahisseur, dans l'attente des prochains crimes. Achille fit un petit geste d'excuse.

"Qu'est-ce que c'est que ce machin avec des bougies ? cria Mme Forco, abasourdie.

— C'est le gâteau, dit Achille. Tous mes vœux, Phébus."

La lumière revint brusquement, éclairant le drame. Phébus tâcha d'expliquer ce qui s'était passé, utilisant tous les registres, de la colère à la compassion, de la vérité crue et médicale à des gémissements et des pleurs simulés, conscient de passer son examen de menteur. La mère raccompagna Achille dans sa chambre sans lui adresser la parole. Elle dit tout bas, à Ulysse :

"Je ne m'attendais pas à ça ; vous avez trahi ma confiance.

— Madame, dit Ulysse, c'était un accident, je vous le jure."

La porte se referma derrière eux. Achille souriait, parfumé au consommé de volaille.

"*Ce n'était pas un accident. Le Destin a choisi pour nous. Xanthe a volé tout seul.*

— Je regrette, je regrette, dit Ulysse, la tête entre les mains.

Pas moi. Je me suis bien amusé. C'est la première fois que j'ai eu l'impression d'être un gâteau. Voilà le bon usage que l'on pourrait faire de moi. Me manger. En ragoût. Ou au feu de bois. Chair tu étais, chair tu redeviendras.

— Achille, ils te le feront payer. Comment peux-tu en rire ?

Rire des petites douleurs est la revanche des faibles. Rire au-dessus de l'abîme est le propre des héros.

— Tu es un snob épico-symboliste.

Et en plus, un spastico-sophiste. Mais à présent il s'agit de bien terminer cette soirée. Même si je n'ai pas été sage, montre-moi Pilar."

Ulysse regarda sa montre : il était presque onze heures. Il avait failli oublier le rendez-vous. Ils contournèrent la grande bibliothèque. Derrière se trouvait une fenêtre qu'Ulysse avait toujours crue murée, masquée par un rideau imitant la tapisserie. Il tira le rideau et ouvrit la fenêtre ; le froid s'insinua à l'intérieur, mais les volets semblaient bloqués depuis des siècles. Il dut débloquer la poignée en la frappant avec un livre. Il tira fort et les volets s'ouvrirent d'un coup, crachant de la poussière et des éclats de bois. Un air glacial envahit la pièce. Ulysse mit le châle de religieuse-vampire sur les épaules de son ami. Mais Xanthe était bas, l'appui de la fenêtre était haut, et Achille n'arrivait pas à voir l'intérieur de la cour. Ulysse le prit alors dans ses bras. Il était léger comme un enfant, il n'avait jamais réalisé à quel point il était maigre. Achille posa sur l'épaule de son ami sa tête qui ballottait. A présent, ils étaient une statue, une pietà un peu particulière, une statue faiblement éclairée, surplombant la cour enneigée.

"J'espère au moins que Pilar sera ponctuelle", pensa Achille, et Pilar arriva. Elle entra, marchant avec prudence pour ne pas glisser. Le bonnet péruvien à oreilles cachait ses cheveux ; on aurait dit un elfe, un petit elfe amusant, aux grands yeux.

Ulysse l'appela : "Pilar." Elle leva la tête et vit cette chose à la fenêtre, ces deux êtres qui s'étreignaient d'une drôle de façon, et quatre yeux qui la regardaient. Une main la saluait.

"Les cheveux", dit Achille à voix basse, tout en la regardant, émerveillé.

Comme si Pilar avait entendu cet appel, elle enleva son bonnet, et ses cheveux noirs ruisselèrent sur ses épaules. Elle les secoua, et il en tomba une poussière de neige. Puis elle fit un geste, écartant les bras comme pour dire : tu vois où je suis tombée, moi, une beauté typiquement latino, au milieu de cette triste Sibérie... Et elle esquissa un pas de danse, une samba qui défiait le froid glacial.

Achille bredouilla quelques mots, confus et incompréhensibles. Il avait du mal à respirer. Puis il dit :

"Remets-moi dans mon fauteuil, Ulysse. Va la retrouver.

— Du calme… tu es bien pressé.

— Oui, je suis pressé. Il manquait le dernier chapitre de l'histoire, je dois l'écrire.”

Ulysse le sentit glisser de ses bras, et ce fut comme s'ils se séparaient, comme si son ami s'enfuyait loin, très loin. Il réagit contre cette sensation pénible ; il ferma la fenêtre et essaya de parler, mais Achille ne répondait pas. Ils restèrent un moment silencieux, puis se saluèrent à la hâte.

Ulysse descendit l'escalier au pas de course, étreignit Pilar et l'embrassa fougueusement sous les yeux du Laocoon enneigé et de l'escorte de Forco. Toujours en courant, lui et Pilar atteignirent l'arrêt du dernier dragon-chenille du soir. A l'intérieur de son ventre chaud, ils parcoururent les rues du centre. La ville était presque belle, redessinée par la neige. Les arbres blancs se dressaient, superbes, plus beaux que n'importe quelle enseigne ou vitrine.

“A présent, tu vas m'expliquer qui est ce drôle d'amant, dit Pilar.

— C'est une longue histoire”, dit Ulysse.

XXI

De : musomania@liber.it
A : forgedit/lellulysse@liber.it

SEULE LA DOULEUR NOUS ENSEIGNE CE QU'EST LA VIE SANS LA DOULEUR.

Voilà ce qui était écrit sur une plaque de marbre, à l'entrée de la clinique Philoctète... La clinique était la plus luxueuse de la ville et son médecin-chef, le Dr Lello Pistori, le médecin le plus estimé et le plus à la mode. Il avait fait beaucoup de chemin depuis l'époque de son diplôme, et sa mention très bien pour une thèse sur *Le Syndrome macrocéphale doux chez les patients graphomanes, le cas de l'homme-tortue*. Puis il y avait eu le long parcours de spécialisation, l'inscription, nécessaire, à une loge maçonnique, jusqu'aux premiers succès et à la consécration, en tant que neurologue de réputation internationale. Pour accéder à la clinique Philoctète, il fallait réserver des mois à l'avance. L'entrée ressemblait au hall d'un aéroport, les services étaient ultramodernes, des fleurs partout, des infirmières qui ressemblaient à des go-go danseuses. Et en plus, on citait des cas de guérison.

Ce matin-là, le Dr Lello visitait les patients, mais le mot "visite" serait réducteur, il faudrait plutôt parler de "défilé", de "triomphe", d'"exhibition" entre une haie de jeunes internes en adoration, escorté par les courtisans Colantuono et Dardani. Oui, il avait vraiment tout pour lui, le Dr Lello : charisme, richesse, prestige. Et une très belle femme, Pilar de Patoreal, riche héritière sud-américaine bien connue dans le service de cardiologie. Elle avait une douleur à la poitrine, il l'avait rassurée, d'abord avec un électrocardiogramme, puis avec quelques dîners, enfin avec le mariage.

Très élégante dans un tailleur rouge muleta, Pilar entra dans la clinique et se dirigea, avec une assurance princière, vers le comptoir des informations où trônait, dans sa resplendissante blancheur, la belle secrétaire Briséis. Les deux femmes échangèrent des regards de feu, car dans les couloirs de la clinique il courait des ragots sur des étreintes supposées entre Briséis et Lello, dans le tube des IRM.

"Mon mari est en visite ?

— Oui, répondit Briséis, il en a pour une heure environ."

Faisant claquer ses hauts talons, Pilar parcourut le couloir des consultations et prit l'ascenseur pour le troisième étage, service de neurologie. Là, elle se dirigea vers la suite n° 13. Elle frappa. De l'intérieur, elle entendit sonner deux fois une clochette.

Dans la suite, entre des fleurs, des télégrammes et des gazettes sportives, se tenait Jean Achilles, le grand pilote de Formule 1, cloué dans un fauteuil roulant. Depuis son accident à Monte-Carlo, il ne pouvait bouger que la tête et les mains ; une de ses jambes était dans le plâtre et il portait toujours un bonnet de laine, car la moitié de son visage était défigurée ; mais ses merveilleux yeux noisette témoignaient de son charme passé, qui avait fait de lui un sex-symbol pour des millions de femmes. Il regarda Pilar avec passion et dit :

"Défais tes cheveux."

Elle obéit. Puis elle enleva sa jupe et son chemisier, exhibant un ensemble de lingerie péruvienne irrésistiblement sexy. Avec une fougue typiquement latino, elle sauta sur Achilles et déboutonna son pantalon. Achilles était célèbre pour la rapidité de ses démarrages, et en moins d'une seconde il dressa son fameux piston, autour duquel la bouche de Pilar se mit à danser. Achilles ferma les yeux, s'enivrant du parfum préféré de Pilar, à l'extrait de pomme.

Mais l'examen oral fut de courte durée, car Pilar se redressa et haleta, nue :

"Je n'en peux plus, Jean, j'ai rêvé de cet instant toute la nuit."

Et d'un bond, elle se ficha sur lui, faisant vibrer la structure du fauteuil roulant. Sauvagement, elle le chevaucha. A chaque coup de reins, le fauteuil se déplaçait de cinquante centimètres, et ils accomplirent ainsi le tour complet de la pièce. Puis, Pilar prit son amant dans ses bras, le souleva avec une force inaccoutumée et le déposa sur le lit, la bite toujours dressée. Agile, elle grimpa au sommet de l'armoire et de la, s'élança pour obtenir, avec une précision incroyable, une sodomie foudroyante.

Après quoi, elle disposa adroitement les poulies qui soutenaient la jambe plâtrée du pilote. Elle suspendit Achilles par le cou et par les pieds, en position haute et horizontale, le cul vers le plafond, la bite pointée vers le sol. Puis elle s'allongea sur le lit, jambes écartées et, actionnant le moteur de la poulie, elle commença à faire descendre son amant protubérant vers la cible de sa chatte. ”Oui, hurla-t-elle, je suis la lune et toi la fusée, je suis le gisement et toi la foreuse.” Elle n’était pas seulement belle, elle était aussi perverse et pleine d’imagination. Jean Achilles accrut, autant que possible, la vigueur de son érection ; tous deux étaient désormais à quelques centimètres de l’impact ardemment désiré, quand la porte s’ouvrit, laissant apparaître le Dr Lello, avec vingt-quatre collègues et paramédicaux.

“Et voici, dit-il, nos nouvelles techniques de rééducation.”

Tout le monde éclata de rire. Une sacrée classe, ce docteur, même dans de telles circonstances.

P.-S. Je t’attends aujourd’hui à trois heures, pour la surprise finale. A bientôt. Jean Achilles.

Ulysse rit de bon cœur. Si son ami avait encore une telle réserve d’humour, tout n’était pas perdu. Peut-être l’incident avait-il été relativisé, peut-être Phébus aussi avait-il réussi à en rire. La seule chose qui l’inquiétait un peu, c’était cette “surprise finale”.

Il se disait tout cela en pyjama de détenu, devant une fenêtre embuée. La matinée était bien avancée et il traînait encore devant son ordinateur. Jusque tard dans la nuit, il avait raconté à Pilar l’histoire de sa rencontre avec Achille, et elle l’avait écouté. Puis, après un échange de baisers prometteur, il lui avait dit, frémissant : Maintenant, devine ce que je vais te faire. Et en effet, il l’avait surprise. Après une timide tentative d’incursion, il s’était écroulé de fatigue et s’était endormi dans son coin. A dix heures, lorsqu’il s’était réveillé, elle n’était plus là. Elle lui avait laissé un mot : *A bientôt, mes amours.*

Dans la tête d'Ulysse, les propos de la nuit se bousculaient. Ils avaient décidé que, puisque le formulaire envoyé par la préfecture de police prévoyait la possibilité d'une procuration, il irait à sa place. Sur le moment, la beauté typiquement latino avait refusé, puis elle s'était laissé convaincre. En effet, avait-elle admis, il n'est pas exclu qu'à la première remarque sur mes seins je lui saute à la gorge. Si Pilar était trop intransigeante, Ulysse était un grand fils de pute. Dire des mensonges était une de ses spécialités. Alors, tu me défends, mon hidalgo ? lui avait-elle susurré à l'oreille. Il avait répondu : Je défends ta vie, mais aussi la mienne, parce que sans toi *ye soy perdudo*. Elle l'avait corrigé : *perdido*, un polygame polythrope ne peut pas parler un espagnol romantique.

Puis Ulysse traversa la ville, jusqu'au quartier ploutopolite où se dressait l'immeuble d'Achille. Dans la cour, la neige avait fondu, et l'eau d'une gouttière se déversait juste sur le coffre de la voiture de Phébus. Tragédie en perspective. Ulysse regarda sa montre et s'aperçut qu'il était en avance. Il acheta un journal et s'assit, pour le lire, sur un banc avec vue sur le cul du Laocoon. Dernières nouvelles : les Américains menaçaient la Chine : vous êtes trop nombreux, vous consommez trop d'eau. Suivait une interview du colonel best-seller Maragnani : bombardez-les avant qu'il ne soit trop tard. Politique intérieure : le gouvernement votait une nouvelle loi en faveur de l'impunité parlementaire, même en cas d'homicides multiples ; mais désormais le Duce comptabilisait cinquante procès, on envisageait de célébrer ce record en grande pompe. Météo : intempéries, même les éboulements s'éboulaient. Vie locale : Phébus nouvel administrateur de la banque Crévé. Sport : le ménisque de Mironi était presque guéri. Et pour finir, une analyse sur un fait de société :

ENQUÊTE AMÉRICAINE :
LES FILMS PORNOS DÉMORALISENT LES HOMMES

Après une nuit de chasteté avec sa Pilar adorée, nous avons interviewé Ulysse Insulaire, la grande star du pornolight – le porno rassurant. Le marché des films classés X était en crise, car les gros phallus et les interminables chevauchées déprimaient les amants de sexe masculin normaux, qui n'achetaient plus de cassettes vidéo. Ce danger a entraîné la naissance du pornolight, films dans lesquels on voit des acteurs aux quéquettes molles, des semi-érections tremblotantes et des éjaculations précoces. La star la plus célèbre de ce nouveau genre cinématographique est Ulysse Insulaire, qui, avec les stars du porno Circé Curly et Pilar Duck, a tourné des chefs-d'œuvre tels que Neuf secondes et demie, Never High *et* Si tu la trouves tu jouiras. *Nous lui avons demandé : quel est le secret de tes fiascos à répétition ?*

Au secours ! hurla Ulysse.

"Tu me donnes une petite pièce ?"

Ulysse se réveilla. Devant lui se tenait un jeune garçon, pâle et titubant.

"Je t'en donne une, mais mange quelque chose, tu ne vois pas dans quel état tu es ?

— Moi, au moins, je ne m'endors pas sur les bancs publics", répondit l'autre.

Ulysse chercha une réponse adéquate, mais ne la trouva pas. Il étira ses membres engourdis et gravit lentement l'escalier de l'immeuble. Le tableau représentant saint Georges avait disparu. Il ne restait, sur le mur, qu'un grand rectangle plus clair. Qui l'avait enlevé ?

La mère l'attendait, vêtue de noir ; elle le fit asseoir dans le petit salon aux coquillages. Ses yeux étaient rougis par les larmes, sa voix faible et sévère.

"Notre décision est prise, monsieur Ulysse. Achille entrera en clinique."

Ulysse s'effondra sur une chaise.

"Non, dit-il.

— Après les… excentricités d'hier soir, il a eu une crise grave. Il a failli étouffer. Il délirait, il prononçait des mots bizarres, en espagnol. Il a de la fièvre, un début de pneumonie. Je l'ai défendu pendant des années, mais à présent je sais que s'il reste ici il mourra bientôt. J'ai sauvé un peu de sa dignité, je sauverai ce qui lui reste de vie. Lui aussi est d'accord, il a été très raisonnable, il s'est laissé convaincre. Il accepte la clinique avec sérénité."

Elle parlait très vite, en tournant le col de sa robe. Elle parlait pour elle-même. "Elle est fatiguée, se dit Ulysse, elle veut sortir de ce labyrinthe de chagrin, sauver le peu de vie qui lui reste, la vie de Thétis."

"Je ne suis pas d'accord, madame. Mais vous connaissez Achille depuis des années, moi depuis une semaine seulement. Pour moi, il est peut-être facile de parler.

— Vous avez fait beaucoup pour Achille. Je ne l'ai jamais vu écrire autant, être aussi occupé. Mais la maladie va plus vite que lui, plus vite que nous ne l'aurions espéré. Il m'a dit qu'il avait un cadeau pour vous. Je vous en prie, allez le voir quand il sera à la clinique.

— J'irai."

Il entra, sans attendre la clochette. Achille était assis près de la fenêtre et regardait dehors, par les fentes des persiennes. La lumière éclairait sa nuque, et ses cheveux qui brillaient, courts et lisses, rappelèrent à Ulysse la tête d'un enfant, le camarade qui était assis devant lui, à l'école. Achille se retourna et sourit. Il tenait dans son giron une grosse enveloppe et un sachet. Il s'approcha de l'ordinateur en chantant une chanson, bouche fermée.

"*Surpris de m'avoir trouvé loin de mon obscurité habituelle ? Je vais te confier un secret, Ulysse. Je n'ai pas toujours vécu dans mon aquarium de pénombre. Il y a plusieurs années, j'allais souvent à la fenêtre et je regardais les gens dans la cour, j'épiais leurs conversations...*

— Achille...

Ne m'interromps pas. Je les épiais, je ne voyais pas très bien leur expression et je n'entendais pas leurs paroles, mais je les imaginais. Dans mon imagination, c'étaient des conversations heureuses. Bonnes nouvelles, propos galants, petits bonheurs quotidiens. Et peut-être l'étaient-elles, parfois. Ce matin, je suis retourné regarder dehors...

— Achille, je suis au courant de tout. Dis-moi la vérité.

Elle est simple. Je quitte cette maison pour entrer dans une solitude confortable, éternelle. J'ai vécu dans la solitude ici aussi ; tu te souviens de ce que je t'ai dit sur la pièce sans porte ? Eh bien, je croyais qu'il n'y en avait pas pour moi ; mais il y en avait une, pas plus grande qu'une souricière.

Je me suis fait tout petit et je suis sorti, je me suis envolé. A présent, cette merveilleuse petite porte s'est refermée. Mais, moi, j'ai vu les dimensions du monde qui m'entourait. Maintenant, à la fin de l'histoire, je me rends compte que j'aurais pu faire davantage. J'aurais pu rester plus longtemps à l'école. Apprendre à écrire à la main, rien qu'un mot, au moins mon prénom... Consoler mon père... Essayer de parler avec mon frère. J'aurais pu passer une annonce sur Internet : homme pas vraiment beau mais intéressant, syndrome rare, motorisé, indépendant si pourvu de couches-culottes adéquates, cherche compagne belle présence, ou juste potable, pour bref mariage avec possibilité d'héritage...

— Arrête, dit Ulysse en lui donnant une petite tape sur la tête. Tu veux me faire croire que tu t'es résigné ?

Oui, je voudrais te le faire croire. Mais tu ne serais pas dupe, espèce de polythrope. Je suis brisé, vaincu, plié. Mais c'était mon destin. Le tien, c'est l'aventure, le mien, c'est de mourir jeune. Moi, je suis cher aux dieux, toi, à Pilar. Je serais d'accord pour échanger tout de suite."

Brusquement, Ulysse ressentit comme une secousse électrique. Il se mit à pleurer. Il pleura silencieusement, debout. Puis il fut pris d'un élan de colère. Il lança un coup de pied contre le mur, poussa un juron.

"*Arrête, s'il te plaît. Tu ne dois pas être contrarié. C'est ce qu'ils veulent tous. Phébus a enfin exhibé son secret, le frère enterré vivant. Il a dit qu'il avait eu beaucoup de mérite à me supporter tant d'années. Une carrière de parlementaire l'attend, mais ce n'est peut-être pas celle dont il rêve. Ils paieront tous, le Duce et son cortège funèbre. Tout l'or du monde ne pourra pas acheter un souffle de plus. Phébus vivra dans une maison dont les portes ne seront pas fermées, mais à l'intérieur de son cœur toutes les pièces seront habitées par la peur. Le Dr Dardani n'aura plus sous les yeux la preuve vivante de son impuissance, l'idole païenne difforme qui nargue la foi en la médecine. Lors d'un congrès à Palm Beach, il tiendra une conférence, très applaudie, dont je serai le sujet. Ma mère, qui m'a donné la vie plus d'une fois, pourra en finir avec son sacrifice. Pour elle, ce sera une douleur, mais uniforme, sans soubresauts : un fils normal à pleurer, mort comme n'importe qui. Elle aura le droit de m'oublier, de temps en temps. Et toi aussi, il faudra que tu continues à vivre et que tu m'oublies. Je le veux. Seule Pilar ne m'oubliera pas, elle qui change et qui transforme ta vie et la mienne. Pilar qui danse dans la neige.*

— Ta vie ne s'arrête pas ici, dit Ulysse. Le Dr Lello viendra te voir tous les jours. Les go-go danseuses se presseront autour de ton lit pour te dévorer, telles des bacchantes. Tu mangeras la meilleure purée hospitalière dont ait jamais rêvé un être humain. Tu auras des couches-culottes dorées…

Tu as raison, ce n'est pas encore fini. Il y a encore les cadeaux. Un pour toi et un pour moi. Le tien est le plus gros, comme toujours, vieille crapule. Prends-le."

Ulysse prit l'enveloppe. Il l'ouvrit. A l'intérieur se trouvait un scriptodactyle en gothique vampirique. Sans titre.

Ulysse se contenta de lire le début, en italique :

Qu'arrive-t-il aux gens que l'on dit normaux lorsqu'ils rencontrent brusquement un fou qui hurle, ou qui les agresse avec ses propos délirants ?

Lorsqu'ils voient un homme écroulé sur le sol, ou cloué par un spasme, sur les marches d'une église ? Après une telle rencontre, ils restent immobiles, avec une expression de malaise et de peur, abasourdis. Mais leur visage a changé : c'est comme s'ils avaient été photographiés par une lumière aveuglante : ils secouent la tête, parlent seuls ; l'espace d'un instant, leur normalité paraît entamée. Qu'ont-ils vu dans l'éclair de cette lumière, quel paysage, quel miroir, quelle vérité insoutenable qu'ils oublieront aussitôt, mais dont l'image restera à jamais dans un recoin obscur de leur cœur, dans la bibliothèque en flammes de leur vie ?

"Qu'est-ce que c'est que ça, Achille ?" demanda Ulysse. Et il s'aperçut que ses doigts, qui tenaient les feuillets, tremblaient.

"*C'est le livre que j'ai écrit ces jours-ci. Je n'aurais jamais pensé en être capable. Erreur : je suis un scriptodactyle, moi aussi. J'ai dit à ma mère, qui m'a aidé à l'imprimer, qu'il est de toi. Et c'est vrai. Tu as été l'inspirateur, et moi j'ai raconté, tu as été Dieu et moi l'oracle, toi la fantaisie et moi le support, toi le Paraclet et moi la Madone. Ce n'est pas du Beckett, mais c'est un livre étrange. Et surtout, il est court. Mets-y ta signature, publie-le, et s'il a du succès, profites-en.*

— Je ne peux pas.

Si tu ne le prends pas et si tu n'y mets pas ton nom, je le brûlerai. Tu ne comprends pas ce que cela représente, pour moi, de pouvoir te faire un tel cadeau ? Naître et faire naître, que désirer de mieux ?

— Nous le publierons sous ton nom, tel que tu l'as écrit. Tu dois affronter le monde avec les mots qui t'ont servi à le défier. C'est toi l'écrivain, Achille.

Je ne peux pas. A présent c'est mon tour, pour le cadeau."

Ulysse prit, dans le giron d'Achille, un sachet en tissu. A l'intérieur se trouvaient une seringue et trois ampoules bleu ciel.

"Qu'est-ce que cela signifie ?

C'est le Medèn, le rien, du phénobarbital. Un médicament que l'on me donnait en cas d'urgence. Il est très puissant et très secourable. J'ai découvert l'endroit où on le cachait, derrière des livres, sur une étagère. J'ai fait tomber les livres à coups de tête et je l'ai pris avec mes dents. Même pour crever, je dois me décarcasser plus que les autres.

— Qu'est-ce que tout cela signifie ?

Cela signifie que maintenant, si tu es un ami, si toi, moi et Pilar sommes encore ensemble et si tu ne veux pas me trahir pour une misérable caricature d'éthique et une pitié au rabais, si tu m'aimes un tant soit peu, Ulysse, tu mettras dans la seringue deux ampoules de cette très coûteuse ciguë, et tu me les injecteras dans une veine.

— Et que se passera-t-il ?

Occidit qui non servat. *Si une demi-ampoule m'assomme, quel sera l'effet de deux ? Je bondirai sur mes pieds et m'envolerai par la fenêtre, enfin...*

— Jamais je ne ferai ça, Achille."

Achille réussit à capturer sa main et la serra dans la sienne. Ce fut si violent, si inattendu, qu'Ulysse se dégagea violemment.

"*Tu as peur des conséquences, minus ? Il te faut un alibi ? Qui remarquera un trou de plus, sur mes bras qui en sont couverts ? Qui pourra reconnaître le dernier spasme parmi tant d'autres ? Une fois ton devoir accompli, tu emporteras la seringue et les ampoules. Moi, je ne peux pas le faire seul ; j'ai essayé, je n'y arrive pas."*

Il s'approcha d'Ulysse et le regarda dans les yeux.

"Tue-moi, dit-il avec un désespoir calme. Tue-moi, je t'en prie.

— Non, dit Ulysse. Et je vais jeter tout ça.

— Toi aussi, tu veux que j'agonise dans une clinique ? hurla Ulysse, avec le peu de souffle qui lui restait. Tu veux avoir le noble plaisir de souffrir en me regardant m'éteindre à petit feu ? Tu veux imputer la faute à Dieu, au destin, aux médecins ?

— Non."

Achille se pencha sur le clavier de son ordinateur, ses doigts tapaient lentement, comme s'ils jouaient une triste mélodie...

"Si nous avons été amis, au nom du livre que nous avons écrit, tue-moi. Tu veux peut-être que je fasse appel à ta pitié ? Je ne peux pas m'agenouiller. Tu veux que je pleure ? Que veux-tu ? Il y a plusieurs façons de tuer un homme ; pourquoi choisis-tu toi aussi la plus lâche, la plus facile, celle qui te sauve jusqu'au lendemain matin ?"

Ulysse était sur le point de crier, mais il entendit du bruit dans le couloir ; la mère avait peut-être entendu les éclats de voix. Il quitta la pièce, comme un voleur.

"Tue-moi", entendit-il encore crier.

Il dévala l'escalier et s'enfuit dans la rue, marchant jusqu'à l'épuisement ; il se retrouva dans un quartier de la ville qu'il ne connaissait même pas. Il s'aperçut alors qu'il tenait dans ses mains les "cadeaux" : le livre et les ampoules de médicament. Il glissa le livre dans la poche de son blouson. Il jeta les ampoules sur le sol, les piétina. Il n'y en avait que deux.

XXII

Par un mystère de l'âme humaine, Ulysse, cette nuit-là, dormit sans rêves ni cauchemars.

Une lumière rouge enveloppait la ville, le soleil faisait fondre la neige. Dans le dragon-chenille qui l'emmenait au travail, il téléphona à la mère d'Achille pour lui demander des nouvelles de son fils. "Il va bien, dit-elle, il dort, hier il a dit qu'il était un peu anxieux, mais à présent il va mieux. Il entre en clinique demain."

"Achille va bien. Ou il fait semblant. Ou peut-être fait-il semblant quand nous sommes ensemble, se dit Ulysse. Dans sa tête il y a toujours du drame, des abîmes, de la passion. De la tragédie à l'allégresse en l'espace d'un mot, dans son cerveau relié à son cœur. Je ne dois pas me laisser entraîner dans ce vertige. Je ne pouvais pas le tuer, c'est certain. Sa vie doit continuer et la mienne aussi. Je dois faire quelque chose pour Pilar, je dois lire mes scriptodactyles, je dois écrire. Achille a envahi mes pensées, c'est une obscurité immense, et moi, j'aime cette obscurité mais j'ai besoin de lumière. Je suis un arbre, moi aussi."

Il marchait, dans les lamentations des klaxons, hébété, comme s'il avait bu lui-même les secourables ampoules contre le désespoir. Il monta dans le sarcophage volant. Le bureau était désespérément vide. Il y avait juste un mot de Vulcain qui disait :

J'ai quarante-huit heures pour décider si je deviens, ou non, sociétaire de Graphocrédit. En ce moment, je ne sais plus où donner de la tête. Même la Playstadion ne me distrait pas. Je vais aller à la campagne, chez mon fils, que je n'ai pas vu depuis longtemps. Quoi qu'il arrive, ne me lâche pas. Nous continuerons. Circé a trouvé un nouvel emploi, dans une société qui répare des ordinateurs. L'ingrate, avec tout l'argent que je ne lui ai pas donné… Téléphone à Anastasia. Je sais que c'est la critique la plus sévère et la plus imprévisible qui soit, mais parfois elle accepte de rendre service. Je t'en prie.

VALERIO

"Faisons une dernière tentative", se dit Ulysse.

"Allô, madame Anastasia ? Ulysse, des éditions Forge.

— Je vous écoute.

— Nous publions une anthologie de jeunes écrivains… euh, aux larges vues, au-dessus de cent kilos. Elle s'intitulera Over 100. *Je sais, c'est une idée un peu débile, mais certains récits sont intéressants. Est-ce que vous écririez la préface ?*

— Over 100 ? *Plutôt amusant. Vous faites des livres dégueulasses.*

— Merci.

— Mais vous en faites aussi d'intéressants. L'essai de Mimi Ronaldo, par exemple. Un beau livre, profond. Et les poèmes d'un jeune homme, qui n'étaient pas mal du tout. Il y avait aussi un recueil de nouvelles, Récits grotesques, *très*

redondantes et narcissiques, mais écrites avec un talent un peu bizarre.

— Merci.

— Au troisième merci, je raccroche. Evidemment, vous ne payez pas.

— Pas grand-chose.

— C'est bon, envoyez-moi le livre.

— Vous voulez dire que vous écrirez cette préface ?

— Oui.

— Mer.... euh, nous sommes extrêmement reconnaissants.

— C'est le moins que vous puissiez faire."

Fin de la communication.

"Elle est d'accord, elle est d'accord !" s'écria Ulysse, sautant comme un kangourou. Enfin, une bonne nouvelle, une personne qui ressemble à ce qu'elle écrit ! Il alla dans la réserve chercher un vieil exemplaire de *Jamais plus*. Il se souvenait de la couverture, une caricature de Beckett. Il le retrouva ; il contenait une interview d'Anastasia. Il la lut et retrouva sa voix, son ironie, sa lassitude. Pourquoi suivons-nous si souvent ce qui entraîne loin de nos désirs ? se demanda-t-il. Nous nous prosternons devant la polémique du jour, dont nous connaissons l'inanité, mais dont tout le monde s'abreuve. Nous nous joignons au chœur de bavardages dont nous avons oublié l'origine, aux ragots de ceux qui encombrent la photographie aux pieds du souverain. Et tout autour, d'autres travaillent, étudient et cultivent des idées qui dureront mille fois plus longtemps qu'un éclair de notoriété à la télé ou dans un journal. Mais tous, bien souvent, nous préférons cet éclair à l'espérance patiente. C'est seulement lorsque nous perdons ces gens-là, les gardiens des semences, des idées, du jardin secret des paroles, que nous sommes conscients de ne pas les avoir suffisamment écoutés. Apprendre l'art de regarder au-delà des lumières, dans la pénombre, dans l'espace quasi invisible entre deux pages fermées, voilà le défi. J'ai appris quelque chose, Achille, pensa Ulysse en rangeant les vieilles revues qu'il avait dépoussiérées, classées, retrouvées dans sa mémoire.

Il lut un article qu'il avait écrit quelques années plus tôt. Ardent et hâtif, plein du désir de dire : écoutez-moi, moi aussi. Une grande partie de ces choses-là lui appartenait encore : elles étaient devenues plus difficiles, plus importantes, mais il les reconnaissait.

"Lève l'épée de ton crayon, dit une voix à l'accent russe, provenant de la revue placée sur le rayonnage le plus haut, dans les cimes poussiéreuses à quelques centimètres du plafond.

— A vos ordres", répondit Ulysse.

Il prit la cuirasse de son manteau et le bouclier d'une chemise cartonnée et partit vers une bataille extrêmement ardue, celle qui l'attendait à la préfecture de police. Dans le ventre du dragon-chenille, pendant qu'il se dirigeait vers le sombre château de la loi, il se sentait comme le chevalier qui va combattre le dragon. Peu importe si le monstre et la belle vivent dans une harmonie sereine et érotique, et si le dragon est plus civilisé que la moyenne des guerriers du pays. Le dragon est l'alibi utile à tous les héros, il leur permet de donner de grands coups d'épée, de ravir les belles et les trésors sans payer aucun droit. Mais, lui, il était un chevalier désintéressé, et le dragon-sbire est une créature bien connue pour sa soumission aux puissants. Son cœur battait à l'idée du combat. Quelle tactique polythrope utiliser pour contrecarrer le féroce commissaire ? Il envisagea plusieurs phrases.

Un guerrier peau-rouge est cent fois plus courageux qu'un commissaire

Vous commissaire ? Si jeune ?

Si vous renvoyez Pilar dans son pays, je jeûnerai devant la préfecture de police jusqu'à la fin de mes jours.

Ou plutôt, je jeûnerai jusqu'à Noël...

Ou plutôt, je jeûnerai sur la place principale durant trois jours, à l'exception de quelques cafés et d'un goûter équitable et solidaire...

J'ai ici de l'essence et des allumettes, je m'immolerai par le feu.

J'ai ici de l'essence et des allumettes, je vous immole par le feu.

Touche pas ma femme, sale flic.

Je suis un ami de Stanzani et d'Olivetti.

Laissez Pilar tranquille, chevalier, si vous avez encore une once de dignité.

J'ai honte de vivre dans ce pays.

Honte à vous, qui avez mis ce pays dans cet état.

J'aimerai toujours ce pays, quoi qu'il arrive.

Si nous nous mettons d'accord, Pilar sera à vous de la manière que vous voudrez.

Si nous nous mettons d'accord, vous serez à elle de la manière qu'elle voudra.

J'ai toujours rêvé d'avoir un père comme vous.

Vous êtes exactement aussi con que mon père.

Papa !

Quand j'étais jeune, je voulais être commissaire.

Quand j'étais jeune, je voulais être Arsène Lupin.

Voici un chèque, inscrivez le montant.

Je crois que c'est le début d'une belle amitié.
C'est le soc qui trace le sillon mais c'est l'épée qui le défend.

Cette dernière phrase ne faisait pas partie du répertoire d'Ulysse, mais on pouvait encore la lire, un peu effacée, sur le fronton de la préfecture de police, construction où l'ancienne architecture vétéro-fasciste se mariait avec des portes blindées très modernes et des caméras, cachées çà et là. Il demanda où était le bureau de l'immigration. Une femme flic pas mal du tout lui expliqua le trajet. Il se retrouva dans une pièce nue et enfumée. Trois Maghrébins étaient assis, l'air las et ennuyé. L'un téléphonait, l'autre dormait, le troisième pleurait. Un policier blond prit sa convocation, émit un grognement et lui dit d'attendre.

Moi, citoyen italien, je devrais faire la queue avec cette racaille ? aurait-il pu dire, s'il n'avait pas été polythrope et démocrate. Mais il pensa : Eux, ils ont l'habitude d'attendre, moi pas.

L'un des Maghrébins parlait maghrébin dans un portable, à voix haute. L'autre lui demanda une cigarette. Le troisième se mit à ronfler. Puis, du bureau sortit une espèce de géante noire très maquillée, sexe trivalent, une Miss Ruelle des Péchés, habillée comme un arbre de Noël. Elle lança un baiser au policier blond et dit : "Mon beau, si tu me veux, tu sais où me trouver." Très bien, se dit Ulysse, j'aime beaucoup ce climat de franche camaraderie. Une autre porte s'ouvrit et il vit sortir un jeune homme slave menotté, malmené par deux agents. Il pleurait et criait. Les trois Maghrébins ne le regardèrent pas.

"Mademoiselle Pilar ? appela le policier blond.

— C'est moi", dit Ulysse.

Les Maghrébins le regardèrent, vaguement soupçonneux.

“Je veux dire que j'ai une procuration.”

Il entra. La pièce était plongée dans un nuage de fumée ; on aurait dit qu'on venait de lancer des bombes lacrymogènes. Au centre du nuage, il y avait un bureau et un homme maigre, moustachu, barbichu, élégant complet bleu marine. Le commissaire, de toute évidence.

“Asseyez-vous.”

Il s'assit.

“Monsieur Ulysse, dit le commissaire en allumant une cigarette, la procuration n'est pas valable, dans certains cas. C'est une erreur du formulaire. Mais puisque vous êtes ici, je vais vous parler. Je dois tout de suite vous dire que quelqu'un ne vous porte pas dans son cœur.

— Ah oui ?

— Quelqu'un s'est donné la peine de sortir des archives le dossier de votre amie ou fiancée, et de nous le communiquer. Quelqu'un de très puissant qui a dérangé un adjoint, un maréchal des carabiniers et l'homme le plus riche de la ville. Vous savez ce qui se passe dans ce pays, lorsqu'on se met certaines personnes à dos.

— Dans un pays démocratique et civilisé... commença Ulysse, en levant un doigt réprobateur.

— Je sais mieux que vous ce qu'est ce pays. Je ne suis pas comme ces flics que l'on voit à la télé, tous pareils sur vingt épisodes ; j'en ai vu de toutes les couleurs, moi. Je ne sais peut-être pas écrire, mais j'ai vécu.

— Comment savez-vous que j'écris ?

— On nous a demandé une enquête, nous l'avons faite. Vous voulez un résumé ?

— Je serais curieux de l'entendre.

— Vous êtes un intellectuel politiquement orienté à gauche. Deux ou trois plaintes contre vous, sans gravité, un peu de raffut devant une usine. Mais, dans l'ensemble, vous êtes inoffensif."

A présent je sors la mitrailleuse que j'ai dans mon sac et tu vas voir, pensa Ulysse.

"Vous travaillez pour une maison d'édition dont le directeur a été condamné trois fois pour chèques sans provision postdatés.

— Ah, dit Ulysse.

— Quant à Mlle Pilar, son père était un enseignant communiste, ce qui lui a créé de gros problèmes dans son pays.

— Des problèmes ? Ils l'ont tué !

— Ça, ce n'est pas précisé. Cette jeune personne a émigré dans divers pays avant de venir chez nous il y a six ans – corrigez-moi si je me trompe. Elle a vécu environ deux ans au 13, rue des Canards, où vous habitiez vous aussi. A la même adresse il y avait MM. Nikos Perimedes, Statis Eurilikos, etc., on s'en fiche éperdument. Venons-en à l'essentiel. Il y a quelques années, cette personne présente, ici même, une demande de permis de séjour pour raisons d'études, avec un papier prouvant son inscription à l'université, papier qui, à la suite de vérifications, se révèle être un faux.

— Elle s'est inscrite tout de suite après.

— Monsieur Ulysse, si je vous tire dessus et que le revolver s'enraye tout de suite après, vous mourez quand même. Vous comprenez la comparaison ?

— Je comprends…

— Très bien. Une fausse attestation entraîne, au regard de la nouvelle loi, article 13, la perte du droit au séjour, dans la mesure où l'infraction commise pourrait être réitérée, et donc cette jeune personne doit être considérée comme potentiellement dangereuse pour l'ordre public de notre pays. Elle pourrait donc être expulsée, avec exécution immédiate.

— Elle pourrait l'être.

— Elle pourrait. Et si un certain M. Phébus, ami du *cavaliere* Forco patron de cette ville ainsi que d'un général des carabiniers, s'en mêle aussi, ce "pourrait" devient "peut", et Mlle Pilar rentre chez elle.

— Mais quel danger représenterait-elle pour l'ordre public ? Pilar n'a jamais fait de mal à personne, et elle ne s'est jamais mêlée de politique.

— Nous avons la preuve du contraire. Il y a quelques jours, Mlle Pilar a joué les syndicalistes et a été photographiée devant un grand magasin alors qu'elle incitait les employés à la révolte."

Il brandit une photographie.

"C'est elle qui est à côté de ce casse-couilles d'Olivetti, n'est-ce pas ? Félicitations, c'est une belle fille. Mais cela ne constitue pas une raison suffisante pour qu'elle reste.

— Et que pourrait-elle faire, alors ?

— Il y aurait bien un moyen.

— Et ce serait ?

— Ce serait qu'il est lié à ce «pourrait». Si quelqu'un faisait quelque chose pour que ce «pourrait» puisse devenir un «pourrait ne pas»..."

Cette avalanche de conditionnels étourdit Ulysse pendant un instant. Peut-être avait-il compris. Il eut la vision de Pilar, la douce Pilar, en cuissardes sur le boulevard périphérique, en pleine nuit, racolant des voitures bleu Maldives, et une voiture de police passait et commentait : Tu l'as vue, celle-là ? Elle fait le tapin pour le commissariat.

“Monsieur le commissaire, dit Ulysse en essayant d’être clair, s’il est vrai que pour transformer ce «pourrait» en «pourrait ne pas» on pourrait faire des choses, il ne faudrait pas que ces choses soient pires que ce «pourrait».

— Mais si ces choses qui pourraient être faites se faisaient et si vous pouviez les faire, alors, ce «pourrait» de votre petite amie pourrait devenir un «pourrait ne pas», en vertu, justement, des choses que, vous, vous feriez.”

Il eut la vision d’Ulysse, le doux Ulysse, en cuissardes sur le boulevard périphérique, etc.

“Pourriez-vous être plus clair, commissaire ?

— D’abord, il faudrait que vous me juriez une chose. Il se pourrait que si vous ne le fassiez pas, vous puissiez aller raconter partout que je vous aurais demandé de le faire, et cela pourrait me mettre sacrément en rogne, et donc, ce que je pourrais vous dire maintenant devrait rester entre nous.

— Cela devrait être clair pour tout le monde.

— Alors, je serai clair.

— Oui.

— Une fois pour toutes.

— Oui.

— Il se pourrait qu’un commissaire ait un père.”

Ulysse envisagea douze répliques et les censura toutes, se contentant d’acquiescer.

“Le père de ce commissaire a eu une vie exemplaire. Il a travaillé dur jour et nuit pour permettre à son fils d’aller à l’université et de devenir, un jour, un commissaire estimé.”

Dans les yeux de l’impitoyable policier apparut une larme sans conditionnels.

“Il se pourrait ensuite que le père vieillisse et tombe gravement malade avec expiration imminente de son permis de séjour parmi les vivants (larme), et que le fils se demande : comment pourrais-je le remercier de tout ce qu'il a fait pour moi (larme, mouchoir) ? Et le fils pourrait savoir que son père a un rêve. Toute sa vie, son père a tenu un journal dans lequel il a noté les événements, les notes, les anecdotes et les remarques concernant sa vie exemplaire de professeur.

— Attendez un instant, dit Ulysse, il pourrait…"

Il ne pourrait pas. Il pouvait, ou plutôt, il était. Pour la première fois, il regarda le nom du commissaire, sur la petite carte bien en évidence sur le bureau.

COMMISSAIRE ÉNÉE COLANTUONO

Le commissaire était un scriptodactyle par hérédité !

"Pour conclure, dit Colantuono junior, le fils pourrait savoir que quelqu'un pourrait lui faire une faveur, à laquelle il pourrait répondre par une faveur analogue.

— Ce serait vraiment incroyable si le fils ne demandait pas cette faveur.

— Bravo, jeune homme. Vous avez entre les mains le livre de mon père. J'en ai envoyé un dans chaque ville d'Italie. J'ai appris, par hasard, qu'il l'a justement envoyé à votre maison d'édition. Cela vous étonne ?

— Pas du tout, dit Ulysse, je connais très bien ce manuscrit. *Mémoires d'un professeur*, cinq cents pages concises et très intéressantes, écrites dans une prose agile et incisive ; ces derniers jours, justement, je me suis battu personnellement pour qu'il soit publié.

— Vous parlez sérieusement ? Alors il pourrait…

— Disons que le comité de rédaction est en train d'en discuter, nous examinons chaque livre avec beaucoup d'attention et de rigueur. J'ajoute cependant que mon avis est décisif dans la mesure où je dirige la collection de romans «Over 50», et que votre père a plus de cinquante ans."

Le commissaire se moucha, visiblement ému.

"Donc, *Mémoires d'un professeur* pourrait être publié.

— Et si c'était le cas, que se passerait-il ?

— Il se pourrait qu'un certain papier un peu… imparfait disparaisse parfaitement du dossier de votre fiancée, son inscription pourrait être post-datée, ou bien le dossier pourrait disparaître dans des archives et même, vous savez ce que je vais vous dire ? Il pourrait disparaître totalement, et salut la compagnie.

— Et il en sera ainsi, dit Ulysse.

— Alors, vous promettez ?

— Je ne promets pas, je jure. D'ici vingt-quatre heures, votre père aura son contrat de publication. Mieux encore : je vous l'apporte personnellement.

— Et moi je vous remets le dossier, faites ce que vous voudrez."

"Je crois que cela pourrait être le début d'une belle amitié", faillit dire Ulysse, mais il se contenta de mentir :

"Vous m'avez redonné confiance en la loi.

— Et vous en l'édition. Cent quatre-vingts réponses négatives, pauvre papa, cent quatre-vingts ! D'accord, ce n'est pas du Stephen King, ce bouquin, mais il est bien écrit, mon père était professeur, il m'a appris l'italien de ses propres mains.

— Désormais, justice est faite. Il sera édité…

— Serrez-moi la main, jeune homme, dit le commissaire Colantuono. Vous faites le bonheur de deux personnes : mon père, et moi. Ou plutôt, de quatre : vous, votre fiancée, mon père, et moi. Ou plutôt, de cinq : ma pauvre mère, là-haut. Ou plutôt, de sept : vos parents boulangers, qui, comme les miens, se sont sacrifiés…

— Merci, merci, dit Ulysse, espérant que le générique de fin s'arrête.

— J'ai été ravi de vous connaître. Quand vous êtes entré ici, vous deviez être sur vos gardes et vous aviez sans doute préparé des phrases types ; vous vous êtes peut-être dit : à présent je vais essayer de le rouler, ce crétin de commissaire. Mais comme vous l'avez vu, nous, les commissaires, nous avons un cœur et une culture. Et je vais vous dire autre chose, mais c'est un secret.

— Dites."

Le commissaire approcha ses lèvres de l'oreille d'Ulysse et parla tout doucement, même s'ils étaient seuls dans la pièce.

"Je n'ai pas voté pour lui.

— Vous n'avez pas voté pour qui ?

— Le minus. Je n'ai pas voté pour lui.

— Et pour qui avez-vous voté ?

— Ça, je ne vous le dirai pas, je n'ai pas envie que ce soit dans le journal : vous, les journalistes de gauche, vous êtes des fils de pute. Mais maintenant allez voir ce beau brin de fille, et ne lui dites rien du pacte que nous avons établi entre hommes ; dites-lui simplement que c'était un malentendu et que tout est arrangé. Et baisez-la."

Et, d'une grande tape sur l'épaule, il souligna ce conseil salutaire.

Ulysse le kangourou sortit de la préfecture de police en sautant de joie. Il téléphona à Pilar, mais elle avait éteint son portable. Il salua cordialement policiers, inspecteurs et même un gendarme de la route.

“Merci, professeur Virgile, dit-il.

— Oui, mais dépêchez-vous, dit Colantuono senior, en sortant la tête de la poche. Je suis vraiment en train de mourir.

— Vous auriez pu me le dire avant, que vous aviez un fils aussi sympathique.

— Oui, je l'ai bien élevé. Alors, vous allez me publier ? Je peux fêter ça ?

— Dans ma poche ?

— Je pensais inviter la demoiselle de *Journal oral*. On débouche une mignonnette de crème de marsala et...

— Je ne veux pas de détails, dit Ulysse. Mais allez-y doucement, je ne voudrais pas vous publier à titre posthume.”

Il rentra chez lui à pied, tout excité. Il commençait à faire nuit. Il se demandait comment convaincre Valerio de publier Colantuono. Mais il savait qu'il y arriverait, au risque de lâcher du lest sur l'histoire de Graphocrédit. Tout, pour ma Pilar. Arrivé chez lui, il but une bière à même le goulot et mangea une mozzarella en mordant dedans. Il s'aperçut qu'il n'avait pas pensé à Achille. Cette nouvelle lui aurait fait plaisir à lui aussi, elle l'aurait un peu soulagé en ce jour difficile. Nous sommes de nouveau trois, Achille. Il décida de lui envoyer un message, ouvrit son courrier électronique, mais Achille l'avait devancé. Il l'imagina dans sa chambre, la tête penchée, ses belles mains sur le clavier à bouclier, droit dans sa Xanthomobile. La lumière s'éteignit. Une nouvelle panne. L'ordinateur continua à fonctionner sur la batterie. Mais, de nouveau, le temps d'Achille l'enveloppait. Il était dans le noir, et en face de lui il n'y avait rien d'autre que ses paroles.

XXIII

De : musomania@liber.it
A : lellulysse@liber.it

Ne me vante pas la mort, splendide Odysseus
Je voudrais être un rustre et servir un maître
Un déshérité sans la moindre richesse
Plutôt que de régner sur un monde de tristes ombres

"Quel lieu étrange, dit Lello, on ne dirait même pas un aéroport.

— On dirait quoi, alors ? demanda Pilar.

— Une station spatiale… ou une gigantesque clinique ; aucun check-in, ici on fait des check-up. Et puis, personne ne part, personne n'arrive."

Pilar se dit que Lello avait raison. Des petits fauteuils jumeaux où ils étaient assis, ils voyaient un interminable tunnel blanc, et des salles en enfilade. D'un côté, les portes à tambour pour entrer, de l'autre les portes numérotées des départs. Un désert sous une lune de néon. Les rideaux de fer des magasins étaient baissés, devant les comptoirs d'embarquement il n'y avait ni voyageurs, ni employés. Les écrans de contrôle suspendus au plafond brillaient d'un bleu intense, telles des fleurs robotiques. La jeune fille au visage pâle, qui avait contrôlé le billet de Pilar et lui avait attribué sa place dans l'avion, avait disparu elle aussi. Elle l'avait avisée que, par suite d'un incident malencontreux, elle devait garder sa valise avec elle. En effet, les tapis roulants pour les bagages étaient immobiles, et le panneau des départs et des arrivées éteint. Tout était silencieux ; d'un haut-parleur éloigné leur parvenait une vague musique non identifiable.

"Il y a peut-être une grève imprévue et tu ne peux pas partir, dit Lello, plein d'espoir.

— J'ai déjà ma carte d'embarquement. Et si tu regardes bien, là-bas, à la porte 13, il y a quelqu'un.

— Oui, je le vois, il est tout blanc, comme cet édifice hallucinant. A mon avis, c'est un fantôme.

— Les fantômes ne voyagent pas en avion, soupira Pilar. Et surtout, ils n'ont pas besoin de permis de séjour ni de passeport.

— Pilar, je t'en prie... Je sais, j'avais promis de ne plus en parler. Mais c'est absurde que tu partes. Le problème de ton permis sera bientôt résolu.

— Pour combien de temps ? Un mois, un an. Après, ce pays me chassera. Ton pays qui a vendu sa diversité, sa merveilleuse bâtardise, son sang multicolore, contre le privilège de siéger aux côtés des plus forts, qui en réalité ne sont pas forts, mais seulement plus armés et plus désespérés. Un pays qui a tout, sauf le pain de la dignité et le vin de l'espérance. Un pays de gouvernants qui haïssent ceux qui sont faibles et pourtant plus vivants qu'eux, ceux qui n'ont pas de pouvoir, mais qui ont plus d'avenir qu'eux. De misérables qui ne veulent pas être jugés, mais qui sont déjà dans l'enfer de l'histoire. Je ne veux plus vivre ici.

— Ce pays guérira.

— Je l'espère pour toi. Mais, moi, j'appartiens à une autre terre… Ici, vous pouvez marcher les yeux fermés ; vous oublierez ces années, comme vous en avez déjà oublié d'autres. Mais dans le monde qui est le mien, la douleur a coupé nos paupières et nous contraint à garder les yeux grands ouverts. Nous vivons la joie, même si nous savons que tôt ou tard elle nous sera enlevée. Je danse sur toutes les musiques, même les plus tristes. Je ne veux pas attendre le jour où tu passeras près de moi sans me voir.

— Et moi, je voudrais ne pas voir le jour d'aujourd'hui, soupira Lello, ce maudit jour qui nous sépare."

Il fut interrompu par une voix métallique qui ne semblait pas venir des haut-parleurs mais de l'extérieur, peut-être de la piste d'atterrissage.

LES PASSAGERS DU SEUL VOL RESTANT
SONT PRIÉS DE SE PRÉSENTER PORTE 13,
POUR LES FORMALITÉS D'EMBARQUEMENT.

"Le seul vol restant ? dit Lello. Quelle drôle d'annonce !

— Bah. De toute façon, c'est mon vol.

— Pilar, ne pars pas. Qu'est-ce que je peux faire pour te convaincre ? Je ne serai plus polygame. J'entrerai en politique, je deviendrai roi, je changerai les lois. Je remplirai ce pays de tribus africaines, d'Esquimaux joyeux, de sosies de Totò, de canards qui parlent…

— En attendant, pousse le chariot avec ma valise."

Ils s'acheminèrent, Pilar d'un bon pas, Lello à côté d'elle, avec le chariot, lourd et grinçant. La porte 13 était loin.

"Maintenant que tu vas partir, je voudrais te dire beaucoup de choses, dit Lello, et je pense aussi à toutes celles que je n'ai jamais faites. Si j'avais un ordinateur magique qui reliait cœur, cerveau et mains, j'écrirais un livre en une minute ; des milliers de pages avec des dessins et des photos de toi. Pourquoi seulement maintenant ?

— Parce que le temps est court, et transparent. Tu es en train de marcher les yeux ouverts. Tu vois la terre comme un grand aéroport suspendu dans l'espace, plein de gens qui arrivent et qui partent. Il n'y a rien d'écrit sur le billet, et donc, chacun est libre d'imaginer son propre vol. Certains croient que cet aéroport est une escale, mais ce n'est pas pour autant qu'ils se hâtent vers l'embarquement. Certains pensent que leur vol est le dernier, et pourtant ils ont rempli des valises, des montagnes de valises, ils y ont mis des affaires volées à d'autres, destinées à d'autres, même le superflu et l'inutile. Certains prient pour qu'il y ait une grève, d'autres mettent des bombes dans les avions, comme ça ils arrivent plus vite.

— Mais qu'est-ce que tu racontes ?" dit Ulysse en riant.

Pénélope marchait devant lui. Sa silhouette souple se déforma, reflétée dans un vitrage.

"Nous avons attendu ce départ ensemble, ça a été un long retard heureux. Tu es un homme comme tant d'autres, polythrope Ulysse. Tu ne peux pas échapper à tes mensonges, à ta veulerie, à ton indifférence. Lorsque quelqu'un est sur le point de partir, tu ne t'en aperçois pas, et tu oublies bien vite celui qui est parti. Trop de trafic, trop de visages. Mais il ne faut pas que tu ressentes seulement de la colère et de la culpabilité. Recommence. Un jour, peut-être, tu apprendras l'art de voyager."

Désormais, ils étaient devant la porte 8. Lello voulait dire quelque chose, mais par une baie vitrée entra brusquement un soleil aveuglant, qui se reflétait sur la blancheur du sol et débordait dans toutes les directions. Lello ne distinguait plus rien et poussait devant lui le chariot de plus en plus lourd.

"Je ne vois rien, dit-il.

— C'est moi qui vois pour toi, dit la voix de Pilar, étrangement rauque et profonde.

Il n'est pas important de voir. Il est mensonger, ce discours. Tu n'es pas montée à bord de ces navires, Hélène, tu n'as pas vu les remparts de Troie. Dix années de guerre et de morts, et ma mort non plus, pour une idole, pour un fantôme, Hélène, n'eut jamais lieu. Et c'est ainsi que l'on combat des guerres par amour et que l'on accomplit des entreprises mémorables, guidés par des rêves et par des livres qui les contiennent.

— Pilar, où es-tu ?

— *Devant toi, Ulysse, tu m'accompagnes... comme tu m'as accompagné ces derniers jours.*

— Tu n'es pas Pilar.

— *Tu sais qui je suis. Promets-moi que tu seras heureux. Que tu te laisseras surprendre par l'allégresse. Ne me dis pas que je parle de choses que je ne connais pas. Dans ma nuit, chaque livre me donne de l'espoir ; de ma fenêtre, heureux, j'ai imaginé chacune de nos conversations, humble et quotidienne. Moi aussi j'ai connu la joie et l'allégresse, moins que je ne l'aurais voulu et qu'il ne m'aurait fallu. Mais c'est une maladie commune. Promets-moi de m'oublier quelquefois. Promets-moi de ne pas m'oublier.*

— Qui es-tu ?

— *Un déshérité sans richesse. Un rustre, affligé d'un maître impitoyable. Mais je ne serai pas une ombre qui s'éteint. Jusqu'au bout, j'ai été vivant. Aime ton propre souffle, Ulysse."*

La lumière aveuglante se dissipa, et Ulysse s'aperçut que la voix provenait du chariot qu'il poussait, et que ce chariot était le glorieux Xanthe ailé. Et au-dessus se trouvait une grosse tête inclinée, une silhouette aux mains réunies dans son giron, une vieille robe de chambre rouge, et des pieds nus. Il était si léger…

"A présent, je m'en vais. Merci pour tout…"

Sans bruit, Xanthe franchit la porte d'embarquement.

"Attends…

— *Je suis déjà de l'autre côté, dit Achille en se retournant. Publie le livre sous ton nom. Quel nom ? Tu as un nom auquel tu réponds, le nom avec lequel les hommes t'appelaient. Mais quel est le nom de ton mystère, celui auquel répondent tes souvenirs, tes craintes, tes aspirations ? Crois-tu qu'il existe un mot pour décrire tout cela ? Non. S'il existait, ce serait ton nom dans l'obscurité. Combien de livres merveilleux sont cachés dans le silence de celui qui vit immobile, muet, aveugle ? Aurais-tu imaginé que derrière une vilaine couverture, dans une tête aussi mal bâtie, il y avait l'ordre et le désordre d'une histoire ? Je pars vivant et victorieux, Odysseus. Nous n'y pensons jamais, mais tout livre comporte une page qui nous restera incompréhensible – la plus blanche, la plus inutile – alors que c'est pour elle que tout le reste a été écrit. Pourquoi sommes-nous incapables de la voir ? C'est une question que je te pose, et qui te fera penser à moi pendant quelque temps, jusqu'à ce que tu trouves la réponse. Mais après, oublie-moi, et vis. Et maintenant, assez parlé. C'est mon livre qui parlera, mon fils plein de gloire."*

Ulysse lut les dernières paroles. Plein d'appréhension, il téléphona aussitôt chez Achille. La ligne était occupée. Il renouvela son appel, par trois fois. En vain. Il appela alors un taxi et descendit dans la rue. Dans le taxi, il essaya encore de téléphoner, sans résultat. Il descendit devant l'immeuble. Tout avait l'air normal. Mais en entrant dans la cour il vit que la fenêtre de la chambre d'Achille était grande ouverte. C'était celle par laquelle Achille avait vu Pilar. Comme si elle l'avait entendu, la mère apparut entre les vieux rideaux, et lui fit signe d'attendre.

Elle le rejoignit dans la cour. Elle l'étreignit pudiquement, et il répondit à son étreinte avec encore plus de délicatesse. On ne doit pas briser un coquillage.

“Achille est mort ce matin. Il n'a pas souffert. Une crise plus aiguë, peut-être pendant son sommeil.”

Elle avait dit cela très vite, sans le regarder dans les yeux.

“Vous me dites la vérité ?

— Vous voulez la vérité ? Laquelle vous plairait le plus ? Oui, il y avait des ampoules contenant un médicament très dangereux, cachées dans la bibliothèque de sa chambre ; elles ont disparu. Il les a peut-être prises, cassées et ingérées, mais je ne le crois pas, ou je ne veux pas le croire. Ou je l'ai peut-être tué, moi, puisqu'il me l'a demandé. Ou bien c'est vous, Ulysse, qui avez laissé une ampoule sur son bureau. Cela ne change rien à la vérité ultime. La vérité, c'est qu'Achille ne voulait pas entrer en clinique, et qu'il n'y est pas entré, et que cette semaine a été l'une des plus belles de toute sa vie. Le livre, c'est lui qui l'a écrit, je le sais. Mais il veut que ce soit vous qui le signiez. Respectez sa volonté.”

Brusquement, sa voix se brisa. Le visage plein de douceur se pétrifia : telle une furie, elle se jeta sur quelqu'un qui sortait de la cour.

"Non, cria-t-elle, attendez. Pourquoi êtes-vous si pressés ?"

Ajax et un autre homme, vêtu de noir, étaient en train de charger Xanthe sur une fourgonnette.

"C'est M. Phébus qui nous a dit de le faire."

D'un signe rapide, la mère prit congé d'Ulysse et se précipita vers le grand escalier. Ulysse regarda Xanthe, le toucha. Sur la housse du siège, il y avait du sang noir, coagulé. Des taches et des déchirures. Mais c'était toujours un magnifique saurien aux roues pivotantes, le destrier bâtard, moitié Xanthe, moitié Pégase ailé.

Bon voyage, à toi aussi.

XXIV

Ulysse prit une queue de coq de valériane et de bière, et resta couché toute la journée, à lire le livre d'Achille et à écouter de la musique. Pilar était à côté de lui, silencieuse ; elle cuisinait, étudiait, rangeait les scriptodactyles sur le bureau.

"C'est vous la nouvelle rédactrice ? demanda Petrotto triple X, surgissant et jouant les séducteurs.

— Ne te laisse pas rouler, ma petite, dit l'auteur de *Journal oral*.

— Je ne suis pas la nouvelle rédactrice, répondit Pilar, je suis une amie d'Ulysse. Il est malheureux, un de ses amis est mort.

— Je le sais, dit le poète culturiste, c'est l'auteur du scriptodactyle qu'il a toujours avec lui. Son préféré.

— Allez, ne soyez pas jaloux, dit Pilar.

— Toi aussi, tu es dans ce scriptodactyle ? demanda Petrotto triple X.

— Je crois que oui…

— Alors, on sort, ce soir ? Tu me glisses dans ton sac péruvien ? Je suis même disposé à côtoyer Márquez…

— Avec qui parles-tu ? demanda Ulysse, réveillé par les chuchotements.

— Je parle seule, comme tu le fais toujours, dit Pilar. On ne pourrait pas sortir ? Ça ne sert à rien de rester couché. Tu l'as promis à Achille. Tu dois vivre comme avant.

— Je ne suis plus comme avant. Je veux rester ici encore un peu. Mais je t'en prie, apporte le scriptodactyle d'Achille à Vulcain, avec ce mot."

Valerio, fais-moi une grande faveur, si notre amitié t'est chère et si tu ne veux pas que je porte plainte contre toi pour le chèque sans provision (tu sais que la troisième fois on va en taule ?). Tu dois lire ce texte de toute urgence, et plus encore. C'est un livre étrange et génial. Disons que c'est moi qui l'ai écrit ; le reste, je te l'expliquerai plus tard. On se voit lundi matin.

LELLO

La nuit, Ulysse fut réveillé par une odeur de pain chaud. Il sortit. Toute la rue était emplie de cette odeur merveilleuse. Il marcha jusqu'au four de pierre, au milieu de la neige. Il se rappela que chaque fois que son père enfournait le pain, lui, Ulysse, il pétrissait une petite miche et y traçait ses initiales, pour la distinguer des autres. La miche était là, devant la porte du four, petit portail d'église. Mais il ne se souvenait pas de son nom.

Quel est ton nom dans l'obscurité, Ulysse ?

Il entendit des voix qui l'appelaient, et chacune d'elles semblait prononcer un nom différent. Il se réveilla, un crayon à la main, le livre d'Achille sur les genoux. Il sortit pour de bon dans la rue, reproduisant les pas de son rêve. Aucune odeur de pain chaud, aucun four de pierre. Rien que le vent, et la neige qui tombait des arbres, avec de petits bruits mous.

Tout le dimanche, il resta chez lui. Une radio lançait des nouvelles qui tourbillonnaient autour de lui, pendant qu'un vent violent soufflait en tempête sur la ville. De grandes et tristes nouvelles : l'Empire avait bombardé par erreur un four à pain, devant lequel des gens faisaient la queue. Petites grandes nouvelles : Mironi avait repris sa place dans l'équipe et marqué un but décisif en championnat. Incidents dans les rangs des ultras. Si seulement Phébus, dans la tribune des Vipères, avait pu recevoir un bon coup sur le crâne, pensa Ulysse. Il erra à travers la maison, dans le claquement des persiennes, regardant voler dans la rue des papiers et des feuilles mortes. Il but trois bières à la bouteille, mangea une croûte de fromage, pissa dans l'évier. Puis il ouvrit la messagerie de son ordinateur, dans l'espoir d'y trouver quelques mots d'Achille, quelque chose qui serait resté bloqué dans le serveur, ou un message intersidéral. Mais l'océan de la Toile n'apportait que les éclats de Zeus : une tempête de vent et de pluie s'était abattue sur le Nord, éboulements, inondations et morts. Un scandale colossal était sur le point d'éclater. Liens avérés entre les lieutenants de la mafia et ceux du Duce, dessous-de-table, escroqueries. Le célèbre avocat Princisbée, désormais indéfendable, s'était enfui aux Bahamas à bord de son avion privé. Celui du Duce faisait chauffer ses moteurs. Les chômeurs bloquaient les trains, les ferry-boats, les dragons-chenilles et les planeurs. Le pays se désagrégeait et les débris s'abattaient sur la tête des innocents et des coupables. Comme le disait Athéna, le moment était venu de rendre des comptes.

Le lendemain matin, il se réveilla tôt. Il voulait se rendre au bureau, mais se trompa de chemin, ou le fit exprès. Brusquement, il se retrouva devant l'immeuble d'Achille. Devant la banque Crévé se tenait une manifestation d'employés de banque. Le Crédit Véritable était l'un des principaux accusés dans l'affaire du blanchiment d'argent mafieux, et des rumeurs évoquaient une faillite imminente.

Au milieu des employés en colère, il vit les inimitables silhouettes d'Olivetti et de Stanzani, avec le tract habituel.

LES OUVRIERS DE SIPEL MENACÉS DE LICENCIEMENT
SOLIDAIRES DES EMPLOYÉS DE BANQUE
MENACÉS DE LICENCIEMENT

Cette fois ils n'étaient pas seuls, il y avait avec eux un groupe d'ouvriers en bleu de travail.

"Monsieur Ulysse, dit Olivetti, nous avons besoin de votre participation politique.

— Avec plaisir, dit Ulysse, flatté.

— Ce casse-couilles de Stanzani me dit que répéter deux fois «menacés de licenciement» est d'un mauvais effet. Vous ne voulez pas récrire le tract ?

— Voyons", dit Ulysse.

Il réfléchit un instant et écrivit :

LES OUVRIERS DE SIPEL MENACÉS DE LICENCIEMENT
SOLIDAIRES DES EMPLOYÉS DE BANQUE
MENACÉS D'UN DESTIN ANALOGUE

Olivetti lut et soupira.

"Monsieur Ulysse, si je vais à la réunion syndicale et si je dis aux collègues ouvriers qu'ils ont un destin analogue, ils m'écrasent sous une presse. Ecrivez plus simplement."

LES OUVRIERS DE SIPEL
ET LES EMPLOYÉS DE BANQUE
UNIS DANS LA LUTTE CONTRE LES LICENCIEMENTS

"Bravo à mon boulanger intello", dit Olivetti. Et avec une tape amicale, il projeta Ulysse à trois mètres.

Ulysse pénétra dans la cour. Un camion chargeait des livres et des meubles. Phébus était très pressé de vendre. Mais peut-être avait-il mal calculé. Apparemment, la banque avait des problèmes. Deux ou trois hommes à l'allure de dirigeants sortirent par une petite porte de service cachée derrière le Laocoon ; au lieu de monter dans la voiture bleu Maldives, ils s'engouffrèrent dans une Panda couleur diarrhée. Ulysse crut reconnaître Forco, le col de son pardessus relevé, comme un voleur. Il faillit hurler : "Ils sont là, ils s'enfuient !" Il ne le fit pas. Le destin était en marche, pour eux aussi.

Il entra dans les bureaux de Forge. Il y régnait une animation inhabituelle. Un plateau avec des tasses d'excellents *cappuccini* fumait sur le bureau... Circé aux belles boucles était revenue ; il remarqua aussi un grand jeune homme efflanqué et une petite sirène black.

"Qu'est-ce que tu fais là, Circé ?

— Valerio m'a dit de revenir. Il y a du nouveau."

Vulcain fit irruption dans la pièce et étreignit Ulysse à le broyer. Il était si excité qu'il se cognait à tous les meubles, comme un chien qui remue la queue. Il élimina son *cappuccino* d'un seul trait.

"Ulysse, tu as écrit un livre formidable. On ne dirait même pas qu'il est de toi, vieille fripouille ! Je savais bien que tu travaillais ; tu te donnais des airs mystérieux, tu ne me disais pas où tu allais... En fait, tu t'enfermais pour écrire, gros malin. C'est un livre magique, je ne suis pas le seul à le dire... Assieds-toi, Ulysse, il faut que je t'annonce une grande nouvelle. J'ai lu le bouquin cette nuit, d'une seule traite. Dimanche matin, je savais que le directeur des éditions Rouge se trouvait à la présentation du prix Génépi. Je lui ai apporté ton livre, il l'a lu dans le train, il m'a réveillé à minuit. Ils le veulent absolument. On va faire un deal : on leur cède le livre et on leur demande de prendre en même temps *Over 100* et ton tagueur. En échange, ils publient le tout et je deviens directeur de collection chez eux.

— Bref, ils achètent notre maison d'édition.

— Exact. N'est-ce pas merveilleux, Ulysse ?

— Eh bien... oui, je ne peux pas te donner tort, c'est un bon éditeur. Mais je pose une condition.

— Laquelle ?

— Pas d'*Over 100*. Je préfère *Mémoires d'un professeur*, de Virgile Colantuono.

— Mais c'est un pavé de cinq cents pages !

— Ou tu le publies, ou je te refuse mon livre. De plus, tu sais ce qui arrive, au troisième chèque postdaté...

— *Mémoires d'un professeur* est un livre difficile à vendre, l'interrompit Vulcain, mais maintenant que nous sommes liés à une grande maison d'édition nous ne devons pas oublier le défi de la qualité. Nous oserons ! Je te présente le nouveau staff : Calicanti, expert en marketing, et Cassandre, attachée de presse.

— Tu les as embauchés ?

— Ils sont à mi-temps chez Rouge et à temps plein chez nous, pour renforcer l'équipe... Alors,

Calicanti, que dites-vous de la proposition d'Ulysse ?

— Je pense que le livre de M. Ulysse jouera un rôle central dans le plan de relookage des éditions Forge. On peut consacrer une bonne promotion au livre de Colantuono, supprimer deux cents pages pour lui donner plus de rythme, et on obtiendrait un outsider-best-seller ; on pourrait le placer à la télé sous forme de feuilleton, y ajouter un zeste de polar, par exemple inventer un personnage dont le fils serait commissaire de police ; oui, pour moi c'est OK.

— Et toi, Cassie, qu'est-ce que tu en penses ?

— L'auteur est encore vivant ?

— Pas de mauvaise plaisanterie, hein ? dit Colantuono en jaillissant de la poche d'Ulysse, comme un diable d'une boîte.

— Le professeur va bien et vit dans un petit village du Sud oublié de tous, y compris de la mafia.

— Nous trouverons une belle phrase pour le lancement. Il faut présenter le professeur comme un solitaire mélancolique qui se bat pour ses idées, dit la sirène black. Pourquoi pas : *Guerre des tranchées à l'école*, ou *Homère blues* ?"

Ulysse regarda Cassandre, et sa polygamie épuisée releva un instant la tête : la jeune fille était appétissante.

"Il faut un titre à ton bouquin, dit Vulcain, c'est important. *Medèn*, ça ne me plaît pas.

— Ce n'est pas un titre, c'est le nom d'un médicament. Il a utilisé… pardon, j'ai utilisé la notice d'un médicament en guise de couverture.

— Prépare-toi à une nouvelle aventure, Odysseus. Ce soir, on dîne avec le directeur de Rouge ; nous parlerons pourcentages et à-valoir, je serai à tes côtés. Pour demain matin, Cassie nous a déjà trouvé une interview pour le supplément livres de *Vive les livres* : nous commencerons à préparer le terrain.

— Mais le livre n'est pas encore publié.

— Il faut préparer le public avant la publication, déclara Vulcain. N'est-ce pas, Cassie ? Nous parlerons des nouvelles modes littéraires. Ton roman épico moderne sans titre, parce que aucun titre ne peut le définir. Le graffitisme comme dernière limite de la communication juvénile. Et *Le Guépard* de Calatafimi, le professeur intègre qui, dans sa solitude au parfum d'oranges, a conçu un chef-d'œuvre inattendu.

— Tu n'exagères pas un peu ?

— Au travail, les enfants, au travail, dit Vulcain. Je vous l'avais dit, nous ne finirons jamais entre les griffes de ce foutu Graphocrédit. A présent, tes amis des éditions Mondial sont dans la poisse, avec tous ces scandales, Princisbée qui prend la fuite…

— «Mes amis» ? C'étaient les tiens…

— Circé, viens dans mon bureau. J'ai un tas de lettres à te dicter", dit Vulcain.

Il avait doublé de volume et était gonflé comme un dindon.

"Et mon chèque, Valerio ?

— Avec l'à-valoir astronomique que tu vas toucher, tu penses encore à ce petit chèque ridicule ?

— C'est vrai, dit Ulysse, je suis un misérable. Prépare le contrat pour Colantuono, et j'oublierai tout.

— Circé, prépare un contrat pour notre auteur-professeur. Calicanti, faisons le story-board de nos rendez-vous. Cassie, trouve-moi une idée de logo. Et toi, Ulysse, propose-moi un titre d'ici ce soir, Rouge le veut à tout prix."

Tout le monde s'engouffra dans le bureau de Vulcain. Ulysse avait le vertige. Tant de jours sombres, remplis de peur, de combats, de douleur, et maintenant tout marchait comme sur des roulettes. Les Parques filaient de l'or et du miel. N'était-ce pas ce que pressentait Achille ? N'avait-il pas évoqué les jours où Ulysse serait heureux, et oublierait ? Non, c'était trop tôt. Dans le tiroir du bureau de Vulcain, il prit le livre de son ami. Il devait trouver un titre. Mais comment donner un titre à quelque chose qui n'est pas à vous, même si vous l'avez vu naître ? Je ne peux pas signer ce livre. Je dirai la vérité, que c'est lui qui l'a écrit. Bien sûr, cela pourrait devenir un cas, le cas attendrissant de l'écrivain malade et immobilisé. Achille n'aurait pas voulu de cette pitié. Mais n'a-t-il pas écrit pour survivre, pour qu'on se souvienne de lui ? Pour quoi alors ? Non, le livre lui appartient.

Il relut la fin, ces paroles qui le troublaient.

Je pars vivant et victorieux, Odysseus. Nous n'y pensons jamais, mais tout livre comporte une page qui nous restera incompréhensible – la plus blanche, la plus inutile – alors que c'est pour elle que tout le reste a été écrit. Pourquoi sommes-nous incapables de la voir ? C'est une question que je te pose, et qui te fera penser à moi pendant quelque temps, jusqu'à ce que tu trouves la réponse.

Y avait-il dans ces paroles quelque chose qu'il n'avait pas compris ? Il feuilleta le livre. Les pages étaient toutes imprimées en gothique vampirique, aucune ne semblait différente des autres. Peut-être Achille voulait-il l'exhorter à aimer chaque page, ou l'inciter à écrire encore ? Il allait remettre le livre dans le tiroir, lorsqu'il remarqua la page blanche, au début. Le titre aurait dû y figurer, mais il n'y avait rien. Pourquoi cette page inutile ? *La plus blanche*, la plus inutile. Il regarda attentivement. Et il vit, au bas du feuillet, quelques signes imperceptibles qu'il avait pris pour des taches d'encre, ces traces que, parfois, l'imprimante laisse sur le papier. Mais ce n'était pas de l'encre, c'était du crayon : on lisait distinctement, écrite à la main, avec des caractères larges et hésitants, une signature.

Achille

Péniblement, avec une lenteur acharnée et triomphante, il avait réussi à le faire. Il avait écrit son nom de ses propres mains. Son seul nom, qui représentait son corps et son histoire. Avec l'épée d'un petit crayon. Victorieux, à la fin. Voilà pourquoi tout a été écrit, Ulysse.

Pilar entra. Elle l'étreignit. Elle l'appela mon hidalgo, et s'assit sur ses genoux, pour un long baiser passionné. Elle comprit qu'Ulysse voulait rester seul, et sortit en silence. Ulysse perçut, dans la même page, dans le même battement de cœur, la trace récente de sa présence et le vide creusé par sa perte éventuelle, irrémédiable.

Pilar, Carmencita, Dolorès, où êtes-vous ?

Il éteignit la lumière ; celle du soir, atténuée, lui suffisait. Voilà ta malédiction, Achille. Je vais maintenant traverser des jours uniques ; peut-être finiront-ils vite, mais je les vivrai, suspendu dans l'aéroport du monde. Tu avais même prévu cela. Pilar sur mes genoux. Circé et Cassandre, pour mettre à l'épreuve ma polygamie, ridicule et romantique. Ma vanité, prompte à devenir avide et inépuisable. Euros, drachmes, sesterces et colliers de coquillages pour moi. Joie, toujours inférieure à mes vœux. Et à l'intérieur de cette joie, chaque fois, des obstacles et des combats et de la solitude, des pages déchirées et jetées. Mais à présent la joie est ici, tu me l'as offerte pour que je puisse la vivre et t'oublier. Tu veux voir si j'ai compris la leçon, Achille ? Si j'ai appris à marcher les yeux ouverts, si je respecterai toujours le silence immobile derrière lequel naissent des livres merveilleux, que personne ne découvrira jamais ?

Je ne sais pas quoi te dire, Achille. Oui, le livre est de moi, et je t'oublierai. Et un jour je me souviendrai de toi. Et cela donnera naissance à d'autres livres.

Ulysse regarda par la fenêtre. Le vent continuait à souffler, arrachant les feuilles des arbres, retournant des parapluies et apportant la pluie dans les entrées d'immeubles et dans les cours intérieures, poursuivant ceux qui cherchaient à s'abriter. Devant l'immeuble de la maison d'édition, indifférentes à la tempête, il y avait une dizaine de personnes avec des banderoles. C'était une manifestation de jeunes écrivains obèses exclus de la publication. Olivetti distribuait des tracts avec des extraits de Balzac et de Dürrenmatt. La neige tomba plus dru ; Ulysse repensa à la cour du Laocoon. A la terrasse donnant sur les arbres, à la danse des merles, à la pluie sur les cheveux d'Achille. A sa chambre vide, à ses livres, orphelins de cette main crispée qui ne les ouvrirait plus. A son ami sans poids, si léger dans ses bras, si adapté à l'envol. A toute la joie qui lui avait manqué, et à ses semblables, et à nous tous aussi. A son fils glorieux.

Le monde, à sa fenêtre, lui sembla suspendu dans l'espace, îlot effacé de la carte, au nom englouti dans le noir. Les gens marchaient très vite, les yeux fermés, sur des ponts instables et brumeux, sur des trottoirs gelés, dans la plainte des klaxons qui montait vers le ciel empoisonné. Tout lui parut difficile, désespéré, douloureux. C'était encore un voyage, encore une guerre. Aime ton propre souffle. Avec l'épée d'un crayon. Il ferma les yeux.

"Ulysse, dit la voix de Pilar. Ton portable a sonné plusieurs fois, j'ai répondu pour toi. C'est la mère d'Achille.

— Dis-lui que je suis pas là, répondit Ulysse, dis-lui que je l'appellerai plus tard."

BABEL

Extrait du catalogue

835. MAHMOUD DARWICH
Une mémoire pour l'oubli

836. CHRISTIAN GOUDINEAU
Regard sur la Gaule

837. GABRIEL CAMPS
Les Berbères

838. JAMES KNOWLSON
Beckett

839. ROBERT C. DAVIS
Esclaves chrétiens, maîtres musulmans

840. ANNE-MARIE GARAT
Dans la main du diable

841. NANCY HUSTON
Lignes de faille

842. LAURENT GAUDÉ
Eldorado

843. ALAA EL ASWANY
L'Immeuble Yacoubian

844. BAHIYYIH NAKHJAVANI
Les Cinq Rêves du scribe

845. FAROUK MARDAM-BEY
Etre arabe

846. NATHANIEL HAWTHORNE
Contes et récits

847. WILLIAM SHAKESPEARE
Sonnets

848. AKI SHIMAZAKI
Tsubame

849. SELMA LAGERLÖF
Le Livre de Noël

850. CHI LI
Pour qui te prends-tu ?

851. ANNA ENQUIST
La Blessure

852. AKIRA YOSHIMURA
La Guerre des jours lointains

853. GAMAL GHITANY
La Mystérieuse Affaire de l'impasse Zaafarâni

854. PAUL BELAICHE-DANINOS
Les Soixante-Seize Jours de Marie-Antoinette
à la Conciergerie, t. II

855. RÉGINE CRESPIN
A la scène, à la ville

856. PHILIPPE BEAUSSANT
Mangez baroque et restez mince

857. ALICE FERNEY
Les Autres

858. FRANÇOIS DUPEYRON
Le Grand Soir

859. JEAN-LUC OUTERS
Le Bureau de l'heure

860. YOKO OGAWA
La Formule préférée du professeur

861. IMRE KERTÉSZ
Un autre

862. OSCAR WILDE
Quatre comédies

863. HUBERT NYSSEN
Quand tu seras à Proust la guerre sera finie

864. NIMROD
Les Jambes d'Alice

865. JAVIER CERCAS
A la vitesse de la lumière

866. TIM PARKS
Double vie

867. FRANZ KAFKA
Récits posthumes et fragments

868. LEENA LANDER
La Maison des papillons noirs

869. CÉSAR AIRA
La Guerre des gymnases

870. PAUL AUSTER
Disparitions

871. RUSSELL BANKS
Hamilton Stark

872. BRIGITTE SMADJA
Le jaune est sa couleur

873. V. KHOURY-GHATA
La Maison aux orties

874. CLAUDIE GALLAY
Dans l'or du temps

875. FRÉDÉRIC MISTRAL
Mes origines

876. YAAKOV SHABTAÏ
Et en fin de compte

877. ORLY CASTEL-BLOOM
Dolly City

878. KLAUS MANN
Le Tournant

879. DON DELILLO
Les Noms

880. YU HUA
Vivre !

881. NAGUIB MAHFOUZ
Son Excellence

882. PAUL NIZON
La Fourrure de la Truite

883. JAMES LEO HERLIHY
Macadam Cowboy

884. SAMIR KASSIR
Considérations sur le malheur arabe

885. JÖRG BLECH
Les Inventeurs de maladies

886. OLIVIER PY
Théâtre complet I

887. ANNE-MARIE GARAT
Chambre noire

888. MINH TRAN HUY
Le Lac né en une nuit

889. ABDOURAHMAN A. WABERI
Aux Etats-Unis d'Afrique

890. VILMA FUENTES
L'Autobus de Mexico

891. LEENA LANDER
Vienne la tempête

892. THÉODORE MONOD
Le Fer de Dieu

893. MARC de GOUVENAIN
Un printemps en Sibérie

894. *
Le Chevalier paillard

895. VOLTAIRE
Ce qui plaît aux dames

896. DOMINIQUE PAGANELLI
Libre arbitre

897. FRÉDÉRIQUE DEGHELT
La Vie d'une autre

898. FRÉDÉRIC CHAUDIÈRE
Tribulations d'un stradivarius en Amérique

899. CHI LI
Soleil Levant

900. PAUL AUSTER
Dans le scriptorium

901. FRANS G. BENGTSSON
Orm le Rouge, t. I

902. LAURENT GAUDÉ
Dans la nuit Mozambique

903. MATHIAS ÉNARD
La Perfection du tir

904. ANTOINE PIAZZA
Les Ronces

905. ARNAUD RYKNER
Nur

906. ANNE BRAGANCE
Danseuse en rouge

907. RAYMOND JEAN
Un fantasme de Bella B.

908. ÉRIC NONN
Une question de jours

909. OMAR KHAYYÂM
Robâiyât

910. METIN ARDITI
L'Imprévisible

911. JOSÉ CARLOS SOMOZA
La Théorie des cordes

912. JULI ZEH
La Fille sans qualités

913. HELLA S. HAASSE
L'Anneau de la clé

914. TORGNY LINDGREN
Divorce

915. HODA BARAKAT
La Pierre du rire

916. FRANÇOISE DUNAND
Isis, mère des dieux

917. MARIE DE FRANCE
Lais

918. IMRE KERTÉSZ
Roman policier

919. YOKO OGAWA
Tristes revanches

920. NEIL BARTLETT
Ainsi soient-ils

921. EMILI ROSALES
La Ville invisible

922. ERWIN WAGENHOFER
Le Marché de la faim

923. ALEXIS DE TOCQUEVILLE
Sur l'esclavage

924. ALEXANDRE POUCHKINE
Eugène Onéguine

925. AKI SHIMAZAKI
Wasurenagusa

926. MURIEL CERF
L'Antivoyage

927. PERCIVAL EVERETT
Blessés

928. GÖRAN TUNSTRÖM
Le Livre d'or des gens de Sunne

929. ANNE-MARIE GARAT
Une faim de loup

930. INTERNATIONALE DE L'IMAGINAIRE N° 23
L'Internationale de l'imaginaire de Jean Duvignaud

931. FAIRFIELD OSBORN
La Planète au pillage

932. PHILIPPE DOUMENC
Contre-enquête sur la mort d'Emma Bovary

933. GUSTAVE FLAUBERT
Madame Bovary
(à paraître)

934. DENIS LACHAUD
Le vrai est au coffre

935. PAUL AUSTER
La Vie intérieure de Martin Frost

936. KUNZANG CHODEN
Le Cercle du karma

937. ALBERTO MANGUEL
La Bibliothèque, la nuit

938. MICHEL VINAVER
L'Ordinaire

939. OLIVIER PY
Théâtre complet II

940. DANIEL KEHLMANN
Les Arpenteurs du monde

941. ALAA EL ASWANY
Chicago

942. NAGUIB MAHFOUZ
Miroirs

COÉDITION ACTES SUD – LEMÉAC

Ouvrage réalisé
par l'atelier graphique Actes Sud.
Reproduit et achevé d'imprimer
en janvier 2009
par Normandie Roto Impression s.a.s.
61250 Lonrai
pour le compte des éditions
Actes Sud
Le Méjan
Place Nina-Berberova
13200 Arles

Dépôt légal
1re édition : février 2009
N° impr. : 084351
(Imprimé en France)